Beate Lessle-Rauter

Mord im Burgenland

Roman

Lindemanns Bibliothek

Die Hauptpersonen sind:

Johanna Jobs ist eine mollige, fröhliche Aschblonde, ess- und wissbegierig, einem guten Tropfen nicht abgeneigt, noch solo. Sie arbeitet als Kurseelsorgerin in der urologischen Reha-Klinik Bad Herrenalb und hat mit Heinrich v. Emm gerade geholfen, drei Morde in jenem Kurort aufzuklären (die sich in „Mord in Herrenalb“ nachlesen lassen, die Ereignisse im Burgenland aber keineswegs erhellen).

Heinrich v. Emm wird von seiner Freundin Johanna Jobs auch „Emmle” genannt, Mitte 60, glücklich verheiratet, ehrlich, zuverlässig, technisch begabt und vielseitig interessiert. Nicht sehr abenteuer- und reiselustig, aber dennoch für die Reise ins Burgenland bestens vorbereitet. Seine Frau

Ingrid v. Emm ist ebenfalls lange mit Johanna befreundet und freut sich auf das Thermalbaden im Burgenland und das Radeln am Neusiedlersee.

Manfred Krauthappel ist Fotograf und Werbefachmann, zurzeit am Neusiedlersee mit der Anfertigung einer Werbebroschüre für ein bekanntes Weingut beschäftigt. Wartet sehnsüchtig auf die Ankunft des Reisebusses aus Karlsruhe, weil er unbedingt seine Bekanntschaft mit Johanna Jobs vertiefen möchte.

Isabell Nieferer ist Gärtnerin in der Rehaklinik von Prof. Dr. Bruno Kannenpütt und seit den Mordfällen in Bad Herrenalb (s. o.) Freundin von Kommissar Harald Kupperer. Fährt nur ungern ohne ihn mit ins Burgenland ...

Harald Kupperer, Kriminalkommissar im Landkreis Calw, ist ein guter Freund des Herrn v. Emm. Er fliegt nach einem Telefonat mit Isabell sofort ins Burgenland, weil er befürchtet, dass die anderen dort ohne ihn nicht zurechtkommen.

Außerdem unter diversen Mitreisenden auch Prof. Dr. Bruno Kannenpütt (Chef o. g. urologischer Rehaklinik Bad Herrenalb), etliche Burgenländer, „Heanzan” genannt, ein echter Wiener Hauptkommissar, Ziegen, Störche, Weine wie etwa „Uhudler“ und „Blaufränkisch“ sowie ortstypische Gaumenfreuden.

Mittwoch, 28. September

„Ja, hallo, bin ich verbunden mit dem Reisebüro von Storch-Reisen? – Ja? Schön! Also hier spricht Johanna Jobs aus Bad Herrenalb. Es ist so, ich habe da eine Reise bei Ihnen gebucht, eine Busreise. Wann? Nun, schon bald, äh, übermorgen ... – Wohin? Ach so, ja, zum Neusiedlersee. Zu den Festspielen in Mörbisch, da auch hin. Vorher nach Bad Tatzmannsdorf in die Therme, dann zur Burg Forchtenstein, von da nach Rust am Neusiedlersee. Und eine Oper im Steinbruch Margarethen steht auch auf dem Programm! Also, worum ich Sie bitten will: Ich reise mit Freunden, mit dem Ehepaar v. Emm und Frau Nieferer. Und da geht es um Folgendes: Herr v. Emm ist nicht ganz busreisefest, wenn Sie wissen, was ich meine. Wie? Eben nicht – Tabletten allein nützen da nichts. – Ich denke, er sollte auf keinen Fall über einem Rad sitzen ... und, wenn es geht, am Fenster. – Klar, und ziemlich weit vorne. Ist das möglich? Sie reservieren die dritte Reihe links? Wir beiden Frauen sitzen auf der anderen Seite daneben? Na, das ist ja toll! Besten Dank! Und gute Fahrt auch Ihnen! Äh, pardon, kleiner Scherz!“

Freitag, 30. September

Es klingelte. Na endlich! Eine Viertelstunde wartete sie jetzt schon! Johanna Jobs warf einen letzten Blick auf ihre Armbanduhr und dann noch einen in ihre kleine, erstaunlich aufgeräumte Wohnung und drückte den Knopf ihrer Sprechanlage.

„Komme gleich", flötete sie in den Hörer, raffte ihre Siebensachen zusammen und schloss dann sorgfältig die Tür hinter sich ab.

Vor dem Haus angekommen, hielt sie vergeblich Ausschau nach dem bestellten Taxi.

„Würde die Dame auch mit mir vorliebnehmen?", tönte es plötzlich an ihr Ohr und schon nahm ihr Kommissar Harald Kupperer Trolley und Rucksack aus der Hand. „Der Zufall führte mich gestern abend noch nach Herrenalb und da dachte ich, erspare den Damen das Geld fürs Taxi und chauffiere sie selbst zum Busbahnhof nach Karlsruhe!" Er dirigierte die immer noch nach Worten ringende Johanna Jobs zu seinem Wagen. Als er ihr Gepäck im Kofferraum verstaut hatte, saß sie allerdings bereits auf dem Beifahrersitz, schnallte sich an und scherzte mit Isabell, der Freundin Kupperers, die ebenfalls mitreisen würde und es sich mit Rücksicht auf die älteren Beine der Kurseelsorgerin hinten im Auto bequem gemacht hatte.

„Das nenne ich eine Überraschung", lobte Johanna Jobs den Kommissar. Den Zusatz „Hoffentlich fahren Sie auch schnell genug! Das Taxi hatten wir auf 6.50 Uhr bestellt!" konnte sie sich allerdings nicht verkneifen.

Kupperer enthielt sich einer Antwort und gab Gas. Er übertrat fast alle Geschwindigkeitsbegrenzungen und nahm zuletzt mit quietschenden Reifen die Kurve zum Busparkplatz hinter dem Karlsruher Hauptbahnhof.

Dennoch waren Herr v. Emm und seine Frau bereits da und nahmen die Ankömmlinge freudig in Empfang.

„Ich hab schon gedenkt, dass ihr des nemme schafft!“, unkte v. Emm und legte die Stirn in Falten.

„Gehofft hat er's“, ergänzte seine Frau Ingrid, „denn dann hätte er eine Ausrede gehabt, auch zu Hause zu bleiben!“

„Awwer Emmle, mir hen uns doch so uff die Fahrt gfroit!“, tadelte seine Freundin Johanna Jobs sanft.

„Ach was“, knurrte v. Emm „mir wird's immer schlecht im Bus, un Opern kann ich a dehoim im Sessel sitzend horche! Ihr Weiwer hen mich oifach iwwerredet!“

„Un des müsse mir jetzt den Rest von de Fahrt büße!“, lachte Johanna Jobs und stieß den Freund so resolut in die Seite, dass der fast über seinen Koffer fiel.

Andere Reisende verabschiedeten sich rundum von den Zurückbleibenden und stellten sich in die Warteschlange vor der Bustür. Die Plätze waren nummeriert und siehe da, Johanna Jobs und ihre Freunde hatten wirklich wie versprochen vier Plätze in der dritten Reihe von vorne. Herr v. Emm bezog seinen Fensterplatz und fing gleich wieder an zu meckern.

„Do kann mer jo iwwerhaupt nix sehe! Von wege Fensterplatz! Hätte die ihre Fenster vielleicht vorher gebutzt, dann wär a e gscheite Sicht!“

Seine Gattin griff wortlos über ihn hinweg und ließ das Sonnenschutz-Rollo hochschnappen. „Und, besser so?“, fragte sie.

V. Emm grummelte: „Ha, wenn mer des e Aussicht nennt, den Karlsruher Busbahnhof do. Un jetzt erscht emol die Autobahn bis Stuttgart odder glei bis München, des isch jo nix, wo mer sich erfroie könnt! Do wär ich in meinere Albtalbahn besser uffghobe!“

„Lass ihn bruddle", besänftigte von rechts Johanna Jobs die Freundin. „Er wird schon merke, dass a so e Busrois ihre Qualidäte hat."

„Ja, oine uff jeden Fall: Sie sitze net am Steuer, von doher hen mir wennichstens e reale Iwwerlebenschance!", konterte v. Emm.

Mit ihrem Emmle war heute wirklich nicht gut Kirschen essen, das hatte Johanna Jobs jetzt gemerkt. Noch vor ein paar Wochen, als sie sich diese Reise ausgedacht hatten – sozusagen als Erholung von den Strapazen ihrer Mörderjagd in Bad Herrenalb – war er Feuer und Flamme gewesen. Und als sie mit dem Prospekt von Storch-Reisen ankam, hatte es ihm besonders die Aufführung seiner Lieblingsoper „La Traviata" im Steinbruch von St. Margarethen über dem Neusiedlersee angetan.

Seine Frau war mehr von der Aussicht auf den Tag in Bad Tatzmannsdorf mit dem Besuch der dortigen Therme begeistert gewesen. Johanna Jobs selbst spekulierte zum einen auf die sehenswerte Aufführung von „Carmen" auf der Seebühne in Mörbisch und, insgeheim natürlich, auf das Wiedersehen mit dem Fotografen Manfred Krauthappel. Er hatte in Rust den Auftrag angenommen, Werbeaufnahmen für ein bekanntes Weingut zu machen. Um ehrlich zu sein, hatte er sie überhaupt auf die Idee zu einer Reise in diese Region gebracht.

Ihr Emmle wäre nie auf den Gedanken gekommen, so weit zu fahren! Seine Vorstellung von einer Busreise endete in Baden-Baden oder allenfalls in Heidelberg. Aber sie und seine Frau hatten ihn davon überzeugt, dass eine längere Busreise mit diversen kulturellen und kulinarischen Höhepunkten durchaus ihren Reiz hätte.

Johanna Jobs machte es sich auf ihrem Platz neben Isabell Nieferer bequem. Isabell hatte den Fensterplatz bekommen, was Johanna Jobs ganz recht war, dann konnte sie doch ab und zu ihr linkes Bein in den Mittelgang ausstrecken, damit ihr

Knie nicht allzu steif wurde. Dieses Gelenk machte ihr neuerdings mehr und mehr Beschwerden. Aber Arthrose in ihrem Alter? Das wäre denn doch etwas früh – vielleicht lag es ja am Übergewicht? Ach was, die paar Kilo, die sie von Kindesbeinen an zu viel hatte ... Nicht dran denken, war ihre Devise. Lieber schaute sie sich nach den anderen Mitreisenden um. Vielleicht entdeckte sie bekannte Gesichter?

Die Plätze vor ihnen und vor den v. Emms waren noch leer. Aber in der ersten Reihe bemerkte sie einen markanten Hinterkopf – die Halbglatze gehörte eindeutig Professor Bruno Kannenpütt! Richtig, der wollte ja zu dem Urologischen Kongress nach Eisenstadt, der ab dem 3. Oktober stattfand. Also hatte er die Busreise dem Fliegen vorgezogen! Na ja, so konnte er vielleicht auch mal etwas ausspannen.

Und neben ihm? War das nicht ...? Nein, viel zu jung. Aber halt, als sich die Dame umwandte, da erkannte Johanna Jobs das Profil. Das war Edelgard Raffzahni, eine recht bekannte Immobilienmaklerin – man sagte ihr nach, sie habe Haare auf den Zähnen. Von hinten Lyzeum, von vorne Museum – der Spruch passte auf die Dame. Das Gesicht hatte die sich bestimmt schon liften lassen, aber die Falten am Hals sagten einiges über ihr wahres Alter. Und die Haare waren natürlich gefärbt ... da saß jedes Strähnchen perfekt. Frau könnte vor Neid blass werden ...

„Aber du doch nicht." Von links legte sich begütigend eine Hand auf Johanna Jobs' Arm. Ingrid v. Emm, ehemals Kinderkrankenschwester in der Karlsruher Kinderklinik, wo Johanna Jobs lange Jahre als Seelsorgerin gearbeitet und die beiden Frauen sich angefreundet hatten, konnte Gedanken lesen. „Soll sie's ruhig beim Kannenpütt versuchen! Ich glaube, sie beißt auf Granit! Der Mann hat ja nun wahrlich genug von solchen Weibern gehabt, oder?"

„Du hasch recht, Ingrid", sagte Johanna Jobs. „Ich misch mich schon widder in Sache, die mich nix angehe!"

Lautes Geschrei unterbrach ihr Gespräch.

Vorne war ein Ehepaar mit zwei Kindern eingestiegen. Der Mann hielt nach den Plätzen Ausschau, die Frau dirigierte die Kinder – einen kleinen Jungen und ein Mädchen von vielleicht 15 Jahren – vor sich her. „Kevin, nicht hierhin, du sitzt da, bei deiner Schwester! Claire, nun nimm doch endlich die Kopfhörer ab! Da ist dein Platz! Ja, genau da, neben deinen Eltern, und lass dir ja nicht einfallen, dich nach hinten zu verkrümeln – au, nimm doch Rücksicht, du Bengel! Klaus-Hermann, sag doch auch mal was! Guten Tag, entschuldigen Sie, gleich wird es ruhiger, wenn wir erst mal sitzen! Ach, das tut gut!" Völlig entnervt sank die Frau auf ihren Sitz.

Ihr Gatte hievte umständlich einen Alutrolley in die Gepäckablage, stieg über seine Frau hinweg, okkupierte den Fensterplatz und hatte bereits das Handy am Ohr. Eine Haltung, die er während der gesamten Busfahrt selten verändern sollte, wie es Johanna Jobs später schien. Kein Wunder! Er war ein schwerbeschäftigter Mann, der einen kleinen Familienausflug über den 3. Oktober zu einer geschäftlichen Transaktion in Ungarn nutzen wollte, wie sich herausstellte.

Der Junge und seine Schwester schubsten und schoben sich noch eine Weile auf den Plätzen vor Johanna Jobs und Isabell Nieferer hin und her.

Als der Bus anfuhr, kehrte allmählich Ruhe ein. Auf dem Sitz rechts neben dem Busfahrer hatte sich ein jüngerer Mann mit Sonnenbrille und gegeltem Haar häuslich eingerichtet.

Hinter Johanna Jobs saß ein älteres Ehepaar. Sie wirkten frisch verliebt, hielten sich an den Händen und bestaunten jede Sehenswürdigkeit, auf die sie sich gegenseitig aufmerksam machten, mit lauten „Ahs" und „Ohs". Das Ehepaar Elfriede und Willi Kall war auf der zweiten Hochzeitsreise – nach 50 Jahren Ehe, und so verliebt wie damals. Ein Umstand, der sich für die Mitreisenden anfangs noch als amüsant, dann eher als anstrengend erweisen sollte.

Außerdem erzählte das Paar ständig davon, dass sie sich in Ungarn ihre Zähne richten lassen wollten. Dort wären Implantate um ein Drittel, wenn nicht mehr, billiger als in Deutschland. Und ob die anderen Busreisenden sich ihnen nicht anschließen wollten? Vielleicht bekäme man noch einen Gruppenrabatt?! Frau Jobs, eingedenk ihrer eigenen schlechten Backenzähne, nahm sich vor, in Gegenwart des Paares den Mund nicht allzu weit zu öffnen.

Auf der linken Busseite hinter den v. Emms hatten sich ein, wohl wegen seiner Dickleibigkeit sehr kurzatmiger, älterer Mann und eine recht effizient wirkende junge Frau mit hochgestecktem Haar und Intelligenzbrille platziert. Sie war zwei Kopf größer als ihr Begleiter, was nicht nur an ihren hohen Absätzen lag.

„Wenn die zwoi e Paar sin, dut mir entwedder er odder sie echt loid", dachte Johanna Jobs, völlig vorurteilsfrei.

Es stellte sich heraus, dass der Mann, Nepomuk Zabble, ein in die USA ausgewanderter Österreicher war, der während einer geschäftlich bedingten Wartezeit in Karlsruhe die Gelegenheit wahrnehmen wollte, seiner alten Heimat einen Besuch abzustatten. Seine Reisebegleiterin war nicht etwa seine Freundin, sondern eine Art Sekretärin.

Nepomuk Zabble hielt nichts von vornehmer Zurückhaltung. Schon bald waren seine unmittelbaren Nachbarn über seine drei gescheiterten Ehen, fünf Autos, vier Häuser und sonstige Vermögensverhältnisse bestens im Bilde. Johanna Jobs wunderte sich nach einiger Zeit nur darüber, dass Madame Raffzahni sich noch immer um den Professor bemühte, statt sich in – zumindest finanziell gesehen – lohnenderen Gewässern umzutun. Apropos Gewässer – genau, mit einem Haifisch hatte besagte Dame eine gewisse Ähnlichkeit. Dagegen wirkte Bruno Kannenpütt eher wie eine behäbige Riesenschildkröte und der gute Herr Zabble wie ein ... Pottwal?

Diese Gedanken musste sie wohl laut ausgesprochen haben, denn vom Vordersitz kam prompt eine Rückmeldung: „Haifische fressen keine Schildkröten und keine Wale. Und Pottwale haben außer uns Menschen überhaupt keine Feinde!"

Das war Kevin. Der kleine Junge hatte sich auf den Sitz gekniet und belehrte Johanna Jobs mit erhobener Stimme. Seine runde Brille gab ihm das Aussehen eines kindlichen Greises und sein Gesichtsausdruck hatte etwas rührend Ernsthaftes.

„Habe ich etwa laut gedacht?", fragte Johanna Jobs vorsichtig.

„Ja, Sie haben gesagt, dass Haifische sich eher von Pottwalen als von Riesenschildkröten ernähren sollten", erwiderte der Knabe eifrig, froh, endlich eine Gesprächspartnerin gefunden zu haben.

Seine Mutter feilte ihre Nägel, der Vater telefonierte oder schickte SMS per Handy, die Schwester hatte die Augen geschlossen und lauschte den Tönen aus ihren Kopfhörern. Kein Wunder, dass dem Kleinen langweilig war.

„Aber hier gibt's doch gar kein Wasser!", redete er gleich weiter. „Und der Neusiedlersee ist viel zu flach für Pottwale oder Haifische, da brauchen Sie keine Angst zu haben!"

Johanna Jobs nickte erfreut. „Gott sei Dank, dass du mir das sagst! Ich hätte sonst nicht gerne in dem See gebadet!"

„Zum Baden wird es in dieser Jahreszeit wohl auch zu kalt sein! Aber dafür gehen wir ja nach Bad Tatzmannsdorf, da ist das Wasser gleich 35 Grad warm, viel zu heiß zum Schwimmen!"

„Was du alles weißt!", murmelte Johanna Jobs.

Das ermunterte den Jungen zu weiteren Ausführungen: „Und wenn wir dann zur Burg Forchtenstein kommen, dann wird es richtig spannend! Dort hat ein Graf seine Frau umgebracht, weil sie die Bauern ausgebeutet und in die Folterkammern eingesperrt und im Keller verhungern lassen hat – und es gibt geheime Gänge und ..." Er suchte nach Worten, um weitere Unbilden heraufzubeschwören.

Johanna Jobs, mittlerweile recht müde geworden, wünschte sich wirklich nicht, dass sich im Boden des Busses eine geheime

Falltür auftun und der Knabe Kevin darin verschwinden würde – sie brauchte nur ein wenig Ruhe!

Da erhielt sie unerwartet Hilfe von der großen Schwester des Jungen: „Hör endlich auf zu quatschen! Das ist doch alles Unsinn, von wegen Geheimgängen und so ...“ Sie zog ihren Bruder auf seinen Sitz zurück. Zu Johanna Jobs gewandt sagte sie überraschend freundlich: „Tut mir leid, manchmal geht halt die Fantasie mit ihm durch, es soll nicht wieder vorkommen!“

Alle anderen Mitreisenden lernten sich im Laufe der nächsten Stunden kennen.

Den hinteren Teil des Busses nahm eine große Gruppe ein. Wie sich herausstellte, waren sie alle Mitglieder eines Kirchenchors, die diese Reise schon seit Langem geplant hatten. Sie würden bei ihrer evangelischen Partnergemeinde in Rust am Neusiedlersee zu Gast sein. Von dort sollte es weiter nach Ungarn gehen, zunächst nach Köszeg, wo es deutschsprachige Gottesdienste gab und dann weiter zur Pfarrgemeinde Labatlan. Ein munteres Völkchen waren die Chorleute, und Johanna Jobs stimmte immer gerne mit ihnen die alten Volksweisen an, die allerdings dem Frankfurter Geschäftsmann und seiner Tochter furchtbar gegen den Strich gingen. Er konnte während des „Gekreisches“ nicht telefonieren, wie er sagte, und die Tochter war einfach von allem und jedem genervt. Da kamen ihr die Sängerinnen und Sänger als Sündenböcke gerade recht. Der Busfahrer Anton Schandl, ein rüstiger Mann Ende 50, der schon mehr als 30 Jahre für Storch-Reisen fuhr, musste als Schiedsrichter herhalten. Diplomatisch handelte er einen Kompromiss aus: „Singstunden“ gab es nur kurz vor einer Pause und dann auch nur maximal 15 Minuten. Er regte auch ein Wunschlieder-Singen an. Allerdings scheiterten die Wünsche der Jugendlichen am Repertoire des Chores. Die Sopranistinnen dachten, die „Ärzte“ seien echte Mediziner und von den „Toten Hosen“ wollten die Bässe nichts hören. „Tokio Hotel“

hielten dagegen die Damen des Alt für nicht passend, da man schließlich nicht nach Japan, sondern nach Österreich fuhr.

Das junge Mädchen stellte trotzig die Lautstärke seines MP3-Players auf die höchste Stufe, sodass Johanna Jobs während der „Singminuten" sowohl von vorne als auch von hinten beschallt wurde, was gar nicht angenehm war. Gerade deshalb bemühte sie sich um innere Ablenkung. Bald schon würde sie in Rust den Fotografen Manfred Krauthappel wiedersehen. Schon beim Gedanken daran errötete sie leicht. Ob er sie vermisste? Und genauso sehnsüchtig wie sie auf das Wiedersehen wartete? Was hatte er noch in seinem Brief geschrieben?

Johanna Jobs vergewisserte sich, dass die v. Emms und Isabell Nieferer ein Nickerchen machten, erhob sich vorsichtig, holte ihren Rucksack aus dem Gepäcknetz und suchte nach dem Brief, den Krauthappel ihr vor ein paar Tagen geschickt hatte.

Ah, da war er ja. Das Kuvert und der Brief zeigten schon deutliche Knitterspuren vom vielen Auseinander- und Zusammenfalten.

Johanna Jobs vertiefte sich in die Zeilen, die sie doch inzwischen fast auswendig kannte:

Liebe Johanna Jobs, ...

Der Brief war lang und ausführlich, erstaunlich für einen Mann. Aber er glich eher einer Landschaftsbeschreibung, wenn auch sehr detailliert und so plastisch, dass Johanna Jobs sich den Ort Rust, die Gebäude und die Stimmung am Seeufer wunderbar vorstellen konnte. Aber wo stand etwas über die Gefühle des Fotografen, nicht der Landschaft, sondern ihr, Johanna Jobs, gegenüber? Ja, halt, hier, im letzten Satz, da konnte man etwas herauslesen – er schrieb:

Ich freue mich so sehr auf Ihr Kommen, dass ich bei jedem Reisebus, der hier in Rust auf dem Marktplatz einfährt, nach dem Auto-

kennzeichen schaue – KA, das wär's doch! Obwohl ich weiß, dass ich vor dem 2. Oktober nicht mit Ihnen rechnen kann! Die Zeit bis dahin erscheint mir endlos ...

Herzlich grüßt Sie in freudiger Erwartung
Ihr Manfred Krauthappel

Na also! Glücklich lächelnd sank Johanna Jobs ins Land der Träume. Und sie träumte wirklich – von Manfred Krauthappel, der in den Weiten der ungarischen Tiefebene – ausgestattet wie ein Westmann – eindeutig Ähnlichkeit mit Old Shatterhand, dem Schwarm ihrer Mädchenjahre, aufwies.

Und da war auch sie, Johanna Jobs, als junge, schlanke Indianerin, mit langem schwarzen Haar, die sich auf einen Zweikampf mit einem Grizzlybären einlassen musste – zum Glück kam Old Shatterhand alias Krauthappel gerade recht mit seinem Henrystutzen, um dem Bären die Kugel zu geben! Ihr Retter fing sie in seinen starken Armen auf und trug sie zu ihrem Pferd. Und da, über seine Schulter hinweg, entdeckte sie im Dickicht einen Indianer von einem feindlichen Stamm – er hatte den Bogen gespannt und zielte mit seinem Pfeil gerade auf den Rücken ihres Retters. Sie schrie auf – und erwachte jäh, als der Busfahrer wegen eines Staus heftig abbremste.

Nun wollte sie doch lieber die Augen offen lassen und die Mitreisenden beobachten.

Neben dem gegelten Jüngling, den der Busfahrer nur kurz als einzuarbeitenden Ersatzfahrer vorgestellt hatte, saß inzwischen die Sekretärin des Deutsch-Österreich-Amerikaners Nepomuk Zabble. Die beiden schienen in ein interessantes Gespräch vertieft. Auf jeden Fall, so entschied Johanna Jobs, würden die zwei besser zueinander passen als die Raffzahni zum Professor Kannenpütt.

Gleichzeitig bemerkte sie, dass die Mutter der beiden Kinder aus Frankfurt sich herzlich wenig um ihre Sprösslinge kümmerte. Nachdem sie ihre Nagelpflege beendet hatte, lag sie nun, mit einer Schlafmaske auf den Augen – und wahrscheinlich auch noch Oropax in den Ohren – wie hingegossen in ihrem Sitz und ignorierte die gesamte Umgebung.

Ihr Gatte war ohnehin mit seinem Handy beschäftigt, die Tochter hörte weiterhin unangenehm laute Töne aus ihrem MP3-Player und Junior bemühte sich, eine genaue Passagierliste zu entwerfen – dazu war er ständig im Mittelgang des Busses unterwegs, um die Mitreisenden auszufragen. Seiner Meinung nach war eine solche Liste wichtig, damit man – bei einem möglichen Unfall, wie z.B. dem Untergang der Titanic – für die Nachwelt die entsprechenden Aufzeichnungen parat hätte. Die übrigen Mitreisenden spielten sein Spiel mit, einige waren sogar bereit, „letzte Worte" an die Hinterbliebenen zu diktieren, was Johanna Jobs eher geschmacklos fand.

Als die Reihe an ihr war, gab sie dem Knirps kurz und bündig zu verstehen: „Wenn diesem Bus war passiert, stehen wir alle in Gottes Hand, und die Passagierliste steht bei Storch-Reisen im Computer, also, was soll's!"

Da sie allerdings die enttäuschte Miene des Knaben bemerkte, korrigierte sie sich und ließ ihn zumindest einen Gruß an ihren Arbeitsplatz – die urologische Rehaklinik in Bad Herrenalb – notieren.

Inzwischen waren sie über München hinaus und bereits in Richtung Salzburg unterwegs. Von dort sollte es nicht mehr weit bis nach Graz sein. Und von Graz war es wohl nur noch ein Katzensprung bis Bad Tatzmannsdorf, wollte man der Karte glauben.

Herr v. Emm war ebenfalls erwacht und dozierte aus dem Reiseführer: „Die Therme Bad Tatzmannsdorf ist einer der berühmtesten Kurorte Österreichs. Kombiniert mit einer großen Anzahl an ganzheitlich ausgerichteten Therapien bieten Ihnen die natürlichen Heilmittel einzigartig Erfolgsaussichten für die Heilung und Linderung von Beschwerden des Herz-Kreislauf-

Systems und des Bewegungs- und Stützapparates. Lage: nördlich von Oberwart. Seehöhe: 340 Meter. Einwohner: 1200.

Die Bad Tatzmannsdorfer Kur – der natürliche Weg zur Gesundheit. Mit gleich drei natürlichen Heilmitteln – Moor, kohlensäurehältigem Heilwasser und Thermalwasser – sind Sie im wahrsten Sinne des Wortes an der Quelle heilender Kräfte. Bei der Bad Tatzmannsdorfer Kur wird der Mensch in seiner Einzigartigkeit gesehen und behandelt."

Aus der ersten Sitzreihe meldete sich Professor Kannenpütt zu Wort: „Besonders zu empfehlen ist das Thermalwasser mit seinem besonderen Mineralgehalt auch bei Harnwegs- und Nierenerkrankungen sowie zur Heilung von Sexualfunktionsstörungen!"

V. Emm wollte den Einwurf ignorieren, aber Frau Raffzahni machte ihm lautstark einen Strich durch die Rechnung: „Wie kommen Sie gerade darauf, Herr Professor? Sie werden doch damit keine Probleme haben? Sie fahren bestimmt nur zur Wellness dorthin – oder um mit mir eine Runde Golf zu spielen, wie wäre das? Aber doch nicht in anderer Absicht, wie manche unserer Mitreisenden?" Sie warf einen anzüglichen Blick in die Runde der männlichen Passagiere, worauf sich vor allem unter den Chorsängern ein missbilligendes Raunen erhob.

Johanna Jobs konnte ein Grinsen nicht unterdrücken, was v. Emm mit Stirnrunzeln zur Kenntnis nahm. Seine Frau glättete die Wogen und meinte nur: „Hauptsache, ich kann einen ganzen Tag in der Tatzmannsdorfer Therme verbringen – das ist für mich pure Entspannung!"

Zustimmendes Gemurmel ertönte von den hinteren Sitzreihen. Aber v. Emm reagierte gereizt: „Was du dir do vorstellsch, in Herrealb gibt's a e Thermalbad, mit Sauna un Whirlpool un was noch allem, deshalb hätt' ich net stundenlang in eme Bus hocke müsse! Un außerdem, was hasch du gege die Caracalla in Bade-Bade? Odder gege Wildbad? Des sin alles Super-Thermalbäder! Was isch denn do im Burgeland an dem Wasser annerscht? Warm isch des doch iwwerall 35 Grad, odder hab ich recht?“

Wieder einmal bei seinem Lieblingsthema angelangt – warum er diese Reise denn überhaupt hatte antreten müssen – war v. Emm nicht zu stoppen.

Seine Gattin und Johanna Jobs kannten die Situation ja bereits zur Genüge und schwiegen deshalb einvernehmlich und weise.

Aber Kevin ließ sich nicht so leicht bremsen: „Eben haben Sie doch noch vorgelesen, dass das Thermalwasser im Burgenland von nichts übertroffen wird!“, forderte das altkluge Kind Herrn v. Emm heraus. „Außerdem ist auch klar, dass Reisen bildet – und Sie, lieber Herr v. Emm, sind doch ein gebildeter Mann, oder? Und gebildete Menschen wissen, dass sie immer noch dazulernen können!“

Herr v. Emm schmunzelte. „Ja, genau, der junge Mann hat mich durchschaut. Ich bin auf Bildungsreise mit euch, und entsprechend werdet ihr mir zuhören, wenn ich was Interessantes über unsere Umgebung zu berichten habe! Danke, Kevin, für deine Unterstützung!“

Ingrid v. Emm und Johanna Jobs tauschten einen vielsagenden Blick, bevor sie erneut den Ausführungen aus v. Emms Reiseführer lauschten.

Was also gab es in Bad Tatzmannsdorf außer dem Thermalbad so Sehenswürdiges?

Herr v. Emm holte gerade tief Luft, als von hinten Nepomuk Zabbles Stimme ertönte: „In Bad Tatzmannsdorf, wie überall im hügeligen Teil des Burgenlandes, gibt es den Uhudler – einen ganz besonderen Wein! – Den müssen wir unbedingt gemeinsam probieren, meine Damen – mein Herr! Der verändert Ihr Weltbild in einer nie gekannten Weise, das verspreche ich Ihnen!“ Er grinste anzüglich in Richtung der Damen und lehnte sich wieder in seinem Sitz zurück.

V. Emm war pikiert. „Nun ja, über den Uhudler wird in diesem Reiseführer auch kurz berichtet, aber da ich ja keinen Alkohol trinke, halte ich dieses Thema für nebensächlich. Was wir uns auf jeden Fall anschauen werden ist das Freilicht-Museum neben dem Thermalbad. Das gibt es seit 1972, und sie zeigen dort südburgenländische Gebäude aus dem 18. und 19. Jahrhundert, inklusive einiger Tierarten, absolut sehenswert!"

„Was, die Tiere sind so alt geworden?", staunte Kevin.

V. Emm winkte ab und wollte fortfahren, als Johanna Jobs ihn unterbrach: „Und neben dem Museum gibt es einen Heurigen, wo man ortsübliche Schmankerl und besagten Uhudler genießen kann! Außerdem wird im Hotel Spiegel eine Vorführung der hauseigenen Praliné-Herstellung angeboten, wo große und kleine Naschkatzen auf ihre Kosten kommen!" So vollendete sie die Ausführungen ihres Freundes, denn auch sie hatte den Reiseführer gelesen und vor allem auf seine kulinarische Tauglichkeit hin überprüft.

Alles in allem verlief aber die Fahrt so, wie Busreisen eben verlaufen. Bei den Pinkelpausen rannte man an der Raststätte mit den Insassen der gleichzeitig angekommenen Busse um die Wette zu den Toiletten, und immer waren die Herren schneller zurück als die Damen, was zu den üblichen Scherzen führte.

Als sie die Autobahn verließen, kurvte der Fahrer mit Absicht über die Pinkafelder Weinstraße und durch einige enge Dörfer, um den Reisenden einen Eindruck vom Zusammenspiel zwischen Landschaft und Bauweise zu vermitteln.

Sie passierten die Orte Kotezicken, Kleinzicken und Spitzzicken – Kevin krähte vor Vergnügen: „Da kann sich Claire gleich aus drei Dörfern eins zum Wohnen aussuchen! Ich denke, Spitzzicken, das passt zu dir!"

Claire wollte zuerst aufbrausen, lachte dann aber mit. In Erinnerung an das Dörflein Kohfidisch konterte sie: „Da hätten wir dich aber in Kohfidisch rauslassen müssen, kleiner Kotzfisch!"

Nach 10-stündiger Fahrt erreichte der Bus das erste Ziel der Reise: Bad Tatzmannsdorf im Burgenland.

Die Reisegruppe war im Gasthof Stadlwirt untergebracht, einem großen, gemütlichen Haus mit moderner Einrichtung und einer Gaststube im wunderschön ausgebauten, ehemaligen Stall – daher der Name.

Alle waren hungrig und brauchten nicht lange, um ihre Sachen auf die Zimmer zu bringen, sich etwas frisch zu machen und in den Speiseraum zu kommen.

Die Freunde saßen an einem Tisch mit dem Jubel-Paar.

„Ach, ist das schön!", freute sich Elfriede Kall. „Weißt du noch, mein Schnuckelchen, unser erstes Essen auf der Hochzeitsreise?" Sie rutschte auf der rustikalen Holzbank eng zu ihrem Angetrauten hin und streichelte ihm die rundlichen, roten Wänglein.

„Ja, mein Herz", erwiderte der Angesprochene und drückte ihr einen Kuß auf die sorgsam rot umrandeten, faltigen Lippen. „Wir rasteten in einem uralten Gasthaus und aßen Brotsuppe mit den Wirtsleuten. Anschließend gab es eine saure Gurke für jeden und eine schon etwas angegraute Hartwurst, an der man sich die Zähne ausbeißen konnte – aber wie gut hat das geschmeckt!" Er bleckte die Zähne, dass er ein Gebiss trug war unverkennbar, und leckte sich genießerisch die Lippen, als spürte er heute noch den Wurstgeschmack von damals auf der Zunge.

Johanna Jobs überlief es kalt. „Ranziges Fett" war alles, was sie denken konnte und die Übelkeit, die sie während der letzten Fahrtstunden im Bus überkommen hatte, nahm zu.

Als die Bedienung wegen der Bestellung an ihren Tisch trat, fragte Johanna Jobs deshalb als Erstes nach einem Schnaps, was ihr befremdete Blicke von ihren Tischnachbarn eintrug.

„Mir ist etwas übel von der Fahrt", entschuldigte sie sich. Irritiert registrierte sie dann die Bestellung der beiden Kalls: Wiener Schnitzel mit Pommes und Salat.

„Da kann man nichts falsch machen“, meinte Frau Kall. „In Österreich sind sie darin Meister ihres Fachs!“

Johanna Jobs hätten gerne widersprochen oder zumindest klargestellt, dass „die Österreicher“ genauso wenig wie „die Deutschen“ ein Einheitsgericht als Meisterwerk der Gastronomie anbieten würden. Und – wenn Manfred Krauthappel, Fotograf und seines Zeichens Österreicher – sie recht informiert hatte, servierte man hierzulande eher Reis oder Salzkartoffeln zum Wiener Schnitzel als Pommes frites. Das war eher ein Zugeständnis an die „Piefkes“, wie man die Deutschen nördlich der Main-Linie in Wien nennt.

Sie persönlich wollte im Burgenland etwas von den einheimischen Spezialitäten genießen. Schließlich hatte sie in ihrem Reiseführer genau diese angestrichen! Also bestellte sie gebratene Zanderfiletstreifen mit Pesto rosso an Spaghettini und freute sich, dass auch die v. Emms den regionalen Gerichten aus der Speisekarte den Vorzug gaben.

Das Essen war vortrefflich, die Unterhaltung jedoch eher schleppend. Das Ehepaar Kall ermüdete die Tischgesellschaft mit nicht enden wollenden Geschichten ihrer ersten Hochzeitsreise und selbst Johanna Jobs, die sonst eine gute Zuhörerin war, hatte irgendwann die Nase voll von dem ewigen: „Nicht wahr, mein Schatzilein“ – „Bussi, Bussi, mein Schmusekätzchen“, und anderen Liebesbezeugungen des betagten Paares. Sie war einfach hundemüde, hatte einen langen Tag mit vielen neuen Eindrücken und vielen fremden Menschen hinter sich und wollte nur noch eins: sich ins Bett legen und ein gutes Buch – am besten einen spannenden Krimi – lesen. Allerdings hatte ihr Manfred Krauthappel als Reiselektüre ein Buch über die Historie des Burgenlandes geschenkt. Wie sollte sie ihm beim Wiedersehen sagen, dass sie es gar nicht erst aufgeschlagen hatte, weil eine derart bildende Lektüre eher nicht nach ihrem Geschmack war? Was würde der Mann von ihr denken?! Nein, da half alles nichts. Wollte sie ihn beeindrucken, musste sie einfach mehrere Seiten des Buches gelesen haben – den Rest konnte sie sich dazu reimen, beredt und um Einfälle nicht verlegen, wie sie nun einmal war.

Trotz des guten Essens konnte sich Johanna Jobs aber weiterhin eines unguten Gefühls in der Magengegend nicht erwehren. Auch der Schnaps hatte nicht geholfen. Irgendetwas beunruhigte sie. Hatte es etwas mit den Mitreisenden zu tun? Oder mit ihrem Traum? Was hatte es mit dem gegelten Knaben im „Cockpit" des Busses auf sich? Angeblich sollte er das Fahren lernen, bzw. den Busfahrer entlasten, aber bisher hatte er daran überhaupt kein Interesse gezeigt! Stattdessen hatte er nur mit Mildred Funk, der Sekretärin von Nepomuk Zabble, geflirtet!

Johanna Jobs stocherte lustlos in ihrem restlichen Krautsalat herum und biss unvermittelt auf ein Pfefferkorn.

„Ah", stöhnte sie und erntete mitfühlendes Nachfragen von allen mit ihr am Tisch Sitzenden.

„Sie sollten auch in Ungarn zum Zahnarzt gehen!" mahnte Frau Kall.

Das war ihre Chance!

„Au, oh, ja, ich habe leider Zahnschmerzen, ziehe mich deshalb jetzt zurück, wenn Sie mich bitte entschuldigen wollen ..." Sprach's und entfernte sich vom Tisch.

An der Theke bestellte sie sich allerdings noch ein Viertel vom guten Burgenländer Blaufränkischen, den sie zu der ihr bevorstehenden trockenen Lektüre mit aufs Zimmer nahm.

Eine halbe Stunde später klopfte es leise an ihrer Tür. Emmle nebst Gattin standen draußen. „Wie geht's?", fragten sie unisono. „Könne mir irgendwas mache?"

„Noi danke, es dut mir loid, wenn ich euch die Stimmung vermiest hab, ich hab bloß so e ungutes Gfühl, irgendwas stimmt net uff dere Rois!"

Johanna Jobs, schon im Schlafanzug, die Haare auf Lockenwickler gedreht und unter einem Handtuch verborgen, hatte sich die Bettdecke um die Mitte gewickelt und sah in dieser Aufmachung ziemlich eigentümlich aus. Einige der anderen Mitreisenden, auf dem Weg zu ihren Unterkünften, kicherten ob des Anblicks an Frau Jobs' Zimmertür.

Das Ehepaar v. Emm versuchte, Johanna Jobs zu beschwichtigen. „Morge sieht alles ganz annerscht aus. Jetzt schlofe Sie sich emol gründlich aus und träume Sie ebbes schöns!", schlug Emmle vor.

„Wir gehen morgen zuerst einmal schön baden, das tut dir gut!", bestimmte seine Frau.

„Ja, ihr habt jo recht. Morge isch a noch en Dag!"

Also verabschiedeten sich die drei und Johanna Jobs schlief wirklich tief und ruhig die ganze Nacht hindurch. Dass sie von rollenden Reifen und weißen Strichen auf der Straße träumte war kein Wunder, nach der langen Fahrt im Autobus. Was wohl ein Busfahrer nach einem solchen Tag in seinen Träumen erlebte?

Mit diesem Gedanken wachte Johanna Jobs auf und ermahnte sich, den Busfahrer Anton Schandl unbedingt danach zu fragen und nebenbei gleich dem gegelten Typen an seiner Seite etwas auf den Zahn zu fühlen.

Samstag, 1. Oktober

Allerdings war an diesem Samstagmorgen vom Busfahrer nichts zu sehen. Nun ja, wenn alle Mitreisenden den Tag über im Thermalbad planschen würden, wie es auf dem Programm stand, konnte er sich ja auch ein paar freie Stunden genehmigen. Bestimmt hatte er irgendwo eine kleine Freundin, mit der er die Zeit verbringen konnte. Wie immer dieser Zeitvertreib aussehen würde – es ging Johanna Jobs nichts an.

Während sie auf Isabell Nieferer wartete, beobachtete sie, wie Frau Raffzahni ihre ganze Verführungskunst aufbot, um Professor Kannenpütt zum Golfplatz abzuschleppen. Aber er blieb hart. „Heute will ich mich nur entspannen – in der Sauna und überhaupt. Sie entschuldigen mich, Gnädigste!"

Schmollend zog die so Angeredete mit ihrem Golfsack ab. An der Straßenecke hielt mit laufendem Motor ein Mercedes-Cabrio. Der Mann darin öffnete die Beifahrertür, als Frau Raffzahni vorbeischlenderte, sprach sie an, und zu Frau Jobs Erstaunen stieg die Dame sofort ein. Das Auto brauste davon. Johanna Jobs starrte ihm nach.

Isabell tippte ihr auf die Schulter: „Hast du einen Geist gesehen?"

Johanna Jobs schüttelte den Kopf und holte einmal tief Luft. „Alles in Ordnung", sagte sie. „Lass uns gehen!"

Punkt zehn Uhr traf die Reisegruppe aus Karlsruhe im Tatzmannsdorfer Thermalbad ein.

Seltsam, wie alle Erdenschwere sich hier im Thermalwasser auflöste! Die Prospekte hatten nicht zu viel versprochen.

Selbst Herr v. Emm, der noch beim Frühstück protestiert hatte – von wegen der eigenen Therme in Bad Herrenalb –, suhlte sich selig im Nass und genoss vor allem die Wassergymnastik. Er ließ sich nach Anweisung der Physiotherapeutin von seiner Frau auf Händen tragen und seufzte nur: „Des hen mir in unserm Thermalbad net – muss ich unbedingt einführe!“

Johanna Jobs ließ sich derweil – je eine Schwimmnudel unter den Armen und unter den Knien – entspannt und sorgenlos durchs Becken treiben und schmunzelte ob der Begeisterung ihres Freundes. Allerdings hatte sie nicht mit Kevin gerechnet. Der Kleine hatte Langeweile – seine Schwester und Mutter waren, wie sich herausstellte, mit Isabell Nieferer in der Damensauna verschwunden. Sein Vater war mit Handy und dem Alutrolley, den er nie aus den Augen ließ, wie Johanna Jobs aufgefallen war, unterwegs – und Kevin blieb allein in der Therme. Einen flüchtigen Augenblick lang wünschte Johanna Jobs sich auch in die Sauna, aber dann siegte ihr gutes Herz und sie widmete sich dem Jungen.

Sie lagen auf dem Rücken im Wasser und lauschten der Unterwassermusik, als auf einmal ein lautstarker Gesang die ätherischen Klänge übertönte. Der Chor hatte sich im Warmwasserbecken versammelt und ließ das passende Lied „Wenn alle Brünnlein fließen“ erschallen.

Wenige Badegäste protestierten, andere klatschten Beifall und forderten eine Zugabe.

„Lass uns hier verschwinden“, flüsterte Johanna Jobs dem Jungen zu. „Ich weiß, wo ein gutes Café ist, da stärken wir uns! In zehn Minuten am Ausgang, klar?“

Kevin nickte begeistert. Ein Ausflug ohne Aufsicht seitens der Eltern oder der Schwester, megageil! Und in Anwesenheit dieser Frau von der Kirche, wie sie sich selbst vorgestellt hatte, konnte ihm schließlich nichts passieren!

Wie verabredet trafen sie sich am Ausgang des Thermalbades. Johanna Jobs hatte sich allerdings noch bei den v. Emms verabschiedet und sie gebeten, Kevins Mutter Bescheid zu sagen, falls die ihren Sprössling vermissen sollte ...

Beim Spaziergang durch den Kurpark plauderte Kevin munter drauflos. „Wissen Sie, mein Vater ist eigentlich gar nicht so“, erzählte er seiner Begleiterin ohne Scheu. „Er hat viel um die Ohren mit seinem Geschäft, und da gibt es so viele Leute, die ihn um sein Geld betrügen wollen. Deshalb will er es jetzt in Ungarn in Sicherheit bringen, hat er gesagt. Da kann man Gold kaufen oder in Zähne investieren – ich glaube ja, damit meint er Elfenbein! Aber das darf ich nicht laut sagen, weil es doch verboten ist, damit zu handeln, und überhaupt, auch wegen Claire, die würde ausrasten, wenn sie davon erfährt – sie ist doch so für den Tierschutz!“ Ernsthaft nickend trabte der Kleine neben Johanna Jobs her, der sich bei diesen Schilderungen bereits die Nackenhaare sträubten. Das waren ja kriminelle Machenschaften!

Und schon redete Kevin weiter: „Und Mama, na ja, die leidet natürlich darunter, dass Papa so viel zu tun hat, und immer andere Sekretärinnen da sind, mit denen er bis spät nachts arbeiten muss. Aber das ist doch klar, wenn eine neu ins Geschäft kommt, muss die eingearbeitet werden, oder nicht?!“ Verständnisheischend nahm er ihre Hand und blickte treuherzig zu ihr auf.

Johanna Jobs schmolz dahin. Sie schluckte den Groll gegen Papa Middel hinunter und nickte. „Ja, wenn du das sagst.“ Damit hatte sie wenigstens nicht gelogen.

Aber es kam noch dicker.

„Deshalb verstehe ich auch, wenn Mama ab und zu aus einem Kaufhaus was mitbringt, das sie nicht bezahlt hat. Sie sagt, so ein bisschen Nervenkitzel braucht sie zum Leben, und die Leute in den großen Kaufhäusern hätten deswegen ja auch keinen Verlust, wegen so eines kleinen Lippenstiftes oder einer Creme oder so ...“ Wieder zog er an ihrer Hand und schaute sie an.

Eine Kleptomanin als Mutter, einen undurchsichtigen Geschäftsmann und Schürzenjäger als Vater – da konnten einem die Kinder ja nur leid tun!

Johanna Jobs beugte sich zu Kevin hinunter, legte ihm zwei Finger unters Kinn und sagte ernst: „Mein Freund, ich schätze, du hast es nicht leicht mit deiner Familie! Aber ich frage mich: Wer hat das schon? Schau mal hier im Kurpark, da siehst du die verschiedensten Büsten von berühmten Leuten. – Wie etwa hier, das ist der Herr Grillparzer. Und dort drüben, das ist der Adalbert Stifter, auch ein Schriftsteller. Und die Sissi, also die österreichische Kaiserin, die so berühmt war, die war auch in Bad Tatzmannsdorf zu Besuch. Glaubst du, die hatten alle Super- Eltern? Wenn die uns was aus ihrer Kindheit erzählen könnten – wir würden mit den Ohren schlackern! Wichtig ist, was aus einem wird! Und nicht nur, wo man herkommt!"

Kevin schien ihre Antwort zu beruhigen und so liefen sie durch den Park und überlegten sich, welch schwierige Kindheitserlebnisse Größen wie Grillparzer, Haydn und andere wohl in ihrer Lebensgeschichte aufzuweisen hatten.

Kurz bevor sie das berühmte Café Gradwohl am Rande des Kurparks erreichten, musste Kevin plötzlich aufs Klo.

„Wir sind gleich da", murmelte Johanna Jobs, peinlich berührt ob des augenscheinlich dringenden Bedürfnisses. „Oder, halt, da vorne ist ein öffentliches WC, wenn du es ganz eilig hast, geh da rein, ich warte hier ..." Schon war der Junge verschwunden.

Johanna Jobs verweilte neben einem kleinen Springbrunnen und dachte an den Traum, den Grillparzer angeblich hier in Bad Tatzmannsdorf gehabt hatte – von einem wunderschönen Wald, den er kurz betreten, danach aber nicht wiedergefunden hatte. Wie das mit Träumen eben so ist.

Sie hatte sich nie Gedanken über Kindheit und Jugend namhafter Künstlerinnen und Künstler gemacht. Manfred Krauthappel dagegen – das ahnte sie – war mit Sicherheit an solchen

Sachen interessiert, wie an allem, was mit Geschichte zusammenhing. Sie konnte bestimmt noch eine Menge von ihm lernen, wenn sich einmal die Gelegenheit ergäbe.

Und sollte sie je – obwohl ein derartiger Gedanke in weitester Ferne lag und eigentlich verboten war – von ihm Kinder bekommen, dann wären das wohl die reinsten Intelligenzbestien! Gleichzeitig fiel ihr ein alter Witz ein: Eine sehr schöne, wenn auch recht dumme Dame saß bei einer Gala neben dem Festredner, einem hochintelligenten, wenn auch sehr hässlichen Professor. Während der Konversation bei Tisch sagte die Dame zu ihm: „Ach, Herr Professor, was glauben Sie, was wir für Kinder haben könnten: Meine Schönheit und Ihre Intelligenz!" – Der Professor entgegnete galant: „Ja, wunderbare Vorstellung, aber, geehrte Dame, bedenken Sie, wie wäre das umgekehrt!" Bei dieser Vorstellung da musste Johanna Jobs laut lachen.

Das Lachen verging ihr, als Kevin in der Toilettentür auftauchte. Der Junge stürzte völlig verstört auf sie zu und rief: „Frau Jobs, Frau Jobs, bitte, Sie müssen ihm helfen!"

Sie hielt den Jungen an den Armen fest und setzte sich mit ihm auf eine Bank.

„Ganz ruhig, ruhig, mein Junge", sprach sie leise auf Kevin ein und strich ihm das Haar aus der Stirn. „Was ist denn passiert?"

Kevin zitterte wie Espenlaub. „Da, da drin", er zeigte aufs WC, „da hat einer unseren Busfahrer bedroht!"

„Wie, unseren Busfahrer? Den Anton Schandl?"

„Ja, ja, genau! Anton – hat er zu ihm gesagt – Anton, wenn dir dein Leben lieb ist, dann haust du jetzt ganz schnell ab! – Das hab' ich genau gehört!"

Die Zähne des Jungen klapperten. Johanna Jobs nahm ihn ganz fest in den Arm.

„Und was war dann?"

„Ddder Bbusfahrer hat ge-gesagt: Drohen willst du mir? Ha!

– und dann hat er noch was von einem Ungeheuer am Loch gesagt ... mehr hab' ich nicht verstanden."

Johanna Jobs vermutete eine unanständige Redewendung und überging den letzten Satz: „Sind die Männer noch da drin?", fragte sie.

„Nein, nein, die sind weg – haben Sie die denn nicht gesehen?" Kevin sah fragend zu ihr auf – schließlich war sie die einzige ihm bekannte Erwachsene in der Nähe. Sie musste doch den Überblick haben!

Johanna Jobs schüttelte den Kopf. Nein, sie hatte niemanden gesehen.

„Was genau hat dich denn an dem Gespräch so erschreckt?", forschte Johanna Jobs nach.

„Hab ich, hab ich das – das nicht gesagt? – Er hatte ein, ein Kl-, ein Klappmesser, das hab ich genau gehört – er wollte dem Herrn Schandl weh tun ..." Nun schluchzte der Kleine hemmungslos.

Johanna Jobs erwog, die Polizei zu holen. Andererseits, wenn Kevin da etwas falsch verstanden hatte und sie hier immerhin im – wenn auch deutschsprachigen – Ausland waren, wer weiß, was sie da anleierte?

„Wie kommst du darauf, dass der andere Mann ein Klappmesser hatte – hast du es gesehen?", fragte sie zunächst nach.

„Dddas hab ich gehört. Das – das Geräusch kenne ich ... in der Schule bei uns, da haben manche Jungs auch so ein Messer, und damit, damit ..." Wieder das Schluchzen. Johanna Jobs zählte zwei und zwei zusammen. Seine Familienverhältnisse machten Kevin ja zum geborenen Opfer!

Und wenn er nun auf einer öffentlichen Toilette ein entsprechendes Geräusch gehört hatte – mit einschlägigem Begleittext – musste man sich nicht wundern, dass er ausrastete.

Sie nahm den Jungen bei den Schultern.

„Kevin, sag mir, ob du das schaffst: Ich möchte mit dir gemeinsam da zu dem Klo gehen und nachschauen, was passiert ist. Vielleicht finden wir Blutspuren, ich weiß es nicht. Wenn wir was finden, rufen wir die Polizei, einverstanden? Und wenn wir nichts finden, gehen wir erst mal in Ruhe Kaffee trinken und du erzählst mir, was dir so alles in der Schule passiert, wenn du möchtest. Was hältst du davon?"

Kevin schluckte und wischte sich die Tränen ab.

„Ja, in Ordnung. Aber Sie dürfen mich nicht allein lassen." Er suchte ihre Hand.

„Klar, ich hab' doch auch Angst!", erwiderte sie mit schiefem Lächeln und drückte die schmalen Finger des Jungen.

Wie Indianer auf dem Kriegspfad schlichen die beiden die wenigen Meter bis zur Tür des Toilettenhäuschens.

„Achte auf Spuren!", flüsterte Johanna Jobs.

Aber so sehr sie ihre Augen auch anstrengten, weit und breit waren keine Spuren von Blut oder sonst etwas Beängstigendem zu sehen.

Auch als sie vorsichtig die Tür aufzogen, kam ihnen außer durchdringendem Geruch nach Urin und Desinfektionsmitteln nichts entgegen.

Allen Mut zusammennehmend rief Johanna Jobs: „Hallo, ist da jemand? Herr Schandl, sind Sie da drin?"

Keine Antwort.

Der Vorraum zur Toilette war leer und, wie Kevin beim Bücken bemerkte, waren unter den Kabinentüren hindurch auch keine Füße zu entdecken. „Sie könnten auf der Klobrille draufstehen", flüsterte er.

Der Knabe hatte entschieden zu viele Krimis gesehen, dachte Johanna Jobs. „Ich gehe davon aus, dass die beiden Männer schon lange weg sind", sagte sie wieder mit normaler Stimme. „Und wir verschwinden jetzt auch von hier!"

Sie nahm wieder Kevins Hand und gemeinsam traten sie den Rückzug an. Hier draußen im Park und beim Überqueren der Straße zum Café wirkte alles heiter und friedlich, und langsam wich auch die Anspannung des Jungen.

Im Café suchten sie sich einen kleinen Tisch in der Nähe der Kuchentheke – so hatten sie es bequem und die ganze Vielfalt der Auslage vor Augen.

Laut Reiseführer gab es in dieser Konditorei auch besondere Vollkorn-Spezialitäten. Johanna Jobs, ausnahmsweise auf ihre Gesundheit bedacht, wählte deshalb ein Stück Torte aus diesem Sortiment – eine Batthyany-Torte.

„Die Grafen Batthyhany sind eine der ältesten Magnatenfamilien des Burgenlandes – und einer von ihnen, Ladislaus, war sogar fast ein Heiliger", klärte sie Kevin auf, der sich nicht zwischen einem Punschkrapfen und einer Esterhazy-Schnitte entscheiden konnte. „Iss erst mal die Schnitte, die stammt auch von einem ganz berühmten Grafen, also, wenigstens der Name. Dann sind wir beide besonders vornehm! – Den Punschkrapfen bestell' gleich mit. Zur Not kann man den einpacken."

Während sie auf Kaffee bzw. Kakao und Kuchen warteten, entdeckten sie am Nachbartisch fünf Damen aus der Reisegruppe. Anscheinend war denen das warme Wasser auch zu viel geworden.

„Die wissen eben, was gut ist", kicherte Johanna Jobs.

Kevin lachte mit. „Schauen Sie mal, die haben alle gleich zwei Stück Kuchen auf dem Teller!" Er zeigte doch tatsächlich mit dem Finger hinüber.

„Aber, wer wird denn!", tadelte Johanna Jobs sanft.

Da sie nun auch ein menschliches Rühren verspürte, ließ sie den Knaben kurz allein.

Als sie zurückkam, standen Tassen und Teller gut gefüllt auf dem Tisch. Kevin hatte artig gewartet, bis seine Tischdame wieder bei ihm war.

„Kompliment", sagte sie, „ich kenne Männer, die nicht warten können – also: Guten Appetit!"

Sie gönnten sich die erste Gabel voll der süßen Wonne. „Hmm", schwärmte Johanna Jobs „Marzipan, Dörrpflaume, Walnuss, Zimt, Rum und ich weiß nicht, was noch alles ..."

Kevin war da profaner. Er hatte den Mund noch voll Sahnecreme, als er schwer verständlich fragte: „Hat er Sie eigentlich auch auf sein Zimmer bestellt?“

„Wie, wer hat mich wohin bestellt?“ Auch Johanna Jobs' Aussprache war nicht ganz klar.

Kevin schluckte, dann redete er weiter: „Na, der Busfahrer! Die Damen da“, wieder zeigte er mit dem Finger in die entsprechende Richtung, „erzählen sich gerade, dass der Busfahrer jede von ihnen für heute Nachmittag auf sein Zimmer bestellt hat!“

„Alle gleichzeitig?“ Frau Jobs staunte. Dann spitzte auch sie die Ohren.

„Zu mir hat er gesagt: Kommen Sie um zwei? Ich würde mich so freuen! – Da habe ich gesagt, dass ich dann noch in der Sauna bin! Und er hat gesagt, na, dann kommen Sie um vier – eine Stunde nach der Sauna ist die Frau am schönsten!“ Die Dame wurde rot und kicherte.

„Mich hat er auf drei Uhr bestellt zu einem Schäferstündchen! Er meinte, er habe eine besondere Überraschung für mich!“

Eine Sopranistin gab zu: „Ich sollte um fünf kommen – er behauptete, wenn er mir eine private Gesangsstunde gäbe, könnte ich die Koloratur bis zum hohen G schaffen – ich weiß gar nicht, was er damit gemeint hat!“ Die anderen wollten sich auf einmal ausschütten vor Lachen und schnatterten wild durcheinander.

Nun mischte sich Johanna Jobs ein: „Ist denn eine von Ihnen zu diesem Stelldichein gegangen?“, fragte sie.

Die Damen fuhren herum. Als sie neben Frau Jobs nur Kevin sitzen sahen, beruhigten sie sich wieder.

„Nein, selbstverständlich nicht!“ – „Wie können Sie das von uns denken!“ – „Das wäre ja noch schöner!“ – „Da könnte ja jeder kommen!“, riefen sie durcheinander.

„Ach?“ Johanna Jobs setzte ein naives Gesicht auf. „Da haben Sie aber was versäumt! Ich kann Ihnen nur aus eigener Erfahrung sagen ...“

Als sie bemerkte, dass Kevin den Mund aufmachen und protestieren wollte, drückte sie schnell mit der Hand unter dem Tisch sein Knie, um ihn ruhig zu halten. Er schaltete sofort und widmete sich seinem Punschkrapfen.

Die Damen waren näher gerückt: „Nun erzählen Sie schon, ist der Mann wirklich so – äh, so gut?"

„Noch besser!", log Johanna Jobs. „Aber das haben Busfahrer so an sich!", setzte sie noch eins drauf. „Das muss man doch wissen, wenn man eine Busreise mitmacht!" Sie sah die Damen herausfordernd an.

„Na ja", gab da die eine klein bei. „Ich wollte ja hingehen, aber er war nicht da!" Sie wurde knallrot und schob die Kuchenkrümel auf ihrem Teller mit der Gabel hin und her.

Die nächste zog nach: „Als ich zufällig um kurz nach drei vorbeikam, war er auch nicht in seinem Zimmer."

„Um eins habe ich es auch vergeblich versucht ...", ergänzte die dritte.

„Jetzt ist es gleich vier Uhr – wollen Sie denn nicht?", fragte Frau Jobs die Vier-Uhr-Dame freundlich.

Diese zierte sich. „Ich hatte nun wirklich nicht die Absicht!"

Johanna Jobs half ihr. „Sie wollten doch nur hingehen und ihm sagen, wie geschmacklos Sie sein Verhalten finden! Und dass Sie und die anderen Damen längst über seinen Stundenplan gelacht haben!"

Das war die rettende Idee. Die Situation entspannte sich sichtlich.

„Ja, genau, das hatte ich eigentlich vor! – Äh, Karla, kommst du mit?" Sie stupste die für fünf Uhr vorgesehene Kandidatin in die Seite.

„Gute Idee, genau das machen wir."

„Wir kommen auch mit", sagten die anderen.

„Und wir auch!" Johanna Jobs nickte Kevin zu. Der war einverstanden. Mit soviel weiblichem Begleitschutz hatte er gar nicht gerechnet.

Allerdings war der Busfahrer Anton Schandl auch um 16 Uhr nicht in seinem Zimmer anzutreffen. Johanna Jobs hatte das befürchtet. Was nun?

Ratlos sah sie Kevin an. Natürlich nahm sie seine Beobachtung ernst, aber im Augenblick konnten sie eigentlich nichts unternehmen.

„Was meinst du, sollen wir ins Freilichtmuseum gehen? Da haben wir uns doch mit den anderen auf halb fünf verabredet! Vielleicht fällt denen ja ein, was wir machen können!"

Je mehr Verstärkung, desto besser. Das leuchtete auch dem Jungen ein.

Beim Besuch des Freilichtmuseums schien er seine unangenehme Begegnung im WC des Kurparks fast vergessen zu haben, wie er so durchs Gelände lief und immer als Erster bereits das nächste Gebäude erforschte.

Die v. Emms, Isabell Nieferer und Johanna Jobs ließen sich mehr Zeit. Während des langsamen Dahinschlenderns und Schauens erzählte Johanna Jobs kurz, was passiert war.

Herr v. Emm sagte entschieden: „Noi, noi, ich lass mich net schon widder in ebbes neiziehe – oimol isch gnug!"

Er schien ganz vergessen zu haben, dass in Bad Herrenalb ja er es gewesen war, der die Freundin in „ebbes", was nicht nur ein Mord gewesen war, hineinverwickelt hatte.

Auch seine Frau riet eher dazu, abzuwarten. „Wer weiß, was der Junge gehört hat. Ihr werdet sehen, morgen sitzt der Herr Schandl munter wieder am Steuer und erzählt uns Witze über die Heanzen, die hier wohnen. Die Tatsache, dass er heute Nachmittag nicht auf seinem Zimmer war, sagt mir nur eins: Wahrscheinlich hat er bei seinen vielen Rendezvous Angst vor der eigenen Courage gekriegt und sich abgeseilt!"

Das leuchtete auch Johanna Jobs ein. Und sie amüsierte sich köstlich, als Isabell Nieferer sie später kurz beiseite nahm und fragte: „Sag' mal, hast du wirklich solche Erfahrungen mit Busfahrern gemacht?"

Was das junge Ding ihr doch zutraute!

Die Besichtigung des Museums verlief harmonisch. Der einzige Tumult entstand, als einer der jüngeren Bässe beim Ziegengehege unbedingt den Stierkämpfer spielen wollte und – mit dem roten Kopftuch seiner Frau bewaffnet – so lange vor dem Ziegenbock hin und hertänzelte, bis der den Kopf mit den langen, gewundenen Hörnern neigte und auf den Eindringling losgaloppierte. Der konnte sich gerade noch mit einem gewaltigen Sprung über den Zaun retten, landete allerdings auf der sicheren Seite in einer Pfütze, die nicht nur aus Wasser, sondern auch aus Jauche bestand. Alles johlte.

„Die Rache ist mein, spricht der Herr", murmelte Johanna Jobs voll Genugtuung. Wenn sie eines nicht leiden konnte, war es, wie sich Menschen oft gegenüber Tieren verhielten, um nachher zu sagen: das blöde Vieh.

Das Lustwandeln und Besichtigen hatte alle durstig und hungrig gemacht. Kein Wunder, dass sie sich begeistert auf den Holzbänken an den langen Tischen niederließen, die der Wirt des Buschenschankes wegen des milden Wetters noch draußen auf der Wiese stehen hatte.

Die Speisekarte versprach deftige Brettljausen mit verschiedenen Wurst-, Käse- und Specksorten, Schmalz und diversen „Obatzten", dazu frisches Holzofenbrot.

„Isch mol ebbes anners als wie unser Baguette", meinte v. Emm nach dem ersten herzhaften Biss in die knusprige Kruste.

Johanna Jobs neckte ihn: „Sin Se sicher, dass Se net viel lieber so e labbriches Weißbrot esse däte zu dem salziche Speck?"

Er ignorierte ihre Bemerkung und nahm sich ein weiteres Stück Brot. „Des isch ganz bstimmt e Heanzabrot, un deshalb schmeckt's mir a so gut – weil ich doch a Heinrich, abgekürzt Heinz, hoiß!"

Johanna Jobs grinste. Ihr Emmle hatte es schon immer verstanden, die Dinge zu seinen Gunsten auszulegen, vor allem, wenn er gut drauf war.

Ihre Laune verschlechterte sich allerdings schlagartig, als Nepomuk Zabble, mit einem großen Weinkrug in der Hand, leicht schwankend auf ihren Tisch zukam.

„Muss das sein? Beim Kirchenchor ist noch jede Menge Platz", murmelte sie Ingrid v. Emm zu. Da brach der alte Zabble bereits wie eine Flutwelle über sie herein.

„Tun Sie mir die Ehre und trinken Sie einen Schluck Uhudler mit mir – urig, herrlich, unvergleichlich, duftend, lebensfroh, ehrlich, resch – einfach Uhudler. Ich hatte ihnen doch davon erzählt!" Er verbeugte sich leicht aus der Hüfte vor der Tafelrunde.

„Wo ist denn Ihre Sekretärin? Sollten Sie nicht eher mit der was trinken?", versuchte Frau v. Emm dem Überfall noch Einhalt zu gebieten.

„Sie meinen meine tüchtige Frau Funk? Die ist mit Frau Middel und den Kindern beim Pralinenfabrizieren – eine gute Beschäftigung für zarte Frauchen und Kinderchen ... Aber wir sind doch längst erwachsen! Deshalb sage ich: Ein Schlückchen in Ehren kann niemand verwehren!"

Und schon saß er neben Johanna Jobs und schenkte ihr Glas voll bis zum Rand.

Auch die anderen bedachte er aus seinem Krug mit dem hellroten Wein.

„Und, was sagen Sie dazu?" Er strahlte so stolz übers ganze Gesicht, als habe er selbst diesen Uhudler gekeltert.

Die Damen nippten an ihren Gläsern, nur Herr v. Emm ignorierte den vor ihm stehenden Wein. Schließlich trank er keinen Alkohol, das wussten alle!

„Er schmeckt ein wenig nach Erdbeeren", sagte Isabell Nieferer höflich nach dem zweiten Schluck.

„Und nach Riebisln und nach Himbeeren ...", grunzte Zabble und schlürfte schmatzend sein halbes Weinglas aus. Er rülpste leicht, murmelte „Pardon, die Damen", und fuhr dann fort: „Haben Sie gewusst, dass der Uhudler aus Amerika kommt? So wie ich, hahaha!" Er lachte scheppernd. „Angeblich haben den schon die Indianer getrunken, und ihre Medizinmänner konnten, nach entsprechendem Konsum, alles Mögliche voraussehen, mal schwarz, mal rot, wie unsere Politiker, hahaha!"

Er trank sein Glas aus und schenkte sich gleich noch einmal großzügig aus dem Krug ein. Dann füllte er erneut die Gläser der anderen auf. Herr v. Emm hob sein Glas außer Reichweite, sonst wäre ihm der Apfelsaft auch noch mit Wein veredelt worden. Aber auf Leute, die keinen Alkohol trinken, nahm Zabble gar keine Rücksicht. Der Herr hielt viel lieber Reden an sein Volk.

„Diese Rebe, meine Damen und Herren, ist sehr resistent. Die hätte sich leicht gegen all den anderen Fusel, der hier so ausgebaut wird, durchgesetzt. Und man hätte auch nie soviel davon trinken müssen, um einen anständigen Fetzn, äh, einen Rausch zu haben, wie beim hiesigen anderen Wein. Weil er der Reblaus widerstanden hat und keine Spritzmittelchen braucht, deshalb haben sie diesen Wein verboten! Gibt's das? Ja, es gibt so was. Lieber spritzt man die vielen anfälligen Sorten, als dass man einen Wein ausbaut, der gleich so eine enorme Wirkung zeigt! Gott sei Dank haben sich nicht alle Weinbauern davon abhalten lassen, den Uhudler anzupflanzen. Mein Großvater war ein solcher Revolutionär. Und auch wenn er mal hat eine Strafe zahlen müssen, und seine Weinstöcke öffentlich verbrannt worden sind, der Uhudler war nicht auszurotten! – Uhudler heißt er übrigens, weil man nach übermäßigem Genuss dieses Weines am nächsten Tag ausschaut wie ein Uhu, hahaha, nichts für ungut, meine Damen, ich hoffe, Sie haben genug Schminke dabei ...!"

Während seines Vortrages war zuerst Isabell Nieferer vom Tisch aufgestanden. Sie müsse dringend telefonieren, hatte sie gesagt. Auch die v. Emms entschuldigten sich, als die Teller geleert waren, um am Tisch des Chores ein paar Volkslieder mitzuträllern. Ob Johanna Jobs bald nachkäme?

Diese wand sich – hatte Nepomuk Zabble doch eben wieder ihr Glas mit diesem zwar gewöhnungsbedürftigen, aber entschieden süffigen Tropfen aufgefüllt – und außerdem schmerzten ihre Knie. Sie wollte gar nicht aufstehen ...

Also blieb sie einfach sitzen und bewunderte den Vollmond, der hinter dem Wald erschien und die weißgekalkten Wände der alten Häuschen in ein silbriges Licht tauchte.

„Ist das nicht schön? In Florida ist der Mond natürlich wesentlich größer, der hängt da wie ein Heißluftballon glühend am Himmel!" Nepomuk Zabble hatte sich neben Johanna Jobs richtig breit gemacht.

„Mir gefällt er so, wie ich ihn jetzt sehe", entgegnete Johanna Jobs kurz angebunden.

Zabble lenkte ein. „Mir ja auch. Ob Sie es glauben oder nicht, mit diesem Anblick bin ich aufgewachsen!"

Er schaute sie herausfordernd von der Seite an.

„Ja?", war alles, was er zur Antwort bekam.

„Ja!", bekräftigt er. „Ich stamme aus der Gegend! Und eigentlich heiße ich Zapfel, das Zabble hab ich mir in den Staaten zugelegt, klingt eleganter. Geboren bin ich übrigens in Großenzicken!"

„Ach, und da sind Sie keine Frau geworden?", fragte Johanna Jobs und grinste ihn an.

Man konnte Nepomuk Zabble vieles nachsagen, aber nicht, dass er humorlos war. Der kleine dicke Mann schlug sich auf die zu kurz geratenen Oberschenkel und lachte schallend.

„Sie sind mir eine!", quietschte er unter heftigem Kichern. „Dabei habe ich zuerst gedacht, bei Ihnen, immerhin einer Kirchenfrau, müsste ich mich zusammenreißen! Ehrlich, anfangs haben Sie mir Angst gemacht!"

Johanna Jobs hob die Augenbrauen. Ihr schien die Vorstellung gar nicht zu missfallen.

„Ja", redete er eifrig weiter auf sie ein. „Sie haben für mich einfach so etwas, äh, etwas Kathedralisches!"

Johanna Jobs war froh, dass er wenigstens keine Fantasien von ihr als Domina hatte. Aber sie hielt sich mit einer entsprechenden Bemerkung vornehm zurück.

Da sie keinen Einspruch erhob, wurde Zabble mutiger. Er hakte sich ungefragt bei ihr unter und fuhr fort:

„Immer wenn ich Sie sehe, denke ich an Orgelspiel und Weihrauch, und dann könnte ich fast heulen ..."

„Ich bin aber evangelisch, mein Herr", erwiderte Johanna Jobs und versuchte, seinen Arm abzuschütteln.

„Ach, das ist doch alles gleich! Ich bin auch evangelisch, aber in Ungarn sozusagen großgeworden und habe den Weihrauch und alle Heiligen fast mit der Muttermilch aufgesogen! – Mein Blutsbruder ist Ungar ..."

Jetzt wurde Johanna Jobs allerdings neugierig, war sie doch eingefleischte Indianerliebhaberin und noch immer begeistert von Karl May: „Was, Sie haben einen Blutsbruder? Ich denke, so etwas gibt es nur bei den Indianern?"

Zabble lachte. „Ja, das ist eben so ähnlich wie mit dem Uhudler. Manches schwappt bis zu uns herüber. Nein, aber wollen Sie es wirklich wissen? Das habe ich noch niemandem erzählt! Ich scheine im Alter sentimental zu werden!"

„Sie müssen mir nichts erzählen", wehrte Johanna Jobs ab.

„Oh doch, gerade Ihnen kann ich doch hoffentlich mein Herz ausschütten, wie in der Beichte, sozusagen ..."

Johanna Jobs wurde es langsam unheimlich. „Ich bin nicht katholisch", versuchte sie es noch einmal.

„Ist mir doch gleich! – Kommen Sie, trinken wir noch einen Schluck! Ach, ist das schön hier, hören Sie auch die Wassermelodie von dem kleinen Bach hinter uns?"

Johanna Jobs hörte nur den Kirchenchor und andere Gäste des Buschenschankes, die gerade anfingen, das Lied vom Blankenstein-Husar zu singen. Im Rhythmus des Refrains wippte sie mit dem Fuß. Als sie sich dabei ertappte, fragte sie sich, ob ihr etwa der Uhudler schon zu Kopf gestiegen war.

Zabble ließ sich vom lauten Gesang der anderen nicht stören. „So schön ist es eben nur zuhause ...“, murmelte er wehmütig. Dann holte er einen Flachmann aus der Jackentasche und bot seiner Tischnachbarin einen Schluck an.

„Traubenschnaps“, erklärte er. Sie lehnte ab, woraufhin er selbst sich einen großzügigen Schluck gönnte

„Ach ja – lange ist es her. Wissen Sie, wie alt ich bin? 66 Jahre werd' ich heuer. Geboren 1939, drei Monate nach Kriegsbeginn. Meine Mutter ist bei meiner Geburt gestorben, an den Vater kann ich mich nicht erinnern, der ist im Krieg geblieben. Mein Großvater hat mich aufgezogen, war Weinbauer und Viehzüchter. Ist viel in Ungarn gewesen, ich immer mit dabei. Das waren meine schönsten Jahre. Da in Ungarn, auf so einem Pferdehof, da hab' ich meinen besten Freund kennengelernt. Wir waren unzertrennlich. Als wir ins entsprechende Alter kamen, war Karl May unser Ein und Alles. Wir haben uns schlichtweg mit Winnetou und Shatterhand identifiziert und sind Blutsbrüder geworden. Da, sehen Sie mal“, Zabble hielt ihr sein Handgelenk hin. Im fahlen Mondlicht war eine kleine Narbe zu sehen.

„Wir haben es ganz in echt gemacht. Pfui Deibel, hat das wehgetan! Und geblutet! Seine Mutter hat uns gleich ein paar Watschen gegeben, als wir damit angekommen sind. Aber ein Indianer kennt ja keinen Schmerz, haha!“

Johanna Jobs sagte eine Weile nichts. Sie war sich nicht sicher, warum Zabble ihr plötzlich seine Lebensgeschichte erzählte. War das nur Sentimentalität oder steckte mehr dahinter?

Als er auch schwieg, ergriff sie das Wort: „Lebt Ihr Blutsbruder noch – können Sie ihn auf dieser Reise treffen?“

Zabble wurde unruhig, schaute sie nicht an und erwiderte: „Ich würde ihn schon gern treffen, aber wahrscheinlich will er mich nicht sehen ... nach dem, was ich ihm angetan habe ...“

„Sie haben ihm etwas angetan?“

„Ja, das Schlimmste, was man einem Blutsbruder antun kann. Ich habe ihn im Stich gelassen!“ Zabble seufzte.

„Als Sie nach Amerika ausgewandert sind?“, fragte Johanna Jobs vorsichtig.

„Ja, und schon vorher. Wissen Sie, zu der Zeit war alles so anders. Nach dem Krieg gab es immer noch den Schwarzmarkt. In Ungarn waren die Russen, keiner wusste, was eigentlich Sache war. Nur mein Freund, der hatte seinen eigenen Kopf, der wollte partout nicht klein beigeben.“

„Er hat sich politisch betätigt? Oder war in kriminelle Machenschaften verwickelt?“

„Im Grunde lief damals beides auf das Gleiche hinaus. Ich war ja auch nicht besser. Aber mir ging es mehr um Kohle, ihm ging es um sein Ideal. Er wollte die Sowjets aus dem Land haben. War im Ungarnaufstand ganz vorne mit dabei! Und als die Russen am 25. Oktober in Budapest den Kossuth-Platz vor dem Parlament stürmten, wurde auf seinen Bruder geschossen. Das hat ihn endgültig rasend gemacht. Ist abgetaucht in den Untergrund. Und ich? Ich hab’ den Bettel hingeschmissen und bin gegangen.“

„Nun ja, so ist das doch oft mit Freundschaften, oder?“

Johanna Jobs war nicht sicher, was ihr Gesprächspartner ihr sagen wollte.

„Klar, so ist das oft. Nur, wenn der eine der beiden Freunde der Miliz verrät, wo sich sein Blutsbruder versteckt und wenn der dann im Knast landet, dann ist das doch eher nicht normal, oder?“

Zabble wirkte auf einmal zutiefst verstört. Sie ahnte, dass er diesen Teil seiner Herkunftsgeschichte wirklich noch niemandem erzählt hatte.

„Sie haben Ihren Freund verraten?“

„Was hätte ich machen sollen, die hatten mich am Arsch! Die hätten mich doch auch verknackt! Shit, verdammter!“, knirschte er und verstummte wieder.

„Warum erzählen Sie gerade mir das?“, fragte Johanna Jobs nach einiger Zeit ganz direkt.

„Ach, ich weiß auch nicht. Vergessen Sie’s einfach!“, knurrte der dicke Mann plötzlich und erhob sich. „Ich muss jetzt ins Bett, habe wohl doch ein wenig zu tief ins Glas geschaut. Gehen Sie am besten zu den anderen!“

Er zückte seine Brieftasche und schwankte auf den Wirt zu. „Ich zahle das bisschen Zeche und bestell’ gleich noch eine Runde für alle – und: danke fürs Zuhören!“

Auf halbem Weg drehte er sich noch einmal herum und kam zurück. In der Hand hielt er ein kleines Schwarz-Weiß-Foto: „Hier, da können Sie uns sehen, meinen Blutsbruder und mich. Er ist der größere, Weißer Hirsch nannte er sich. Ich war schon immer klein und dick – deshalb hieß ich Wilder Eber, haha ...“

Johanna Jobs betrachtete das Foto. Zwei halbwüchsige Jungs mit selbstgebasteltem Federschmuck, Pfeil und Bogen, Tomahawks und Holzgewehren waren darauf zu sehen, die Gesichter eher unscharf. Und doch erkannte sie in dem kleineren die engstehenden Augen ihres Gegenübers, den in der Mitte der Stirn spitz zulaufenden Haaransatz und die leicht abstehenden Ohren. Der andere Jugendliche war hochgewachsen, sonnengebräunt und wirkte mit den halblangen, fast schwarzen Haaren und dem nackten Oberkörper wirklich wie ein Indianer.

„Behalten Sie’s“, knurrte Zabble im Weggehen.

Nachdenklich steckte Johanna Jobs das Foto ein. Es kam ihr fast vor wie ein Vermächtnis und sie fröstelte leicht. Zum Singen und Witze machen hatte sie auf einmal keine Lust mehr.

Also begab sie sich, nachdem sie den letzten Schluck ihres Uhudlers ausgetrunken hatte, hinüber zu den Ställen der Ziegen. „Ruhende Tiere haben so etwas Tröstliches“, dachte sie.

Aber anscheinend hatte sie im Biologieunterricht nicht richtig aufgepasst, diese Ziegen waren alles andere als ruhig – aufgeregt trippelten sie in ihrem Gehege umher, umkreisten den Stall, meckerten und scharrten mit den Hufen.

„Was ist denn los mit euch?“, fragte Johanna Jobs und überlegte, ob die Unruhe der Tiere immer noch mit dem „Überfall“ des Bass-Toreros zu tun haben könnte.

„Wie kann ein Mensch nur so blöd sein“, schimpfte sie leise vor sich hin. Dann aber trat sie näher an den Zaun heran. Hatte sie da nicht ein leises Stöhnen gehört? Ziegen gaben nun wirklich keine solchen Laute von sich! Da, ja, da war es noch einmal! Das Geräusch kam direkt aus dem Ziegenstall.

Was tun? Sollte sie etwa über den Zaun steigen und nachsehen? So mutig – und vor allem so gelenkig – war sie dann doch nicht.

Zum Glück kam gerade Isabell Nieferer den Pfad vom Museum herunter. Sie hielt immer noch ihr Handy am Ohr und schien in seliges Liebesgeflüster mit ihrem Angebeteten vertieft.

„Isabell!“ – Johanna Jobs musste zweimal rufen, ehe sie bemerkt wurde. „Isabell, komm her, da im Stall stöhnt ein Mensch, ich glaube, der braucht Hilfe!“

Anstatt das Handy auszuschalten, gab die herbeieilende junge Frau das Gerät einfach an Johanna Jobs weiter, stieg kurzerhand über den Zaun, beruhigte mit leisem Raunen die Ziegen und betrat den Stall.

Johanna Jobs dagegen hatte auf einmal einen aufgebrachten Kommissar in der Leitung.

„Was, zum Teufel, geht da vor? Zu was haben Sie Isabell nun wieder angestiftet?“

„Woher wissen Sie, wer ich bin?“, giftete Johanna Jobs zurück. So ließ sie nicht mit sich reden, nicht einmal auf so große Entfernung!

„Wir haben hier einen Verletzten, möglicherweise ein Opfer von Gewalt – aber Sie sitzen daheim und haben es bequem! Von dem, was hier vorgeht, haben Sie keine Ahnung! Also, werden Sie bitte nicht frech! Wir tun hier nur Ihre Arbeit!“

Damit legte sie auf.

Gerade rechtzeitig, um Isabells Stimme zu vernehmen: „Wir brauchen Hilfe. Hier liegt ein schwerverletzter Mann, ich glaube, es ist unser Busfahrer. Kannst du jemanden holen?"

„Klar, sofort!" Johanna Jobs eilte die paar Schritte zum Gasthof hinunter und rief um Hilfe.

Der Chorleiter sprang als Erster von der Bank auf und wurde, trotz Genuss von Uhudler und Traubenschnaps, schlagartig nüchtern.

„Ich rufe sofort die Rettung!" Schon hatte er sein Handy hervorgeholt. Während er wählte, fragte er in ruhigem Ton: „Frau Jobs, können Sie sagen: was wo wem und wie es passiert ist?"

Seine Art zeigte Wirkung. Johanna Jobs wurde sachlich.

„Es ist unser Busfahrer, Anton Schandl. Er liegt dort im Ziegenstall. Wie es aussieht schwer verletzt, ob durch einen Unfall, einen Überfall oder durch die Ziegen kann ich nicht sagen. Aber er muss noch leben, denn als ich hinkam, hörte ich ihn stöhnen."

Der Chorleiter, ein Pfarrer namens Fritz Knober, gab diese Informationen sofort an die Rettungsleitstelle weiter, bedankte sich und klappte sein Handy zu. Jetzt merkte man auch ihm die Aufregung an – auf einmal redete er badisch: „Die sin glei do. Der Rettungswage steht am Kurhotel. Sie zittere jo, Frau Jobs! Komme Sie, nemme Sie mei Jack'!" Er zog seine Strickweste aus und legte sie fürsorglich um Johanna Jobs' Schultern.

Inzwischen waren auch die übrigen Gäste herangekommen und redeten hektisch durcheinander.

Johanna Jobs nahm die Strickjacke an, bahnte sich dann aber energisch einen Weg durch die Umstehenden zurück zum Ziegenstall.

„Isabell ist ganz allein dort bei ihm", rief sie über die Schulter. Fritz Knober sorgte dafür, dass die anderen zurückblieben, nur das Ehepaar v. Emm folgte der Freundin.

Fast zeitgleich hörten sie das Signal des Rettungswagens und sahen das Blaulicht in der Einbiegung zum Museum. So nah wie möglich parkten die Sanitäter am Ziegengehege. Die Tiere waren inzwischen verschreckt ans obere Ende ihrer Wiese zurückgewichen, sodass die Helfer ohne Weiteres durch das Gatter auf die Weide gelangen und ihre Trage zum Stall schleppen konnten.

Drin fanden sie Isabell am Boden kniend, die den Puls des Verletzten fühlte und beruhigend auf ihn einsprach. Allerdings schien er jetzt das Bewusstsein verloren zu haben.

„So, wie das aussieht, müssen Sie die Polizei informieren!“, meinte der ältere der beiden Rettungshelfer.

„Den hoam neat die Ziagn so zuigricht!“, bekräftigte der andere. „Die Mousn sehn aus, wie wenn ihm oaner okragln hoat wuilln! Die Viacher hoat eppa wer onders so baunawitzi gmoacht.“

„Mein Begleiter meint, dass die Beulen des Mannes so aussehen, als hätte ihm einer an den Kragen wollen. Die Ziegen hier sind im Grunde lammfromm, die muss jemand aufgescheucht haben!“, versuchte der erste, den Dialekt seines Kameraden zu übersetzen.

Ganz aufgeregt zupfte v. Emm den Sanitäter mit der unverständlichen Aussprache am Ärmel und fragte: „Sie sind ein echter Heanz, gell?“ Trotz der ernsten Lage konnte er seinen Wissensdurst nicht bezähmen. Er war schon so gespannt auf die Begegnung mit dem Wirt im Heanzanhof in Bernstein und las alles, was er über das Volk seiner Namensvettern finden konnte.

Johanna Jobs warf ihm ob seiner Frage einen ihrer kritischen Blicke zu – Stufe 3 auf der Skala Richtung stinksauer.

Aber sie musste doch wissen, wie wichtig es für ihn war, endlich einen Burschen der Spezies Heanzan vor Augen und Ohren zu haben! Es musste einer sein, denn die eigenwilligen Laute, die Sanitäter Nummer Zwei von sich gegeben hatte, standen auch so als typisch heanzisch in seinem Reiseführer. Und er, Heinrich, genannt Heinz, v. Emm, durfte ihn nicht ausfragen? Nur weil irgendwelche Halbstarken den Busfahrer verprügelt hatten!

Ingrid v. Emm konnte wie immer die Gedanken ihres Mannes lesen und stieß ihn in die Seite.

„Morgen triffst du noch Heanzan genug! Jetzt lass den Mann seine Arbeit tun und bete, dass es unserem Busfahrer bald wieder besser geht!"

Die Sanitäter hatten Mühe, das Opfer aus dem niedrigen Stall zu bringen. Draußen, im Mondlicht, sah man mehr vom Ausmaß seiner Verletzungen. Sein Gesicht war blutüberströmt, ein Arm hing verdreht und schlaff herunter, die Hosenbeine waren zerrissen und blutig. Darunter konnte man Prellungen sowie Schürf- oder Schnittwunden ahnen.

Sein Atem war schwach, aber er lebte. Mit ein paar geübten Handgriffen hatten die Retter dem Mann eine Infusion angelegt, schnallten ihn auf der Trage fest und hoben ihre Last in den Wagen.

„Wo bringen Sie ihn hin?", fragte Johanna Jobs.

„Erst amal nach Oberwart, ins Hospital. Ob die ihn net gar weiterschicken mit dem Heli, wer weiß?"

„Ja, und wer fährt uns morgen nach Bernstein? Und weiter zum Neusiedlersee?" Jetzt erntete v. Emm gar von drei Frauen den kritischen Blick.

„Ich frag' ja nur", murmelte er und kehrte den Damen den Rücken. Vielleicht fand er beim Chor etwas mehr Verständnis für seine Sorge, was die Weiterreise anging. Schließlich wollten die ja auch die Opernaufführungen sehen, wegen der bestimmt auch sie die Reise gebucht hatten!

Aber die übrigen Gäste waren schon – plötzlich ganz still geworden – auf dem Heimweg zum Hotel. Weiter vorne sah er sie gehen und glaubte, ganz leise das Lied „Der Mond ist aufgegangen" zu hören. Bei der letzten Strophe holte er die Gruppe ein und konnte gerade noch in den letzten Satz einstimmen: „Und lass uns ruhig schlafen und unseren kranken Nachbarn auch."

Hinter ihm ertönten mit dem gleichen Text drei Frauenstimmen. Herr v. Emm wurde von zwei Seiten untergehakt und fühlte sich wieder im Kreis seiner Lieben wohl aufgenommen.

An diesem Abend hatte niemand mehr Lust auf eine gesellige Runde an der Hotelbar.

Sonntag, 2. Oktober

Erst am nächsten Morgen zum Frühstück trafen sich die Busreisenden wieder. Wer von dem Geschehenen nichts mitbekommen hatte, wurde auf den neusten Stand gebracht und natürlich tauchte die Frage auf, wie die Reise nun weitergehen sollte.

Kevin, mit seinen Eltern und der Schwester an einem weiter entfernten Tisch sitzend, warf Johanna Jobs über die Entfernung verzweifelte, Aufmerksamkeit heischende Blicke zu.

Sie wusste aber auch nicht, wie sie – ohne weiteres Aufsehen zu erregen – mit ihm Kontakt aufnehmen sollte.

Was er da gestern Nachmittag im Kurpark gehört und erlebt hatte, musste natürlich auch die Polizei erfahren. Und dass Anton Schandl ab dem späten Vormittag nicht mehr gesehen worden war, könnte auch wichtig sein – um den Zeitpunkt des Überfalls näher zu bestimmen. Obwohl, die Tatzeit konnte nur nach 15 Uhr liegen. Denn kurz vor drei hatte Kevin den Busfahrer ja noch mit dem Mann, der ihn bedrohte, reden hören.

Ein heftiges Türenschlagen riss sie aus ihren Gedanken. Neben dem Frühstücksbuffet hatte der gegelte Jüngling Aufstellung genommen. Er drehte lässig einen Apfel in der Hand, biß hinein und sagte dann mit noch vollem Mund: „Also, Leute, tut mir leid, was da gestern mit unserm Anton passiert ist! Kommt halt vor, wenn man den kleinen Ziegen und ihrem Bock zu nahe kommt, ha-ha- ...“ – da keiner mitlachte, schluckte er das dritte „ha“ mit dem Apfelbissen hinunter.

„Ja, wie gesagt, tut mir leid, der alte Knabe! Wenn es die Ziegen nicht waren, war es wohl ein gehörnter Ehemann?" Diesmal versuchte er erst gar nicht zu lachen, senkte die Stimme und setzte eine Verschwörermiene auf: „Egal, was war, es geht die Polizei hier jedenfalls nichts an, oder? Sonst würden wir wer weiß wie lange hier festgehalten werden, und das wollen wir doch nicht, gell?" Jetzt hob er die Stimme wieder.

„Also, wie es dem Schandl geht, erfahre ich übers Handy", – er klopfte auf das entsprechende Teil in seiner oberen Hemdtasche – „und wir wünschen ihm nur das Allerbeste!" Erneut sprach er leiser: „Ich bin sicher, meine Damen, meine Herren, es wäre ganz im Sinne unseres Anton, dass wir diese Reise fortsetzen und uns prächtig amüsieren! Denn das war doch sein Motto: Die Gäste im Bus stehen im Mittelpunkt! Und: Route gut, alles gut!"

Er sah sich beifallheischend um. Aber niemand klatschte. Der Jüngling hob beide Hände in einer Geste des Verständnisses und der Ergebung.

„Ich werde Sie von nun an chauffieren. Und ich sage Ihnen, auch mit mir werden Sie ihre Reise sehr genießen können! Wenden Sie sich nur in allem an mich – ich bin ihr gehorsamster Diener!"

Jetzt meldete sich der Chorleiter zu Wort: „Und mit wem haben wir, bitte schön, als Diener die Ehre?"

Sieh an, der Jüngling konnte noch erröten.

„Ich, äh, ich dachte, ich hätte mich schon – ich wäre schon, äh, vorgestellt worden, also kurz: Ich bin der Erik, nur Erik, das reicht. Abfahrt in einer Stunde, nächstes Ziel: Die Burg Bernstein in Bernstein – alles Weitere im Bus!"

Sprach's, warf den Apfel in den Papierkorb und verschwand. Die Tür schlug knallend hinter ihm zu.

„En unsympathischer Zeitgenosse!", murmelte Johanna Jobs. „Der kann sich noch so viel Weiwer uffs Zimmer bstelle, zu dem geh'n se net, so en schlechte G'schmack kann koine hawwe!"

„Wenn du dich da nicht irrst", flüsterte Ingrid v. Emm ihr zu und zeigte unauffällig Richtung Tür.

Da eilte gerade Mildred Funk, Nepomuk Zabbles Reiseassistentin, hinaus. „Die haben sich doch vorgestern schon so angeregt unterhalten", schaltete sich nun auch Isabell Nieferer ein.

„Naja, er wird a e Mudder ghabt hawwe, die ihn gliebt hat", gab Johanna Jobs zu. „Aber wenn er annerscht ist, als wie er sich uns darstellt, dann isch er wirklich en gute Schauspieler!"

Herr v. Emm hatte derweil gemütlich weiter gefrühstückt und just die letzte Mohnsemmel aus dem Korb genommen, auf die eigentlich Johanna Jobs scharf gewesen war.

„Mohn isch gar net gut für Gebissträger", sagte sie deshalb entschuldigend, als sie ihm das bereits aufgeschnittene Brötchen vom Teller nahm. „Ich du Ihne also bloß en Gfalle – nemme Se des Milchweggle, des basst doch grad!" Wozu das passte, ließ sie allerdings offen.

Herr v. Emm trug den Mundraub mit Fassung.

„Wenn mir dann in Bernstoin sin, dann, was wette mer, treffe mir en Haufe Heanza! Un die hen a e ausgezoichnete Küche! Vor allem Strudel könne se gut, un mit Mois mache se a viel! Ihr werret sehe, ich hab' euch net zuviel versproche!" Damit nahm er sich das Milchbrötchen vor.

Inzwischen hatte Kevin es geschafft, vom Tisch seiner Eltern zu entkommen und stand wie ein Presser neben Johanna Jobs.

„Wir müssen reden!", sagte er im Tonfall einer Ehefrau, die ihren Mann zur Rede stellen will.

„Zerscht ess' ich fertich!", entgegnete Frau Jobs und schmierte sich Honig auf das Brötchen.

Dann entsann sie sich, dass der Junge wohl besser Hochdeutsch verstand und sagte zu ihm: „Sei so gut, hol' uns doch noch ein paar von den Äpfeln als Reiseproviant! So, wie unser Erik da reingebissen hat, hab' ich richtig Appetit bekommen!"

Froh, etwas tun zu können, eilte Kevin davon.

Ingrid v. Emm meinte: „Auf das Kind müssen wir gut aufpassen! Wenn der Kerl, der unseren Busfahrer auf dem Gewissen hat, erfährt, dass der Bub ihn belauscht hat, könnte er in Gefahr sein!"

„Du moinsch, so wie in dem Film: Der oinziche Zeuge?" Ihr Gatte bekam ganz runde Augen vor Aufregung. Dieser Anblick brachte Johanna Jobs zum Lachen und auch Isabell Nieferer konnte ihr Kichern nicht unterdrücken.

„Des isch net zum Lache!" entrüstete sich v. Emm. „Un ich wollt' mich uff dere Rois erhole! Von wege! Un alles wege euch Weibsleut'!"

Sprach's und erhob sich vom Tisch. Wenn er doch wenigstens einen männlichen Verbündeten gehabt hätte. Sein Freund, Hauptkommissar Kupperer, war weit weg. Ob er es mal mit dem Chorleiter versuchen sollte? Aber sie hatten ja untereinander Stillschweigen versprochen, um die Mitreisenden nicht zu erschrecken. Was für eine Zwickmühle!

Andererseits, wenn er nun ganz unauffällig ein paar musikalische Fragen mit Fritz Knober erörtern würde, einfach nur um ins Gespräch zu kommen? Der Mann schien doch ganz kompetent!

Gesagt, getan. Herr v. Emm steuerte auf die Chorgruppe zu und ignorierte die irritierten Blicke seiner drei Damen.

Johanna Jobs erhob sich und folgte Kevin. Gewissenhaft suchte er die größten und schönsten Äpfel aus.

„Sechs reichen!", mahnte Johanna Jobs, als der Junge den zehnten Apfel beiseite legte. „Vier für uns und zwei für deine Schwester und dich. Halt, deine Eltern dürfen wir nicht vergessen!"

„Die essen kein Obst", war die kurze Antwort. „Sie schlucken lieber Vitaminpillen, geht schneller!"

Johanna Jobs gab dazu keinen Kommentar ab. Stattdessen schob sie Kevin in den Gang und die Treppe hinauf zu ihrem Zimmer.

„Hier können wir ungestört reden“, meinte sie und schloss sicherheitshalber noch die Balkontür. „Also, was hast du auf dem Herzen?“

Kevin sah sich zuerst mal in dem recht unordentlichen Zimmer um. Schließlich setzte er sich auf die Bettkante.

„Also, ich, ich, also ...“ Er zögerte, blickte dann aber mit großen Augen zu Johanna Jobs, die neben ihm Platz genommen hatte, auf. „Ich hab' Angst“, flüsterte er und fing an zu weinen.

Johanna Jobs legte den Arm um ihn und hielt ihn fest. „Kein Wunder, mein Kleiner, die hab' ich auch. Wer weiß, was auf dieser Reise noch geschieht. Deshalb haben wir beschlossen, besonders gut auf dich aufzupassen. Oder ist es dir lieber, wenn wir uns bei der Polizei melden?“

„Nein, dann muss ich vielleicht hierbleiben, als Zeuge oder so, und meine Eltern fahren ohne mich weiter ...“ Davor schien er noch mehr Angst zu haben, obwohl sich die Eltern ja kaum um ihn kümmerten.

Aber so sind Kinder eben. Lieber abwesende Eltern als gar keine, dachte Johanna Jobs.

„Gut, dann bleibt es dabei. Du hältst dich immer in der Nähe von uns Vieren, den ‚Eingeweihten'. Und wenn dir irgendwas spanisch vorkommt, dich jemand blöd anquatscht oder so, hau ab und melde dich bei uns!“

Jetzt bedauerte sie, ihr Handy nicht mitgenommen zu haben. Aber weil der Fotograf keines hatte und sie sonst nicht erreichbar sein musste, hatte sie das Gerät gerne zuhause gelassen.

„Warte, ich geb' dir die Nummer von Isabells Handy. Wenn die nicht gerade stundenlang mit ihrem Liebsten telefoniert, kannst du sie ja anrufen oder ihr eine SMS schicken.“

Der Junge speicherte eifrig die neue Nummer in sein winziges Handy. Nun schien er wieder beruhigt – oder war da noch etwas?

„Äh, macht es Ihnen eigentlich nichts aus, dass Sie sich auf einmal um mich kümmern müssen? Wo Sie doch anscheinend keine Kinder haben ...?"

Treuherzig schaute Kevin seine neue Beschützerin an. Sie wurde verlegen. Hatte das Kind etwa gespürt, dass sie sich anfangs von ihm und seiner Schwester genervt fühlte?

Sie druckste herum. „Nun ja, dass ich keine Kinder habe, das hat eher was damit zu tun, dass ich noch keinen passenden Mann gefunden habe. Aber sonst wäre ich nicht abgeneigt, weißt du!"

Kevins Augen leuchteten auf. „Dann such' ich dir halt einen! Oh, Entschuldigung, Ihnen, wollte ich sagen!"

„Du kannst mich ruhig duzen, Johanna heiß' ich!" Sie streckte ihm feierlich die Hand hin.

„Und ich bin der Kevin!", erwiderte der Junge und schüttelte die ausgestreckte Hand lang und heftig.

Dann lief er hinaus.

„Aber einen Mann such ich mir lieber selber!", rief ihm Johanna Jobs nach.

„Dein Wort in Gottes Ohr!", sagte Ingrid v. Emm, die gerade am Zimmer vorbeikam. „Und jetzt pack mal schnell, der neue Busfahrer wird nicht lange warten!"

Damit hatte sie recht. Als Johanna Jobs mit Trolley und Rucksack beladen vor den Gasthof trat, stand der Bus bereits mit laufendem Motor da. Allerdings war bisher nur die Hälfte der Mitreisenden an Bord.

Johanna Jobs runzelte ärgerlich die Stirn. Wie sie das hasste – laufende Motoren von Bussen und LKWs, die für nichts und wieder nichts die Luft mit ihren Abgasen verpesteten! Und so etwas in einem Kurort! Das kannte sie doch aus Bad Herrenalb zur Genüge! Nur wenn die Benzinpreise stiegen, konnte man eine Abnahme dieses Verhaltens registrieren.

So vor sich hingrummelnd beobachtete sie aus den Augenwinkeln, wie Frau Raffzahni Professor Kannenpütt um den Bart ging. Ja wirklich, sie scharwenzelte richtiggehend um ihn herum! Wie sie allerdings mit ihrer tiefen, vom vielen Rauchen heiseren Stimme auf ihn einredete, das konnte man nun nicht „gurren" nennen. Dafür hörte man ihre Worte aber trotz des laufenden Motors.

„Ach, kommen Sie, Herr Professor, geben Sie mir nicht wieder einen Korb! Gestern wollten Sie schon nicht mit mir auf den Golfplatz! Aber heute, ich bitte Sie, was wollen Sie in Bernstein? Im Bergwerk herumkrabbeln und sich den Kopf stoßen? Bleiben Sie doch bei mir an der frischen Luft! Ich verspreche Ihnen, Sie werden ganz interessante Leute treffen – die viel besser zu Ihnen passen als dieser Plebs!"

Ach, Latein kann sie auch, registrierte Johanna Jobs und grinste grimmig. Armer Professor, der ging doch wirklich jeder Blondine auf den Leim!

Sie hatte richtig getippt. Der Professor rief Erik zu, er werde mit Frau Raffzahni in einem Mietwagen nach Forchtenstein oder gleich nach Eisenstadt nachkommen. Sein Gepäck lasse er im Bus – und weg waren die beiden. Natürlich trug der Professor, ganz Kavalier, den Golfsack der Dame. Weit hatte er allerdings nicht zu tragen, denn an der Kreuzung wartete, wie Johanna Jobs scharfen Auges bemerkte, das gleiche Cabrio wie gestern. Am Steuer wieder der Herr unbestimmbaren Alters, braungebrannt, mit Pferdeschwanz und Sonnenbrille. Frau Raffzahni beugte sich über die Autotür und küsste ihn sogar auf die Wange. An ihrer Gestik erkannte Johanna Jobs, dass sie den Professor vorstellte. Der nahm auf dem schmalen Rücksitz des Wagens Platz, den Golfsack neben sich, und schon brauste das Auto davon.

„Na ja, eins zu null für dich!", murmelte die Beobachterin.

„Wer hat gwonne?", fragte Herr v. Emm, der neben ihr auftauchte.

„Die Frau Raffzahni hat den Professor geangelt", erwiderte Johanna Jobs.

„Na, das ist ja kein Schaden für dich, oder? Den hast du ja wohl nicht als Ehemann im Visier?“ Ingrid v. Emm trat dazu.

„Noi, wahrhaftig, den uff koin Fall! Un unsern Busfahrer a net, do könnt’ ihr Gift druff nemme!“

Johanna Jobs gute Laune kehrte zurück und sie stiegen endlich in den Bus.

Als alle an Bord waren, verkündete Erik: „Also, damit alle Unklarheiten beseitigt sind: Bei mir herrschen etwas andere Sitten als beim Anton! Singen gehört nicht ins Programm! Ich lasse das Radio an, wegen der Straßenverkehrsberichte, das ist wichtig! Außerdem geht es bei mir zügig voran, das heißt: Keine langen Pausen! In Bernstein können Sie das Schloss und das Bergwerk besichtigen, muss aber nicht sein. Ist nichts Besonderes, wenn ich richtig informiert bin. Eigentlich könnten wir gleich nach Forchtenstein durchfahren – wer ist dafür?!“

Nur Herr Middel und seine Tochter hoben die Hand, alle anderen murrten empört ob dieser Anfrage.

„Naja, einen Versuch war es wert!“ Erik schlug einen versöhnlicheren Tonfall an. „Ich wollte Ihnen ja nur das ewige Aus- und Einsteigen ersparen! Aber wie Sie wollen, ganz Ihr gehorsamster Diener!“

Er drehte das Radio laut, winkte Claire zu sich nach vorne und verwickelte das Mädchen in eine angeregte Unterhaltung über Musik, wie Johanna Jobs hörte. Trotzdem spitzte sie weiter die Ohren, gemäß ihres Mottos: Ich bin ja nicht neugierig, ich will es nur wissen!

Mit dem anderen Ohr lauschte sie v. Emms Ausführungen über die Heanzan aus seinem Reiseführer.

Demnach waren im 11. und 12. Jahrhundert deutsche Siedler nach Pannonien eingewandert und das Siedlungsgebiet wurde nach ihnen „Heanzan-Land“, das heißt „Bauernland“ benannt. Andere Quellen behaupteten, dass der Name Heanzan von Kaiser Heinrich IV. stammte, der die Besiedlung durch die Deutschen ermöglichte.

„Aus der Oberpfalz kamen die Leute", schloss v. Emm und Johanna Jobs mischte sich sofort ein: „Also, mit eme Pfälzer Dialekt hat dene do ihre Sproch jo wirklich nix Gemoinsames, odder?"

Herr v. Emm erwiderte tadelnd: „Also, liebe Freundin, da haben Sie ja wohl wieder in der Schule nicht aufgepasst! Die Oberpfalz hat ja mit unserer Rheinpfalz nun wirklich nichts zu tun! Es handelt sich hier um fränkisch-bajuwarische Einwanderer und die entsprechende Sprache! Man hat sogar festgestellt, dass Kinder aus dem Burgenland ohne Schwierigkeiten mittelhochdeutsche Texte lesen und verstehen konnten!"

Johanna Jobs war allerdings mit ihrem anderen Ohr schon wieder im Cockpit des Busses. Erzählte Erik der jungen Claire wirklich etwas über Geheimgänge in der Burg Forchtenstein? Und warum war das Mädchen daran so interessiert? Sie wollte Kevin fragen, aber der Junge saß hinten beim Chor und ließ sich von dem Damen des Sopran und Alt mit Bonbons und Schokolade verwöhnen. Sie gönnte es ihm von ganzem Herzen – und nahm sich vor, sich bei nächster Gelegenheit seine Mutter zu Brust zu nehmen. Diese Frau musste einfach zur Vernunft kommen und mehr für ihre Kinder da sein!

Zurück zu v. Emm. Konnte es sein, dass er ihr gerade mangelndes Geschichtsbewusstsein bzw. weniger gute Kenntnisse in Geographie vorgeworfen hatte?

„Äh, Emmle, hab ich des richtig verstanne, des sin gar koi Pfälzer, die Heanza? Wie wolle Sie sich denn dann mit dene verständiche? Un, vor allem, wisse Sie iwwerhaupt, ob die net gfährlich sin? Heitzudag muß mer doch iwwerall uffbasse – von wege dene Minderhoite un ihrem Ehrekodex un so?"

Ihre Ironie prallte an v. Emm ab wie Wasser am Melkfett. Dass er sich ereiferte, merkte man nur daran, dass er von seinem Reiseführerhochdeutsch ins Badische wechselte: „Sie hen jo koi Ahnung, hen Sie! Wenn mer sich do vor ebberem in Acht nemme müsst, wäre des die Kurruze, awwer die gibt's zum

Glück schon lang nemme! Des ware so Roiberbande, wo die Gegend hoimgsucht hen, wie die aus ihre Karl-May-Gschichte! Übrigens hen sich dene interessanterweis a en ganze Haufe Protestante agschlosse, wege de Gegereformation un so. Vor dene hen sich die Leit' do in de Gegend so vorgsehe, dass se sogar kloine Keller in ihre Weinberg gegrawe hen, zum sich drin versteckle! Die Gäng ware bis zu drei Meter lang un hoiße heit noch Kurruze! Un des Kruzitürke, was mir manchmol als Fluch sage, hat wennicher mit de Türke zum due wie mit sellene Kurruzebande – Sie könne des glaawe odder net!"

„Ich fluche nie", gab Johanna Jobs hoheitsvoll zurück, zeigte sich aber gleichzeitig sehr beeindruckt, was ihren Freund besänftigte.

Gleich darauf schob sich die Burg Bernstein aus dem Nebel und v. Emm suchte in seinem Reiseführer die entsprechende Seite heraus.

„Oigentlich isch des jo die Sach'vom Busfahrer, uns do en Eiblick in die Landschaft un die G'schichte zu gewwe!", meinte Johanna Jobs und Frau v. Emm stimmte ihr zu.

Aber ihr Mann gefiel sich in seiner Rolle, und an die anderen gewandt zitierte er: „Bernstein ist eine alte Bergbaustadt. Hier wurde der Serpentin, die ‚Jade des Burgenlandes' abgebaut. Und die Burg Bernstein ist heute ein Hotel, wo man wirklich wie anno dazumal in den Räumen wohnt, wenn auch komfortabler, aber ohne technischen Schnickschnack, also kein Telefon und kein Fernsehen! Dafür spukt es nachts."

Die Damen des Chors wandten sich schaudernd ab, während Kevin nach vorne geschossen kam und Herrn v. Emm mit Fragen nach diesem Spuk bombardierte.

Johanna Jobs sagte zu Ingrid v. Emm: „Ich froi mich am moiste uff die Strudelspezialitäte im Heanzahof! Do soll's 40 Sorte gewwe, in salziche un süße Variatione!"

„Die willst du doch hoffentlich nicht alle versuchen?", fragte Frau v. Emm spaßhaft entsetzt.

„Nee, ich net alloi! Ihr müßt euch alle ebbes anneres bstelle un dann lasse mir die Deller roihum gehe!"

„Solange das nur die Teller betrifft und nicht auch noch die Gläser ...", lachte Isabell Nieferer, die gerade ihr Handy ausgeschaltet hatte. „Übrigens habe ich gute Neuigkeiten", fuhr sie fort und senkte dann die Stimme: „Harald kommt nach Eisenstadt! Er nimmt von Baden-Baden aus einen Flieger nach Wien und mietet sich dort ein Auto."

Noch leiser sagte sie: „Ich habe ihm natürlich von unserm Busfahrer erzählt, und überhaupt – er macht sich halt Sorgen!"

Johanna Jobs freute sich einerseits auf kriminaltechnische Unterstützung, andererseits ärgerte sie sich über Harald Kupperer, der ihnen nicht zutraute, allein mit ihren Problemen, die ja eigentlich gar nicht ihre waren, zurechtzukommen. Aber Isabells strahlende Augen hielten sie davon ab, eine entsprechende Bemerkung loszulassen.

Der Busfahrer Erik bog mit Schwung auf den Parkplatz vor der Burg Bernstein ein.

„Also, Herrschaften, Uhrenvergleich!", forderte er seine Passagiere auf.

„Es ist genau – äh, ja, 10.25 Uhr. Sie können jetzt meinetwegen rund um die Burg wandern, drüben ins Bergwerkmuseum gehen – oder gleich ins Lokal einfallen! Aber wehe, es isst oder trinkt einer zuviel – und dem wird's dann auch noch schlecht! Ich hab' keine Lust, hier irgendwelche Überreste aufzuwischen, hahaha!" Kein Mensch lachte mit.

„Liaba zvü trunga ois zweng gessa!", zitierte Johanna Jobs einen steirischen Satz aus ihrem kulinarischen Reiseführer. Zum Glück verstand der neue Busfahrer sie nicht.

Aber die anderen verlangten eine Übersetzung. Johanna Jobs tat ihnen den Gefallen: „Ist doch ganz klar – das heißt: Lieber zuviel getrunken als zu wenig gegessen!"

„Des basst zu Ihne!", kicherte v. Emm, während er umständlich seinen Reiseführer in der Jackentasche verstaute.

Alle stiegen aus und verteilten sich Richtung Burg, Bergwerk und Stadt. Johanna Jobs vergewisserte sich, dass Kevin ausnahmsweise mit seiner Mutter zusammen die Burg Bernstein besichtigen ging. Claire stolzierte betont langsam hinter den beiden her. Herr Middel saß bereits wieder auf einer Bank, den Alutrolley zwischen seinen Knien, das Laptop aufgeklappt und hämmerte auf die Tastatur ein, als wolle er Kleinholz daraus machen.

Als Johanna Jobs an ihm vorbeiging, konnte sie lange Zahlenkolonnen auf dem Bildschirm erkennen.

„Na, Probleme mit dem DAX?“, fragte sie mitfühlend.

Herr Middel sah auf und betrachtete sie wie ein lästiges Insekt. Johanna Jobs dagegen sah hinter seinen Brillengläsern Dollarzeichen anstelle von Augäpfeln – wie bei Onkel Dagobert und suchte schnell das Weite, bzw. den Anschluss an die Gruppe.

Da trat Nepomuk Zabble hinter sie und raunte ihr zu: „Treffen wir uns im kleinen Cafè? Es gibt nur flüssige Kost, man braucht nicht zu kauen und wird auch satt – ich warte auf Sie!“

Sie ignorierte seine Avancen und wandte sich den v. Emms und Isabell zu: „Was machen wir?“

Die Oktobersonne hatte inzwischen den Nebel besiegt und tauchte die hügelige Landschaft mit den Wiesen, Reben und Waldstücken in herbstlich goldenes Licht.

„Ich gehe einfach spazieren, will mir die Beine vertreten – wer kommt mit?“, fragte Isabell. Die beiden anderen Frauen tauschten einen kurzen Blick und nickten zustimmend.

Herr v. Emm entrüstete sich: „Euch mangelt's ewe an Geschichtsbewusstsein! Jetzt wär die Gelegehoit, die Burg odder des Bergwerk un des Lewe von dene Heanza in vergangene Zeite zu erforsche – do wolle die Dame spazieregehe?! Pah!“

„Des Lewe von de heutige Heanza interessiert uns ebefalls, un des kann man in dere herrliche Landschaft und an dere frische Luft doch a entdecke, odder?“, lenkte Johanna Jobs ein.

Aber v. Emm tat diesen Einwand ab und wandte sich entschlossen in Richtung Bergwerk.

„Wir treffen uns um zwölf im Heanzahof zum Essen, einverstanden?“, rief Ingrid v. Emm ihrem Gatten nach. Er reagierte nicht, sein Rücken allerdings drückte höchste Missbilligung aus.

„Dann net“, sagte Johanna Jobs und die drei Frauen machten sich auf ihren Weg zur Ortsumrundung.

Der kleine Parkplatz mit einem Panoramablick, den sie nach kurzem Aufstieg erreichten, entschädigte sie für den Unmut v. Emms und bestätigte noch einmal, wie gut ihr Entschluss gewesen war, das Burgenland – ein fruchtbares und wunderschönes, aber stets umkämpftes Grenzgebiet – ein kleines Stück weit zu Fuß zu erkunden.

Als sie allerdings erst zehn Minuten nach zwölf den Heanzahof erreichten, entdeckten sie am Tisch mit Herrn v. Emm neben Nepomuk Zabble und Mildred Funk auch Erik, den Busfahrer.

„Muss dein Mann immer mit de Schmuddelkinner spiele?“, fragte Johanna Jobs die Freundin.

Ingrid v. Emm lachte.

Herr v. Emm schien sehr erleichtert, seine weibliche Reisebegleitung endlich wieder in Sicht und auch gleich an seiner Seite zu haben.

„Ich hab schon für euch bestellt!“, verkündete er stolz.

„Was?“ Johanna Jobs war entsetzt. „Sin Sie wahnsinnich? In so eme Lokal will ich doch raussuche, was ich ess! Do isch jeder Bisse kostbar un ich muss versuche, soviel wie möglich von dene Köstlichkoite uff mein Deller zu kriege!“

„Jetzt horche Se doch erst emol zu, was ich bestellt hab!“ Herr v. Emm schien absolut überzeugt von sich zu sein.

„Für Sie, liebe Frau Jobs, gibts e kloins Süpple mit Strudeleinlag, außerdem en Deller voller Strudelvariatione, vier verschiedene uff oin Streich. Un als Nachtisch gibt’s noch e Dreierversion von Strudel süß. Mehr hätte Sie a net raushole könne! Außerdem steht do schon en Welschriesling zu de Supp', zum Hauptgericht gibt's en Blaufränkische, un zum Nachtisch könne Se noch en Dessertwein trinke, wenn Se den dann noch vertrage!"

Johanna Jobs war sichtlich bewegt.

„Emmle, ich muss mich entschuldige! Besser hätt' ich a net bestelle könne, do hen Sie recht! Un wenn des jetzt a noch so gut schmeckt, wie es sich anhört, dann kriege Sie en Kuss von mir!"

„Awwer net, wenn mei Frau debei isch!", konterte v. Emm schmunzelnd.

Es stellte sich heraus, dass er wirklich für alle das Richtige gewählt hatte, und als die Suppe serviert wurde, herrschte zunächst gefräßige Stille am Tisch.

Dann aber besann sich Johanna Jobs auf ihre selbst gestellte Aufgabe, den neuen Busfahrer einmal etwas auszuhorchen. Sie nahm einen guten Schluck aus ihrem Weinglas, rückte etwas näher zu Erik heran, der gerade versuchte, die letzten Bröckchen von Fleischstrudel aus seiner Suppe zu löffeln.

„Sie, Herr Erik, ich hätte da eine Frage – aber essen Sie ruhig fertig ..."

Sie ließ ihm allerdings keine Zeit zur Entgegnung, sondern redete weiter: „Kann es sein, dass wir uns schon einmal auf einer Städtereise mit Ihrem Busunternehmen begegnet sind? Ich glaube, das war vor zwei Jahren – es ging nach Regensburg und Passau ..."

„Da müssen Sie sich irren, liebe Frau", entgegnete Erik wie aus der Pistole geschossen. „Vor zwei Jahren habe ich noch nicht bei Storch-Reisen gearbeitet!"

Aber Johanna Jobs ließ sich so leicht nicht aus dem Konzept bringen.

„Nein? Ach, dann war es doch im Frühjahr, bei der Reise nach Italien – kann das sein?"

„Tut mir leid, auch hier Fehlanzeige. Ich war noch auf keiner Reise ins Ausland, bin ja sozusagen noch Azubi, hahaha!" Er wirkte etwas nervös und trank sein alkoholfreies Bier fast in einem Zug leer.

„Ja, dann! Tut mir leid, wenn ich Sie verwechselt habe! Aber als Azubi in so einem Unternehmen zu arbeiten, das muss doch wahnsinnig spannend sein? Was war denn Ihr bisher tollstes Erlebnis mit dem Bus?"

Ingrid v. Emm und Isabell Nieferer mussten sich ein Kichern verkneifen. Wenn Johanna Jobs derart loslegte, konnte man das arme Opfer eigentlich nur bedauern und sich nebenher köstlich amüsieren.

Herr v. Emm hatte allerdings nicht bemerkt, dass es seiner Freundin darum ging, den Busfahrer eventuell als Betrüger zu entlarven. Deshalb fuhr er dazwischen: „Liebe Frau Jobs, jetzt lassen Sie den armen Erik doch erst mal in Ruhe essen! Der hat ja noch Anstrengung genug vor sich mit der Fahrt nach Mattersburg – über die vielen engen Dorfstraßen. Und, gell, nach Raiding zum Liszt-Museum fahren wir doch auch noch? – Habt ihr übrigens gwisst, dass Liszt uff deutsch Mehl hoißt? Ob dem sei Musik mit so eme Name a noch so gut ankomme wär?"

Erik wand sich. Einerseits war er für die Rückendeckung seitens v. Emm dankbar, andererseits musste er zugeben, dass er keine Ahnung von diesem – möglicherweise im Programm stehenden – Abstecher nach Raiding hatte.

„Ich, ähm, ich habe – nach Rücksprache mit der Reiseleitung in Karlsruhe – beschlossen, auf der Autobahn bis Mattersburg, also zur Burg Forchtenstein zu fahren, das erscheint mir am sichersten. Also, was das angeht, tut mir leid ... Und auf Ihre Frage, Frau äh, Jopps? Ich hatte bisher keine außergewöhnlichen Erlebnisse auf meinen Fahrten. Wichtig ist, dass man die Reisegruppe gut im Griff hat und der Bus voll aufgetankt ist – hahaha!"

„Ach so, na dann. Bei Ihrer Rücksprache mit der Reiseleitung haben Sie sicher mit Frau Bendag gesprochen, sie ist ja die rechte Hand vom Chef …?“

„Ja, ja genau, sie hat mir alles bestätigt. Und sie kümmert sich auch um den Anton Schandl und überhaupt.“

Zu seinem Glück wurde just das Hauptgericht serviert. Nicht nur Johanna Jobs war aufgefallen, dass der gute Erik während der Befragung am Halsansatz rote Flecken aufwies und seine Serviette hektisch zu einem Strick drehte.

Aber von den gefüllten Tellern, aus denen ein verheißungsvoller Duft aufstieg, abgelenkt, vergaß Johanna Jobs vorübergehend ihr Verhör und konzentrierte sich ganz aufs Essen. Sie wollte sich nur dem Genuss widmen. Das gelang ihr auch – bis zum Nachtisch.

Gerade, als sie eine Weintraube in die Sahne auf ihrem Traubenstrudel tauchte, öffnete sich die Tür zum Lokal für zwei uniformierte Männer.

„Polizei“, stöhnte Erik und machte Anstalten, unter dem Tisch zu verschwinden.

„Also doch!“ Auch Johanna Jobs reagierte erschrocken, wenn auch aus anderen Motiven als der Busfahrer.

Die Polizisten redeten kurz mit dem Wirt und kamen dann schnurstracks auf ihren Tisch zu. Der eine, seiner Aussprache nach wohl aus Wien stammend, baute sich vor ihnen auf und stellte sich vor: „Gestatten, Ortspolizist Paukowits. Sie san mit dem Bus aus Karlsruhe hier? Wer ist, bittschön, der Busfahrer?“

Erik erhob sich halb von seinem Sitz.

„Bleibn’ S sitzen, bittschön. Name? Papiere?“

Während Erik in seinen Taschen herumwühlte, fragte der Beamte weiter: „San do am Tisch a wölche, wo zu dem Überfall auf ihren alten Busfahrer was aussogn können?“

Johanna Jobs hob eingeschüchtert den Finger. Isabell schloss sich an. Die v. Emms blickten verstört. Zabble und Frau Funk widmeten sich dagegen ungerührt ihrem Dessert.

„Aha, die Damen. Gut, auch Ihre Personalien, bittschön. Ich könnt' Sie ja mit auf die Wache nehmen zum Verhör, aber ich kann mir denken, dass dös Ihren Geschmack nicht treffen würd'. Also, mochen mer's kurz: Ist Ihnen irgendwos aufgfall'n an dem Abend rund um den Ziegenstoll? Na? Net?"

Die Frauen schüttelten die Köpfe. Der Polizist notierte sich kurz etwas auf seinem Block. Er brummte Worte in seinen Bart, die so klangen wie: „Zeitverschwöndung, hob ich eh gsagt!"

Johanna Jobs nahm ihren ganzen Mut zusammen: „Herr Wachtmeister, ich habe was zu sagen!"

Der Mann sah unfreundlich zu ihr hin. „Jo wos, die gnädige Frau muss sich wichtig mochn! Hom' S net gnug Abwöchslung ghobt auf dere Fohrt? Also, wos wolln' Sie, bittschön, sogn?"

Johanna Jobs schwoll der Kamm. So ließ sie auch von einem Uniformierten nicht mit sich reden! Also gut, wer nicht wollte, hatte Pech gehabt! Sollte er doch sehen, wie er den Überfall auf Anton Schandl aufklären würde! Sie hatte ihre Hilfe angeboten – aufdrängen würde sie sich nicht.

„Äh, nichts für ungut, war nur so eine Idee! Wie geht es denn dem Herrn Schandl?", ruderte sie zurück, was allerdings ihre Freunde irritierte.

„Ah göh, dös wolln S' wissen! Jo, so ein fescher Lackel! Hom' Sie a Pantscherl ghobt do mit eahm? Un, is dös dann aus dem Ruder glaufen?" Er machte eine entsprechende Geste und musterte sie, als überlege er, ob sie – in Abwehr von Zudringlichkeiten oder in allzu großer Gefühlsaufwallung – für die Verletzungen des Busfahrers verantwortlich sein könne.

Johanna Jobs errötete pflichtschuldigst. Dass diese Röte aber ihrem Zorn und nicht etwa Verlegenheit zuzuschreiben war, konnte der Polizist ja nicht wissen. Der grinste anzüglich und nickte. Dann ließ er sich die Papiere zeigen, machte noch ein paar Notizen und wünschte eine gute Reise. „Sie san ja nöt aus der Wölt", sagte er abschließend. „Es gibt jo a no dös internationale Abkommen zur Auslieferung von Verbrechern!"

Hier hätte ein aufmerksamer Beobachter bemerkt, dass Nepomuk Zabble zusammenzuckte. Aber alle am Tisch waren zu sehr mit sich selbst beschäftigt.

Die Polizisten gingen. In der Runde herrschte betretenes Schweigen. Endlich schüttelte sich Johanna Jobs wie ein nasser Hund und sagte: „Man kann auf so einer Reise nicht nur angenehme Zeitgenossen treffen! Aber davon lass' ich mir doch den Appetit nicht verderben!"

Weil allerdings sowohl Ingrid v. Emm als auch Isabell Nieferer die Hälfte von ihrem Nachtisch stehen ließen, musste sie, um ihrem Ausspruch gerecht zu werden, diese Reste auch noch vertilgen.

Erik hatte sich wieder gefangen und erinnerte noch einmal an seine Warnung von wegen des „Zuviel-Essens" und der entsprechenden Folgen, für die er nicht geradestehen würde.

„Solange Sie einigermaßen geradeaus fahren, wird es mir auch nicht schlecht!", konterte Frau Jobs. „Und außerdem, von wegen die Reiseleitung in Karlsruhe hat alles mit Ihnen abgesprochen! Ich glaube Ihnen kein Wort, nachdem die Polizei nun doch hier aufgetaucht ist! Außerdem gibt es gar keine Frau Bendag bei Storch-Reisen! Die Dame heißt Krimm! Also, mein lieber junger Freund", – sie legte ihm die Hand auf den Ärmel seines weißen Hemdes – „seien Sie vorsichtig und liefern Sie uns und die anderen wohlbehalten in Rust ab! Von mir aus fahren wir direkt nach Forchtenstein und lassen Raiding aus – Hauptsache, wir kommen heute Abend noch am Ziel an – und dann trennen sich hoffentlich unsere Wege!"

Als sie seinen Arm losließ, zeichnete sich auf dem Ärmel ein kleiner Fettfleck ab – Frau Jobs hatte ihr Dessert vor Aufregung zum Teil mit den Fingern gegessen.

Erik verließ fluchtartig den Tisch.

„Gut gebrüllt, Löwe", lachte Zabble, inzwischen wieder obenauf. „Aber ob der Knabe sich von Ihnen wirklich einschüchtern lässt?"

Niemand erwiderte etwas. Man ließ die Rechnung kommen, alle zahlten und lobten das Essen.

Auf dem Rückweg zum Bus fing v. Emm allerdings noch einmal an, von Raiding, der Geburtsstadt des Komponisten Franz Liszt zu schwärmen.

„Eisenstadt ist Haydn-Stadt. Aber Liszt und Schubert und alle anderen musikalischen Größen, die das Burgenland hervorgebracht, bzw. beherbergt hat, sind doch auch nicht von Pappe! Und jetzt müssen wir uns das Liszt-Museum entgehen lassen?“

Auf der Fahrt nach Mattersburg hielten fast alle ein Mittagsschläfchen. Johanna Jobs – immer noch sehr aufgebracht – las allerdings lieber noch einmal den Brief des Fotografen. Er hatte eine so beruhigende Wirkung auf sie. Schon auf Seite drei ließ sie den Kopf auf die Brust sinken und schlummerte ein.

Der Brief entfiel ihrer Hand und die fünf Blätter verteilten sich auf dem Boden. Kevin hob sie auf, aber Claire riss ihm den Brief aus der Hand.

„Das ist nichts für kleine Jungs!“, sagte sie und fing selbst an zu lesen.

„He, lass das, das geht dich nichts an, das ist Postgeheimnis!“

„Bin ich Briefträger?“, fragte sie zurück und kniff den kleinen Bruder in die Seite, sodass der sich schmollend aus dem Staub machte – auf dem Platz neben dem Busfahrer suchte er Zuflucht.

Johanna Jobs träumte – leider diesmal nicht von Manfred Krauthappel, sondern von ihrem Emmle. Sie spielte mit ihm in einem Weinberg Verstecken. Als er sie gerade in einem alten Kellergewölbe entdeckt hatte und lauthals: „Ich hab' Sie“ rief, sah sie hinter ihm einen Mann mit Pfeil und Bogen, der auf ihn anlegte. „Nein“, schrie sie – und erwachte ruckartig. „Wo ist der Brief?“, war ihr erster Gedanke, als sie den leeren Briefumschlag auf ihrem Schoß liegen sah. Hektisch sprang sie auf und schaute sich um.

„Suchen Sie das da?“ Claire Middel tauchte aus dem Sitz vor ihr auf und schwenkte die Seiten des Briefes in der Hand.

„Gott sei Dank, da ist er ja!“ Aufatmend nahm Johanna Jobs ihren Schatz entgegen.

„Ist der Typ auch wirklich so cool wie er schreibt?“, fragte das Mädchen.

„Und ob!“ Johanna Jobs lächelte bei der Bezeichnung „cool“ für Manfred Krauthappel.

„Kann man den mal kennenlernen? – Ich meine, so wie der über die Natur und alles schreibt, das finde ich schon super.“

„Na ja, wir treffen uns in Rust – also, der Herr Krauthappel und ich.“ Johanna Jobs errötete bei dem Gedanken daran, dass dieses Treffen möglicherweise noch an diesem Abend stattfinden würde. „Wenn du mit Kevin und deinen Eltern auch noch ein paar Tage in Rust bleibst, könnt ihr ihn sicherlich kennenlernen. Ich kann mir vorstellen, dass Kevin viel von ihm lernen kann!“

Claire verzog das Gesicht und setzte ihre Kopfhörer wieder auf. „Klar, Kevin, der Kronprinz! Ich bin ja unwichtig!“

Zu spät bemerkte Johanna Jobs ihren faux pas. Claire war nicht mehr zugänglich.

Nicht lange danach parkten sie auf dem für Busse vorgesehenen Platz neben der Burg Forchtenstein. Imposant erhob sich das Gebäude über dem Tal. Eine über die Jahrhunderte hinweg uneinnehmbare Festung mit Zugbrücke und dicken Mauern präsentierte sich hier den Besucherinnen und Besuchern. Mit ins Genick gelegten Köpfen standen sie alle staunend darum herum und blickten zu den Wehrtürmen hinauf.

Hier konnte man die Schätze der Esterházys bestaunen – Waffen, Schmuck, Beutestücke aus den Türkenkriegen.

Der Burgführer, einer der letzten Grenadiere der Grafen Esterházy, wie er sich vorstellte, nahm die Reisegruppe in Empfang. In seiner weißen Uniform mit dem an einem roten Band schräg über die Brust gehängten Säbel und den engen Beinkleidern sah er schmuck aus. Das Barret saß keck auf seinem Kopf. Und bei allem Ernst, mit dem er seine Ausführungen an die Reisenden brachte, hatte Johanna Jobs doch den Eindruck, dass der Mann viel Humor besaß.

Er wirkte hier in der Burg souverän, aber außerhalb, da käme er der Welt doch eher vor wie ein Dinosaurier, dachte Johanna Jobs traurig.

„So einer wie der will ich auch mal werden!" Kevin hatte sich neben Frau Jobs geschlichen. Er war voller Begeisterung.

„Hast du die vielen Waffen gesehen? Und die ganzen alten Bilder? Wie die Leute damals ausgesehen haben, puh! Mit den langen Haaren und den engen Schuhen! Aber am besten finde ich diese Reflexbogen, die haben die asiatischen Reitervölker erfunden! Sie sehen aus wie Pfeil und Bogen bei den Indianern, sind aber noch viel besser! Sie machen auch nicht soviel Krach wie ein Gewehr oder eine Pistole! Und man kann die andern von weit weg erwischen, wer gut schießt, kann bis auf 350 Meter weit treffen!"

Ja, mein Kind, vor allem denen mit dem Klappmesser wärst du mit solch einer Waffe überlegen ..., dachte Johanna Jobs und fühlte sich noch deprimierter.

Der Grenadier schien ihre Stimmung zu spüren, denn sie hatte den Eindruck, als gälten seine nächsten Worte gerade ihr:

„Das Leben ist für einen Grenadier nicht immer leicht. Deshalb freuen wir uns, wenn wir mal ein wenig Geld in der Tasche und freie Zeit haben, am Blaufränkischen – ich kenne da einen kleinen Gasthof, da gibt's den Wein direkt vom Fass – und die Wirtstöchter sind auch nicht zu verachten! Dazu Tamburica-Musik – das ist der Himmel auf Erden!"

Johanna Jobs bildete sich ein, er hätte sie mit seinem Blick zu einem Umtrunk in diesem Gasthof eingeladen – und die Wirtstöchter würden dann keine Rolle mehr spielen. Tamburica – das war doch dieses der Balalaika oder Mandoline ähnliche Streichinstrument aus Kroatien, das die Leute auch hier spielten.

Romantik pur! Sie lächelte den Mann an. Aber auf einmal erkannte sie, dass er gar nicht sie meinte: Der schöne Grenadier hatte einen leichten Silberblick – und neben ihr stand Isabell Nieferer!

Schnell wandte Johanna Jobs sich ab. Gerade rechtzeitig, um zu bemerken, wie Claire am Ende des Raumes über eine Absperrung stieg und in einem Nebengang verschwand. Was hatte das Mädchen vor? Johanna Jobs sah sich nach Kevin um. Aber sie erblickte nur seine Mutter und beobachtete, dass diese ein kleines buntes Glas von einer Anrichte nahm und in die Tasche steckte.

Das wurde ja immer schöner! Am liebsten wäre Johanna Jobs sofort zur Tat geschritten um Frau Middel zu entlarven. Aber dann brachte sie es doch nicht übers Herz. Kevin würde ihr das nie verzeihen. Wo war er überhaupt?

Bestimmt war er mit den anderen vorausgegangen zur nächsten Waffenkammer? Und Claire wollte vielleicht nur ungestört den Empfang ihres Handys testen und war deshalb über die Absperrung gestiegen.

Also beruhigte sich die Seelsorgerin und eilte der Gruppe nach.

So vieles gab es zu bestaunen in den riesigen Räumen der Burg, dass sie ihre Besorgnis um die Familie Middel fast vergaß.

Erst als sie alle wieder auf dem Busparkplatz standen und Erik ihnen großzügig noch eine 30-minütige Kaffeepause genehmigte, fiel Johanna Jobs auf, dass die Kinder fehlten.

Sie nahm Frau Middel beiseite und kein Blatt vor den Mund: „Hören Sie, Frau Middel, es geht mich nichts an, dass Sie da drin ein Glas geklaut haben – aber während Sie Ihrem sonderbaren Hobby frönen, sind Ihre Kinder verschwunden – oder haben Sie auch nur den blassesten Schimmer, wo die beiden stecken?“

Die Dame reagierte pikiert: „Gute Frau, ich weiß ja nicht, was Sie von mir und meiner Familie wollen! Aber sicher, Sie sind ja von der Kirche! Leute wie Sie müssen wohl ihre Nase in alles hineinstecken, was Sie nichts angeht, zumal Sie ja kein Privatleben haben dürfen, Zölibat und so weiter, ich weiß Bescheid!“ Sie warf den Kopf zurück und wollte an Johanna Jobs vorbeigehen. Aber die hielt sie am Arm fest.

„Es ist mir völlig gleich, wie Sie über die Kirche und mich denken, aber hier geht es um zwei Kinder! Und die sind mir nicht egal! Also, wissen Sie, wo die beiden stecken?“

Nun wurde Frau Middel doch etwas unsicher. Sie suchte ihr Handy und kontrollierte die eingegangenen Mitteilungen.

„Ha, da ist eine SMS von Claire – also, alle Aufregung umsonst! Sie hat bei der Burgführung Freunde aus Frankfurt getroffen, und weil ihr fad war, ist sie mit denen nach Eisenstadt vorausgefahren – dort wartet sie im Posthotel auf uns!“

Ihr Gesichtsausdruck sagte deutlich: „Ätsch!“

„Und was ist mit Kevin?“ Johanna Jobs ließ sich nicht so leicht abwimmeln.

„Na, den wird sie mitgenommen haben, denke ich! Sie ist ja ein so verantwortungsbewusstes Mädchen!“

Tja, von wem sie das wohl hat? fragte sich Johanna Jobs im Stillen. Laut sagte sie: „Ich mache Ihnen einen Vorschlag. Ich weiß, dass der Busfahrer den Kindern einiges über Geheimgänge in der Burg erzählt hat – und dass Kevin auf solche Sachen scharf ist. Sie geben mir jetzt das Glas, das sie geklaut haben, und ich gehe noch einmal in die Burg, stelle das Ding an seinen Platz und suche Ihren Sohn!“

Derart bedrängt blieb Frau Middel nichts anderes übrig, als kleinlaut das bunte Glas aus der Handtasche zu nehmen. Als sie es an Frau Jobs übergab, nuschelte sie entschuldigend: „Es war keine Absicht, das passiert mir halt hin und wieder ...“

„Darüber reden wir später!“ Johanna Jobs sah aus wie ein Racheengel und Frau Middel zuckte unwillkürlich zurück.

„Gehen Sie erst mal Kaffee trinken und versuchen Sie, Ihre Tochter übers Handy zu erreichen! Ich glaube nämlich nicht, dass die junge Dame auf dem Weg nach Eisenstadt ist!“ Damit rauschte sie zurück zur Burg.

Der Grenadier war gerade am Abschließen, als sie ihn ansprach: „Verzeihung, Herr Grenadier. Oder wie werden Sie überhaupt angeredet? Ich suche zwei Kinder aus unserer Gruppe. Ich fürchte, die sind irgendwo da drinnen über die Absperrung gestiegen und nicht rechtzeitig mit den anderen herausgekommen ...“ Sie sah ihn mitleidheischend aus ihren braunen Augen an.

„San Sie sowas wie die Gouvernante von die jungen Herrschaften?“, fragte er und schmunzelte ob ihrer gut gespielten Nervosität.

„Sie haben es erfasst, gnädiger Herr!“ An Johanna Jobs war eine Schauspielerin verloren gegangen. Jetzt machte sie auf unterbezahltes Kindermädchen.

„Die Kinder sind so unberechenbar! Ständig fällt denen was Neues ein, womit sie mich auf Trab halten!“ Sie trat einen Schritt näher auf den Mann zu: „Dabei wär’ es doch viel schöner, jetzt Feierabend zu haben und ein Gläschen Blaufränkischen mit Ihnen zu trinken!“

Er lachte. „Sie haben gewonnen, Gnädigste! Schauen wir uns noch einmal in der Burg um!“ Umständlich schloss er das schwere Burgtor wieder auf.

„Gibt es hier geheime Gänge?“, fragte Johanna Jobs schüchtern in ihrer Rolle.

„Ja, und wie! Die sind aber nicht für Publikum zugänglich, da liegt noch soviel Material, was nicht katalogisiert wurde – alte Waffen und solche Sachen, das wäre viel zu gefährlich!“, erwiderte der Grenadier.

Während dieser Ausführungen ging er vor ihr her und bemerkte nicht, dass sie das bunte Glas ganz nebenbei auf einem Tischchen abstellte.

Sichtlich erleichtert richtete sie sich nun zu ihrer vollen Größe auf und sagte: „Aber wer sich ein wenig auskennt, kommt da rein?“ Johanna Jobs spielte nicht länger das unwissende Fräulein.

Erstaunt sah der Mann sich nach ihr um: „Woher wissen Sie das?“

„Naja, es gibt schließlich Internet – und Leute, die sich über so etwas schlau machen. Heutzutage wird doch alles mit dem Handy fotografiert und blitzschnell in die weite Welt hinaus verschickt!“

Der Grenadier drehte sich wieder um und zuckte die Schultern. „Was waaß a Fremder“, murmelte er – aber Johanna Jobs verstand ihn doch.

„Ausflüchte, mein Herr, lasse ich nicht gelten! Wo sind die Kinder?“ Sie legte ihm eine Hand auf die Schulter. Wieder wandte er sich ihr zu.

„Sie sind doch ein Mann von Ehre – der letzte Grenadier der Esterházys – Sie müssen mir die Wahrheit sagen!“ Eindringlich sah sie ihm in die Augen.

Er senkte als Erster den Blick. „Sie haben ja recht. Es war nur – der Sold ist so gering, und dieses Fremdenführer spielen – Sie wissen nicht, wie erniedrigend das ist. Die Leut' haben doch keine Ahnung mehr von den echten Werten! Von meiner letzten Dienstherrin, der gnädigen Frau Fürstin Melinda Esterházy – was für eine feine Dame sie ist! Hat ihr Vermögen in eine Stiftung verwandelt – will die Geschichte ihres Landes der Nachwelt erhalten! Aber wen interessiert das heut' schon!“

„Mich interessiert es – und die Menschen, die heute mit unserem Bus mitgekommen sind. Wir haben schon ganz viel über die Burg hier und die Familie der Esterházys und die Heanzan und überhaupt das Burgenland gehört und freuen uns über alles, was wir hier bewundern dürfen. – Aber es gibt überall auch Menschen, die es weniger gut oder ernst meinen, wem sagen Sie das!“

Erstaunt blickte er auf. „Wie meinen Gnädigste?"

„Na ja, ich zum Beispiel bin Seelsorgerin, eine Frau der Kirche – glauben Sie, das würde heute noch viele interessieren? Ich vertrete auch Werte – vielleicht etwas andere als Sie – aber wer will davon noch etwas wissen? Es ist geradezu ernüchternd, sonntags für maximal fünf bis sieben Leute zu predigen! Aber trotzdem – eben die sind es wert!"

Sie hatte sich in Rage geredet und holte kurz Luft. Dann wurde sie leiser und kam endlich auf ihr eigentliches Anliegen zurück: „Ich kenne den kleinen Jungen, der hier mit seiner Schwester verschwunden ist. Aus dem kann mal was werden, aus ihr natürlich auch. Ich schätze, dass das Mädchen sich Ihre Burg zum Ausbüxen ausgesucht hat und der Bruder mit von der Partie ist. Und wenn ihr dabei jemand geholfen hat, wie ich befürchte, dann bleibt es nicht beim Ausbüxen, im Gegenteil, es könnte sogar eine Kindesentführung daraus werden!"

Der Grenadier trat einen Schritt zurück und setzte sich auf einen altehrwürdigen Sessel.

„Da legst di nieder!", murmelte er.

„Was ist jetzt", drängte Johanna Jobs, „wir haben nicht mehr viel Zeit, der Bus wird pünktlich abfahren!"

„Mir hat man gesagt, das sei nur ein Scherz – und ich hab auch bloß fünfzig Euro genommen. Tut mir leid. Ich zeig' Ihnen, wo die Kinder sind!" Mit diesen Worten stand er auf und ging wieder vor ihr her. Sie überstiegen die Absperrung an der gleichen Stelle wie Claire. Dann ging es durch etliche dunkle Gänge und schließlich langten sie vor einem Holzpaneel an. Der Grenadier drückte eine der Platten in der Vertäfelung und sogleich tat sich mit leisem Ächzen eine geheime Tür in der Wand auf.

„Der Scherz ist zu Ende!", rief der Mann in den Raum hinter der Tür. Wie eine Kanonenkugel kam Kevin herausgeschossen – direkt in Johanna Jobs' Arme. Hinter ihm erschien Claire – betont langsam, aber doch sichtlich angespannt.

„Wie haben Sie uns denn gefunden?“ fragte sie spitz. Ihr Gesichtsausdruck – erleichtert und erfreut – strafte ihren Ton Lügen.

„Das ist eine lange Geschichte“, meinte Johanna Jobs. „Die hat was mit Ehre und Werten zu tun! Bei Gelegenheit erzähle ich euch davon! Aber jetzt wird es Zeit, der Bus wartet!“

Dankbar sah sie den Grenadier an.

„Ich hätte so gerne mit Ihnen mal einen Blaufränkischen getrunken! Wie heißt doch noch gleich der Gasthof mit den schönen Wirtstöchtern?“

„Der Gasthof heißt: Zum Grenadier, in Deutsch-Kreuz. Und ich verspreche Ihnen, wenn Sie kommen, existiert keine Wirtstochter mehr für mich!“ Der Grenadier nahm Johanna Jobs' Hand, beugte sich darüber und drückte ihr einen langen Kuss darauf.

„Wow!“, entfuhr es Kevin, was ihm eine Kopfnuss seiner Schwester eintrug.

Johanna Jobs hatte im Moment kein Auge für die Kinder. Sie entzog dem Mann sanft ihre Hand, knickste leicht und sagte einfach: „Danke!“

Dann nahm sie Claire und Kevin bei den Händen und bugsierte sie Richtung Ausgang. Erst dort ließ Claire los und schritt in der ihr angemessenen Distanz hinter der Seelsorgerin und ihrem Bruder her.

Frau Middel kam ihnen entgegen. „Da seid ihr ja endlich! War wohl alles ein kleines Missverständnis?“ Dabei sah sie Johanna Jobs nicht an.

Diese legte auch keinen Wert auf weitere Kommunikation, strich nur Kevin übers Haar und flüsterte Claire zu: „Wenn du was brauchst, sag' Bescheid!“

Dann wandte sie sich ihren eigenen Reisebegleitern zu, die schon in heller Aufregung nach ihr gesucht hatten.

„Wo ware Sie denn, was fallt Ihne denn ei? Was glaawe Sie denn, was mir uns für Sorge gmacht hen?“ Herr v. Emm war außer sich. Seine Frau warf nur einen Blick ins Gesicht der Freundin und fragte: „Alles in Ordnung?"

Johanna Jobs lächelte: „Ja, danke, jetzt ist wieder alles in Ordnung. Aber für wie lange ...?"

Zurück auf ihrem Platz im Bus ließ sie die Begegnung mit den Grenadier noch einmal Revue passieren. Irgendjemand hatte ihm fünfzig Euro gegeben, damit er die Kinder im geheimen Gang verschwinden ließ. Nein, er hatte sie nicht entführt, aber er hatte sie auch nicht zurückgepfiffen. Abgehauen waren sie aus freien Stücken, zumindest Claire, das stand fest. Aber da hatte noch jemand die Finger mit im Spiel ... Ja! Erik hatte Claire doch von den Geheimgängen auf Forchtenstein erzählt! Aber sie musste schon vorher davon gewusst haben – Johanna Jobs erinnerte sich genau, wie Claire zu Beginn der Reise ihren Bruder vom Thema „Geheimgänge auf Forchtenstein" abgelenkt hatte...

Also wollte Claire verschwinden. Aber da Kevin wie eine Klette an ihr hing, hatte sie ihn auf Forchtenstein im Schlepptau gehabt, ob sie wollte oder nicht. Oder hatte ihr jemand geraten, den Bruder mitzunehmen? Wenn es um eine Entführung ging, bekam man für zwei Kinder natürlich mehr Lösegeld als nur für eines! Und dass Herr Middel vermögend war, das sah ja wohl selbst ein Blinder mit Krückstock!

War es der Busfahrer Erik? Er allein? Oder steckte er vielleicht mit Mildred Funk unter einer Decke? Die war doch mit Frau Middel und den Kindern beim Pralinenherstellen gewesen! Da hatte sie bestimmt einiges über die Middels und ihr Geld in Erfahrung bringen können, vor allem, weil Kevin so eine kleine Plaudertasche war! Und sie hatte dann vielleicht den neuen Busfahrer angestiftet! Der wiederum hatte sich dann seine Position zu Nutze gemacht und den Grenadier um den kleinen „Gefallen" gebeten, die Kinder nicht aus der Burg zu schmeißen, wenn sie sich „aus Spaß" im Geheimgang verstecken würden ...

Nun, diese Art von Entführung hatte sie, Johanna Jobs, vereitelt. Aber würden die Funk und Erik ihren Plan ad acta legen? Vielleicht, wenn sie ihnen zu verstehen gab, dass sie Bescheid wusste? Oder brachte sie sich damit selbst in Gefahr? Keine leichte Entscheidung. Vielleicht sollte sie das alles erst mal in Ruhe mit Manfred Krauthappel besprechen. Oder mit Harald Kupperer? Der Fotograf war doch in erster Linie Künstler! Sie wollte ihn nicht mit solchen Banalitäten belästigen. Also war der Kommissar ihr Ansprechpartner. Hoffentlich kam er pünktlich nach Eisenstadt! Dann würde sie die ganze Angelegenheit in seine Hände legen und könnte sich entspannt der Begegnung mit Manfred Krauthappel, Rust und dem Neusiedlersee widmen – genau in dieser Reihenfolge!

Kevin unterbrach sie in ihren Gedanken. Er kniete auf seinem Sitz und flüsterte ihr zu: „Vielen Dank, dass du mir und Claire das Leben gerettet hast!"

„Ach komm, das war nicht der Rede wert! Claire hat sich einen kleinen Scherz erlaubt, das war alles!", versuchte Johanna Jobs den Jungen zu beschwichtigen.

Da tauchte neben seinem das Gesicht seiner Schwester auf und was sie sagte, war alles andere als witzig:

„Sie haben alles verdorben, Sie Kirchenfrau, Sie! Mit Ihrer Einmischerei haben Sie mich um meine Freiheit gebracht! Ich will nur eins – weg aus diesem Bus, weg von diesen Leuten, weg aus diesem Land! Ich habe eine Aufgabe zu erfüllen, beim Tierschutz! Wir wollen die Eisbären retten! Stattdessen sitze ich hier rum, besichtige Burgen, höre mir altmodische Gesänge an, beobachte Erwachsene, wie sie sich vollfressen und besaufen! Ich finde das zum Kotzen! Aber so was können Sie natürlich nicht verstehen! Wenn einer dafür eine Ader hätte, dann wäre das mit Sicherheit Ihr Freund, dieser Fotograf! Und eins kann ich Ihnen sagen: Sie passen überhaupt nicht zu dem!"

Mit einem heftigen Ruck – der ganze Sitz wackelte vor Empörung – wandte das Mädchen sich wieder nach vorne um.

Kevin sah bestürzt erst zu seiner Schwester, dann zu Johanna Jobs. „Sie meint es nicht so!“, versuchte er, dem Gesagten die Schärfe zu nehmen.

„O doch, sie meint es genauso – und von ihrem Standpunkt aus hat sie ja auch recht!“, entgegnete Johanna Jobs.

Isabell Nieferer, die alles mitbekommen hatte, nickte dazu: „Weißt du, Mädchen in ihrem Alter sehen die Welt und uns Erwachsene ganz anders. Das ist gar nicht kindisch, wie wir es vielleicht abtun – im Gegenteil, ich glaube, sie sehen die Dinge klarer als wir Älteren. Du wirst in ein paar Jahren genauso denken und reden wie Claire. Und du wirst dir dadurch nicht nur Freunde machen. Aber du wirst trotzdem Freunde haben!“

„Sie würden immer meine Freundin sein!“, versicherte Kevin seiner Kirchenfrau. Johanna Jobs strahlte ihn an.

„Beruht ganz auf Gegenseitigkeit, mein Freund!“, erwiderte sie.

Eriks Stimme durchs Mikrofon unterbrach jede private Unterhaltung.

„Meine Damen und Herren, wir nähern uns Eisenstadt. Dort sind im Posthotel Zimmer gebucht. Einige von Ihnen werden morgen mit diesem Bus noch nach Rust weiterfahren, andere bleiben hier, wie ich der Teilnehmerliste entnehme. Wer also nach Rust weitertransportiert werden will, hat sich pünktlich um 11 Uhr am Bus einzufinden – sonst gibt es natürlich auch öffentliche Verkehrsmittel, hahaha.“

„Ja, was soll denn das, ich dachte, wir fahren noch heute nach Rust weiter? Seit wann übernachten wir auch noch in Eisenstadt?“ Johanna Jobs hatte sich für diese Frage aus ihrem Sitz und außerdem die Stimme erhoben.

Erik gab sich betont lässig.

„Gute Frau Jopps, das kann ich Ihnen gerne erklären. Das Hotel in Rust ist kurzfristig überbucht, deshalb hat die Reiseleitung auf das Posthotel in Eisenstadt zurückgegriffen, wir waren hier schon früher sehr zufrieden. Außerdem soll den

Reisenden die Möglichkeit gegeben werden, anstelle des Liszt-Museums hier in Eisenstadt die Wirkungsstätte Haydns zu besichtigen und, wenn es die Zeit erlaubt, auch das Schloß Esterházy anzuschauen. Die Carmen-Aufführung in Mörbisch tangiert diese Umstellung des Planes nicht, Sie kommen einfach etwas später in Rust an – was soll's, da gibt es sowieso nicht viel zu sehen!"

„Hat der eine Ahnung!", knurrte Johanna Jobs, setzte sich aber wieder. Was konnte sie schon ausrichten! Aber wie sollte jetzt Manfred Krauthappel, der sicher schon auf sie wartete, erfahren, dass sie erst noch eine Nacht in Eisenstadt verbringen würden? Wo der gute Mann doch kein Handy hatte?

Ingrid v. Emm – wie immer mit ihren Gedanken auf der gleichen Wellenlänge wie die Freundin – wusste Rat.

„Am besten, wir rufen dort im Weingut an, wo er seinen Auftrag hat. Die können ihm dann Bescheid sagen!"

Gesagt, getan. Isabell Nieferer stellte gerne ihr Handy zur Verfügung und der Wirt des Weingutes, Herr Gabriel persönlich, versprach, seinem Haus- und Hoffotografen, wie er Manfred Krauthappel freundlich nannte, die Nachricht zu übermitteln.

Nun konnte Johanna Jobs die letzten paar Kilometer bis Eisenstadt wieder etwas entspannter verbringen.

Sie erzählte Kevin, um ihn vom Kummer über das Benehmen seiner Schwester abzulenken, von den Störchen in Rust.

„Da gibt es sogar welche, die im Herbst gar nicht wegfliegen wie die andern. Die fühlen sich in Rust so wohl und werden, wenn es zu kalt wird, gut gefüttert, damit sie dableiben und überwintern können. Wir werden bestimmt einen sehen!"

Kevin machte große Augen. „Störche mag ich – und Claire mag sie auch!" Er stieß seine Schwester in die Seite. Sie blieb stur und stumm sitzen. Nicht mal ihren MP3-Player hatte sie eingeschaltet.

„Und noch etwas will ich dir erzählen", fuhr Johanna Jobs fort. „Als meine Mutter ein kleines Mädchen war, lebte sie in

Friedrichstal und sie musste mit dem Zug fahren, wenn sie in die Stadt nach Karlsruhe wollte. Auf der Heimfahrt sah sie oft Störche in den Feldern, die dort auf Mäusefang gingen. Da hat sie gedacht, das Lied: ‚Großer Gott, wir loben dich' geht in der ersten Strophe so weiter: Herr, wir preisen deine Störche! – aber eigentlich heißt es: Herr, wir preisen deine Stärke!"

Der Junge war begeistert. „Das muss ich gleich dem Chor erzählen", rief er und begab sich in den hinteren Busteil.

Johanna Jobs sah aus dem Fenster. Die Sonne hatte den Himmel über der Autobahn rot gefärbt und die ganze Welt in ein entsprechendes Licht getaucht. Linker Hand standen die Bäume auf den Hügeln wie schwarze Mahnmale gegen den Horizont. Auf der rechten Seite weitete sich der Blick in die pannonische Tiefebene und ganz weit hinten glaubte sie sogar, den Neusiedlersee schimmern zu sehen. Wenn sie nur schon dort wäre!

Aber zunächst erreichten sie das Etappenziel Eisenstadt und das Posthotel. Die Reisenden nahmen ihr Gepäck in Empfang und ihre Zimmer in Augenschein. Das Hotel lag am Rande des Zentrums von Eisenstadt, in der eintretenden Dämmerung bot sich aus den hohen Fenstern allerdings kein erbaulicher Blick mehr.

Johanna Jobs packte das Notwendigste aus und setzte sich dann auf ihr Bett. Schade, dachte sie, noch ein Abend ohne den Mann, dessentwegen sie diese Reise überhaupt unternommen hatte! Gegen diese Enttäuschung half nicht mal ein halber Liter Blaufränkischer!

Während sie sich derart trüben Gedanken hingab, betrat ein großer, in Blautöne gekleideter Herr mit kurzem, salz- und pfefferfarbenem Haar und Vollbart das Foyer des Hotels.

Am Empfang fragte er nach der Reisegruppe aus Karlsruhe und speziell nach Herrn v. Emm und Frau Jobs.

Die Empfangsdame nannte ihm freundlich beide Zimmernummern und wollte ihn auch gerne telefonisch anmelden, aber er winkte ab. „Die Herrschaften erwarten mich“, meinte er und nahm die Treppe.

Kurz nach ihm betrat ein anderer Mann das Hotel. Auch er war hochgewachsen und wirkte wie einer, der anderen gern sagt, wo es langgeht. Er verlangte die Zimmernummer von Isabell Nieferer, ließ sich ebenfalls nicht anmelden und nahm den Lift.

„Höflich san's net, die Deitschen!“, meinte die Empfangsdame daraufhin zu ihrem Kollegen. „Aber Schwung haben's drauf – Respekt!“

In dritten Stock, wo die Zimmer der eben am Empfang verlangten „Herrschaften“ lagen, gab es gleich darauf ein großes Hallo. Krauthappel über die Treppe und Kupperer mit dem Lift waren zu gleicher Zeit angekommen und hatten einander im Flur erkannt. Johanna Jobs wollte gerade bei ihren Freunden v. Emm nachfragen, wann sie denn zum Essen gehen würden – Isabell hatte die gleiche Idee. Und die v. Emms verließen aus eben diesem Grund auch gerade ihr Zimmer.

Von Romantik war natürlich bei dieser lautstarken gegenseitigen Begrüßung keine Spur, wenn auch Isabell und der Kommissar sich ohne Hemmungen umarmten und küssten. Johanna Jobs hätte mit Krauthappel gerne das Gleiche getan, beließ es dann aber bei einem Händedruck und schmollte innerlich. So hatte sie sich das Wiedersehen mit ihrem Fotografen nicht vorgestellt! Dementsprechend verhielt sie sich auch reserviert, fast kratzbürstig. Dass der Mann, als er ihre Nachricht vom Eintreffen in Eisenstadt erhielt, sich sofort auf den Weg zur ihr gemacht hatte, registrierte sie in diesem Augenblick nicht.

Nach etlichem Hin und Her einigte man sich darauf, in einem Lokal ganz in der Nähe mit eigener Brauerei zu Abend zu essen. Dort, so hofften sie, wären sie ganz unter sich und könnten den „Neulingen“ alles, was geschehen war, hemmungslos und ausführlich schildern.

An diesem Abend bestellte Johanna Jobs nur eine Kürbiscremesuppe. Sie hatte einfach nicht mehr den Sinn für weitere kulinarische Besonderheiten, was wirklich eine Seltenheit bei ihr war und bei Ingrid v. Emm eine gewisse Besorgnis auslöste.

„Geht es dir gut, Johanna?“, fragte sie. Und der Fotograf, der neben ihr Platz genommen hatte, schloss sich an: „Ja, ist was? Sie sind so blass um die Nase!“

Wenn Johanna Jobs etwas gerne, aber leider nur sehr selten, war, dann blass! Und das wurde ihr nun hier vorgeworfen? Sonst fragte jeder, warum sie ein so rotes Gesicht habe – was sie manchmal an den Rand des Wahnsinns brachte. Und nun dies! Fast wäre sie in Tränen ausgebrochen. Nur v. Emm rettete sie, indem er sagte: „Nach dem, was unser Frau Jobs heut' hat erlebe müsse, do wäret ihr a blass, odder noch schlimmer! Soll ich's verzähle?“

Johanna Jobs konnte nicht anders, sie musste lachen. Das war eben ihr Emmle – Retter in der Not von der ganz eigenen Art! „Ja, bitte! Ich bin für heut fertich mit de Welt“, antwortete sie und bestellte sich noch einen Salat und einen Welschriesling.

Die Schilderung der Ereignisse war – dem Berichterstatter angemessen – lang und ausführlich. Immer wieder mussten Kupperer und Krauthappel nachfragen, weil sie wegen der diversen reiseführermäßigen Ausschweifungen dem wahren Sachverhalt nicht mehr auf die Spur kamen.

Hilfesuchend sahen die beiden Männer zu Isabell oder Johanna Jobs hinüber. Aber die beiden Frauen, wie auch Ingrid v. Emm, hüllten sich in Sphinx'sches Schweigen und widmeten sich nur dem flott servierten und leckeren Essen.

„Ja, und was jetzt?“, fragte der Fotograf, als v. Emm seine Ausführungen beendet hatte.

„Eine gute Frage“, nuschelte Johanna Jobs mit vollem Mund. „Die kann uns aber bestimmt der Herr Hauptkommissar beantworten oder nicht?“ Sie stieß mit der Gabel in seine Richtung.

„Ich? Wieso soll ich das wissen?“, entrüstete sich Kupperer. „Sie haben doch alles verbockt, in dem Sie nicht gleich von Anfang an mit dem Jungen zur Polizei gegangen sind und die Drohungen gegen den Busfahrer angezeigt haben!“

Johanna Jobs sah rot.

„Jetzt langt's! Kommt doher un fangt glei widder a, mir Vorschrifte zu mache! Des isch sei Art, sei Autorität zu wahre, haha! Bei aller Liebe zu dir, Isabell, wenn der Kerle do dienstlich wird, krieg' ich die Kris'!“

Sie erhob sich vom Tisch und begab sich leicht schwankend zur Toilette.

Da an der Tür zur Damentoilette das Schild „Für Damen“ abgerissen war, trat sie versehentlich ins Herren-WC ein.

An den Pissoirs sah sie zwei Männer mit dem Rücken zu ihr stehen, die sich gegenseitig lautstark beschimpften. „Trottel“ war die deutsche Version, „Vollkoffer“ eindeutig die österreichische.

Johanna Jobs, schlagartig nüchtern geworden, machte kehrt und schlug die Toilettentür hinter sich zu. „Haben die Typen denn keine anderen Treffpunkte“, murmelte sie vor sich hin, als sie endlich die richtige Tür öffnete.

Ingrid v. Emm stand direkt hinter ihr. „Johanna, was ist los mit dir?“, fragte sie.

„Ach, nichts. Männer eben. Da nebenan beschimpfen sich zwei, ich glaube, der eine ist unser neuer Busfahrer. Mir doch egal ...“

Frau v. Emm nahm die Freundin bei den Schultern: „Du musst dich bei Harald Kupperer entschuldigen, ist dir das klar?“

„Muss ich nicht!“, kam die trotzige Antwort.

„Aber, aber, – was soll denn dann der Herr Krauthappel von dir denken?“

Das half.

„Muss ich wirklich? – Du weißt, was du da von mir verlangst!“ Aber ihr Widerstand bröckelte. „Also gut, ich tu es. Aber dann will ich mit dem Fotografen allein sein, ist das klar?“

„Alles was du willst!“, lächelte Frau v. Emm und verließ als Erste die Damentoilette. Als sie aus der Tür trat, stieß sie beinahe mit Erik zusammen, der nur kurz „Pardon“ murmelte, sonst aber kein Zeichen des Erkennens von sich gab.

„Also doch“, dachte Ingrid v. Emm laut. Wieder an ihrem Platz, behielt sie die Herrentoilette im Auge, sah aber keinen zweiten Mann herauskommen. Anscheinend hatte der andere das Örtchen schon vor Erik verlassen.

Johanna Jobs, sichtlich geläutert, schwebte heran.

„Herr Kupperer, tut mir leid, wenn ich etwas heftig geworden bin. Die ganze Sache wächst mir wohl über den Kopf und ich mache mir vor allem Sorgen um die Kinder, Sie verstehen. Also, ich lege die Angelegenheit vertrauensvoll in Ihre Hände – ist das gut so?“

Der Kommissar erhob sich halb von seinem Sitz und nickte ihr zu. „Alles in Ordnung, Frau Jobs. Sie hatten wirklich einen schlimmen Tag!“ Damit nahm er wohl ihre Entschuldigung an. Und bald darauf verließ er mit Isabell die gesellige Runde.

Auch die v. Emms wollten sich zurückziehen, aber der Fotograf kam ihnen zuvor.

„Liebe Frau Jobs, ich muss noch bis Rust zurückfahren! Ich hoffe, Sie sind mir nicht böse, wenn ich mich jetzt auch verabschiede! Wir sehen uns dann unbedingt morgen um die Mittagszeit! Ich habe Ihnen soviel zu zeigen!“ Er lächelte in einer Weise, dass Johanna Jobs dahinschmolz wie Butter in der Sonne. Am liebsten hätte sie ihm erzählt, dass in ihrem Doppelzimmer noch Platz sei – aber dann überlegte sie es sich doch anders und ließ ihn, wenn auch schweren Herzens, gehen.

Sie kehrte mit den v. Emms ins Posthotel zurück und überredete die beiden, mit ihr in der Hotelbar noch einen kleinen Absacker zu nehmen.

Als sie auf den Barhockern Platz nahmen, sahen sie in einer Nische Frau Raffzahni und Professor Kannenpütt. Dieser schien allerdings auch gerade im Aufbruch zu sein – er beugte sich über die Hand seiner Tischdame und hauchte einen angedeuteten Kuss darauf. Verstohlen betrachtete Johanna Jobs ihre eigene rechte Hand und dachte an den alles andere als „Pseudo-" Handkuss des Grenadiers am Nachmittag.

Mit halbem Ohr hörte sie, wie der Professor sich für den „tollen Tag" bedankte und Frau Raffzahni angenehme Träume wünschte. Auf dem Weg zum Lift grüßte er kurz in Richtung seiner Mitarbeiterin. Kaum war er verschwunden, kam von der Terrasse aus ein anderer Mann in die Bar und trat an den Tisch, den Kannenpütt eben verlassen hatte.

„So allein, schöne Frau?", hörte Johanna Jobs ihn fragen. Seine Stimme klang voll und er sprach mit einem eigenartigen Akzent. Edelgard Raffzahni schien von seinem Auftauchen nicht überrascht, sondern lachte rau und klopfte auffordernd auf den Platz neben sich.

„Ich habe nur auf dich gewartet!" Ihr Versuch zu schnurren scheiterte an ihrer Reibeisenstimme.

Der Mann ließ sich davon nicht stören, setzte sich neben sie und legte ihr den Arm um die Schultern.

Er fragte: „Wann haben wir denn endlich die Katzen im Sack?"

Frau Raffzahni war wohl eingefallen, dass man ihre Stimme, auch wenn sie leise sprach, durch den ganzen Raum hörte. Deshalb legte sie ihren Mund an sein Ohr und flüsterte ihm einiges zu. Diese Informationen lösten bei ihm unterschiedliche Mimik aus. Zuerst grinste er breit, dann runzelte er die Stirn und seine Mundwinkel zogen sich nach unten.

„Wo schaust denn du hin?" Ingrid v. Emm stieß Johanna Jobs sachte in die Seite, weil diese wie das Kaninchen vor der Schlange in die Nische zu Raffzahni und ihrem Verehrer hinüberstarrte.

„Gibt es da etwas Besonderes?" Auch v. Emm zeigte nun Interesse. Er hatte auf der Getränkekarte vergeblich nach einem alkoholfreien Schlummertrunk gesucht, dann den Frauen je einen Marillenschnaps und sich einen Pfefferminztee bestellt.

Johanna Jobs flüsterte: „Do hinne hockt die Raffzahni un hat, kaum dass de Professor verschwunne isch, schon de nächste Kerl am Wickel!"

„Bloß kein Neid!", war die einstimmige Reaktion des Ehepaares.

„Phhh, neidisch, ich – uff die?! Wer bin ich denn? Awwer horchet doch emol, ob ihr mitkrieget, was die schwätze! Irgendwie hab' ich koi gutes Gfühl bei dere Sach – un den Kerl, den hab' ich a schon gsehe ..."

„Des war doch der, wo unser schöne Golferin mit seim Mercedes-Cabrio in Bad Tatzmannsdorf abgholt hat! Wahrscheinlich hat er sie un de Professor doher gfahre! Der Mann muss Zeit un Geld hawwe, odder er stammt von do!" Herr v. Emm war sich seiner Sache sicher.

„Ja, vielleicht. Awwer wieso frogt er sie dann, wann sie endlich die Katze im Sack hat?"

„Vielleicht nennt mer jo beim Golfspiele en bstimmte Schläger odder en Ball ‚Katz', wer woiß? Ich dät mir do net soviel Gedanke mache!"

Schnäpse und Tee wurden serviert und Herr v. Emm war nun mehr damit beschäftigt, seinen Teebeutel auszudrücken und die heiße Flüssigkeit kalt zu blasen, als dass er sich noch weiter um Frau Raffzahni und ihren Begleiter gekümmert hätte.

Johanna Jobs und Ingrid v. Emm prosteten sich zu, als Nepomuk Zabble in der Halle erschien. Er schaute kurz in die Bar, hob die Hand zum Gruß und wollte geradewegs auf die drei an der Theke zurollen, als sein Blick in die einzige noch besetzte Nische fiel. Schlagartig veränderte sich sein Gesichtsausdruck:

Er wurde blass, seine Augen quollen regelrecht aus den Höhlen und seine Mundwinkel zitterten. Er fuhr mit der erhobenen Hand ein paarmal durch die Luft, griff sich dann an die Kehle und machte auf dem Absatz kehrt, als habe er ein Gespenst gesehen.

„Der weiß auch nicht, was er will!“, meinte Frau v. Emm.

„Wieso, der will ins Bett, genau wie ich!“, brummte ihr Mann. „Seid ihr endlich fertich?“

Die Frauen hatten längst ihren Schnaps ausgetrunken und er ließ deshalb seinen Pfefferminztee nach drei kleinen Schlucken stehen.

„Ich bin total erschöpft“, sagte er auf dem Weg zum Lift. „So e Busrois isch furchtbar anstrengend! Des mach ich koi zwoites Mol mit, des könnt ihr mir glaawe!“

Die Lifttüren öffneten sich mit sanftem Klicken. Johanna Jobs sah noch einmal über die Schulter zurück. Frau Raffzahni und der Fremde waren eifrig in ein Gespräch vertieft, bei dem es aussah, als wolle er die Frau zu etwas überreden, was ihr nicht so recht zusagte. Die Seelsorgerin – nicht neugierig, nur interessiert – hätte zu gerne gewusst, um was es da ging. Zu spät. Die Lifttüren schlossen sich und die v. Emms waren nicht mehr in der Laune, mit ihr über irgendetwas zu spekulieren.

Morgen ist auch noch ein Tag, dachte Johanna Jobs.

Damit hatte sie recht. Aber was für einer, das konnte sie wirklich nicht ahnen!

Montag, 3. Oktober

Frühstück um acht hieß es für alle, die das Haydn-Museum besichtigen wollten. Das waren die Leute vom Chor, das verliebte Ehepaar, die v. Emms, Kupperer und Isabell Nieferer sowie Johanna Jobs. In letzter Minute schloss sich ihnen auch noch Professor Kannenpütt an. Frau Middel wollte mit ihren Kindern „shoppen" gehen – Johanna Jobs fragte sich, in wie vielen Geschäften die Dame sich wieder kostenlos bedienen würde. Herr Middel war mit Nepomuk Zabble und Mildred Funk zu einem geschäftlichen Kontakt unterwegs. Das hatten die drei am gestrigen Abend ausgemacht, wie Kevin seiner Freundin Johanna in der Hotelhalle kurz mitteilte.

Frau Raffzahni war gar nicht zum Frühstück erschienen, genauso wenig wie Erik. Der hatte nur durch die Empfangsdame noch einmal daran erinnern lassen, dass Punkt elf Abfahrt nach Rust sei – ob nun jemand fehlte oder nicht.

Das kleine Museum war wirklich sehenswert. Haydns Musik empfing die Besucher bereits im Torbogen. An der Treppe rankte sich ein Rosenstrauch mit dunkelroten Blüten hinauf – ein wunderbarens Motiv für Krauthappel, war Johanna Jobs' Gedanke. Dann vergaß sie allerdings für eine Weile den Fotografen und ließ sich in die Zeit des Kammerkompositeurs Josef Haydn entführen.

Von 1761 bis 1790 stand er als Kapellmeister im Dienst des Rokokofürsten Nikolaus I. Esterházy. Wie sie erfuhren, schrieb der Künstler im Schloss zu Eisenstadt wie in Fertöd 73 Sinfonien, 44 Streichquartette, 28 Klaviersonaten und fünf Messen.

„Von dene sollte mir mol oine uffführe", murmelte Fritz Knober andächtig. Seine Sängerinnen und Sänger bekundeten Zustimmung. Dass der Komponist bei seinen Auftritten als Dirigent eine Uniform tragen musste, amüsierte die Gruppe und sie malten sich ihren Chorleiter in Grenadier- oder Husaren-Uniform aus, was zur allgemeinen Erheiterung beitrug.

Eine Abbildung des Fürsten Nikolaus erregte Ingrid v. Emms Aufmerksamkeit. Sie zupfte Johanna Jobs am Ärmel: „Do, guck mol, dem sei Gsicht erinnert mich an den Mann von gestern obend, bei de Frau Raffzahni am Disch! Find'sch du net a, dass der ihm ähnlich sieht?"

Johanna Jobs legte den Kopf schief und versuchte, die fürstliche Bekleidung wegzudenken und sich stattdessen ein schwarzes Poloshirt mit offenem Kragen und einen roten Pullover über den Schultern unter dem Gesicht vorzustellen. Ja, eine gewisse Ähnlichkeit bestand. Die leichte Hakennase, die dunkle Gesichtsfarbe – nur die Perücke passte nicht. Dunkles Haar mit grauen Strähnen, mehr als etwas zu lang, so hatte der Fremde im Hotel ausgesehen. Etwas Indianerhaftes hatte er an sich gehabt.

„Na ja, vielleicht hen die Leut' an sellem End' von de Welt alle e gwisse Ähnlichkoit", meinte sie und wandte sich wieder Haydns Geschichte zu. Erst nach dem Tode des Fürsten konnte sich Haydn seinen Wunsch nach Reisen in die große weite Welt erfüllen. Er wurde in Wien, Italien und London gefeiert.

„Im Mai 1809 starb er in Wien. 1920 ließ dann Paul V. Esterházy für Haydn ein Mausoleum in Eisenstadt errichten – in einer kleinen Kapelle, der Bergkirche. Darüber erhebt sich der größte barocke Kalvarienberg des westlichen Abendlandes." Herrn v. Emm waren die Ausstellungsstücke und Dokumente über Leben und Wirken des Komponisten nicht genug – er zitierte wie immer seinen eigenen Reiseführer.

„Den Kreuzweg auf den Kalvarienberg sollten wir schon noch machen!", meinte der Chorleiter. Aber ein Blick auf ihre

Uhren und die Erinnerung an die Unerbittlichkeit ihres neuen Busfahrers überzeugte die Gruppe davon, dass es Zeit war, sich Richtung Parkplatz zu begeben.

„Vielleicht auf dem Heimweg!“, vertrösteten sie sich gegenseitig. Außerdem hatten sie ja alle in Rust noch etwas vor!

Weil sie sich sehr beeilten, gelang es ihnen, zumindest noch einen Blick in den Hof des Schlosses Esterházy zu werfen. Auch das – eine Sehenswürdigkeit!

Zurück im Bus wurde die Sitzordnung leicht verändert.

Der Kommissar hatte sein Mietauto abgegeben und Erik davon überzeugt, ihn bis Rust mitfahren zu lassen. Er saß deshalb vorne auf dem Platz des Reiseleiters und Isabell natürlich neben ihm.

Kevin nutzte seine Chance und setzte sich zu Johanna Jobs.

„Meinst du, wir sehen Störche?“, fragte er ganz aufgeregt ein ums andere Mal.

„Halt einfach die Augen offen!“, ermunterte sie ihn. Dann senkte sie die Stimme: „Und ganz nebenbei kannst du mir vielleicht mal erzählen, wie es zu diesem Abstecher in die Geheimgänge von Forchtenstein gekommen ist?“

Der Junge wurde verlegen: „Verpetzt du mich auch nicht?“

„Wie sollte ich! Großes Indianerehrenwort!“

Kevin grinste und klatschte ihre Hand ab. „Also, weißt du, das war so – Claire hat einen Freund, und der hat ihr eine SMS geschickt und ein Foto von der Burg und dass es dort Geheimgänge gibt – sie wollte halt abhauen. Geld hat sie ja. Den Erik hat sie dann gefragt, ob er weiß, wie man da reinkommt. Auf dem Plan, den Torro – das ist ihr Typ – geschickt hat, konnte sie es nicht so genau erkennen. Der Erik hat ihr versprochen, dass er sie, wenn sie bei der Führung über die eine Absperrung klettert, erwartet und hinbringt. Ich wollte ihr das ausreden, aber sie hat nicht auf mich gehört. Da wollte ich sie nicht allein lassen und deshalb bin ich ihr nach. Bloß, wie wir dann in dem Geheimgang gesessen sind, ist die Tür nicht mehr aufgegangen. Angeblich wollte der Erik uns ja herausholen und nach Eisenstadt zum Bahnhof bringen. Aber dann bist ja zum Glück du mit dem Soldaten gekommen – ich hatte wirklich Angst auf einmal!“ Kevin wirkte wieder verstört.

Johanna Jobs drückte ihn kurz an sich. „Vorsicht ist die Mutter der Porzellankiste“, sagte sie. „Also, halte einfach weiter die Augen offen! Ich bin auch froh, wenn wir den guten Erik in Rust endlich loswerden!“

Plötzlich hopste Kevin in seinem Sitz bis fast unter die Decke. „Ein Storch, ein Storch, da fliegt ein Storch!“, brüllte er. Und wirklich, über die Weinberge Richtung See flog mit weitausgebreiteten Schwingen, gut zu erkennen am roten Schnabel und den roten Beinen, ein Storch.

Unvermittelt und gegen Eriks selbstherrliche Bestimmung fing der Chor an zu singen: „Großer Gott, wir loben dich“ – mit dem Zusatz: „Herr, wir preisen deine Störche!“

Johanna Jobs bekam feuchte Augen, sang dann aber inbrünstig die übrigen Strophen mit. Kevin saß strahlend neben ihr und summte mit. Sogar Claire hatte ihre Ohrstöpsel herausgenommen und trotz ihres betont lässigen Gesichtsausdrucks schien ihr der Gesang zu gefallen.

Auf der Anhöhe beim Steinbruch St. Margarethen wurde der Bus langsamer und den Reisenden öffnete sich der Blick auf den Neusiedlersee. Im Vordergrund waren die beiden weißen Kirchtürme von Rust zu sehen, links wellten sich die Weinhügel Oggau zu und weiter nach rechts erhaschte man sogar einen Blick auf Mörbisch und dahinter Ungarn. Nordöstlich von Oggau und Donnerskirchen erhob sich das Leithagebirge und jenseits des Sees konnte man die Silhouette von Neusiedel erkennen.

Ein kollektiver Seufzer der Bewunderung erhob sich im Bus.

Erik, der Sadist, drehte sein Radio daher mit penetranter Popmusik auf volle Lautstärke und schrie ins Mikrofon: „Alles fertigmachen zum Absprung, in fünf Minuten erreichen wir unser Ziel!“

Auf dem Parkplatz ließ er den Motor laufen und spornte die Reisenden zu größerer Schnelligkeit beim Ausladen ihres Gepäckes an: „Hopp, hopp, hopp, ich habe heute noch was vor! Endlich Feierabend!“

Niemand war bereit, ihm ein Trinkgeld zu geben – er hatte wohl auch keines erwartet.

„Ich wünsche Ihnen fröhliches Flohbeißen in den verwanzten Betten drüben in Ungarn!“, rief er denen zu, die sich von Rust aus auf den Weg ins Nachbarland machen wollten.

Die Reisegruppe zerstreute sich rasch. Der Chor wurde von einem Herrn erwartet, dessen salbungsvolle Begrüßungworte ihn eindeutig als ihren Gastgeber, den Pfarrer von Rust, identifizierten. Johanna Jobs grinste und wechselte mit Fritz Knober einen vielsagenden Blick.

Herr Middel trieb seine Familie in einer Geschwindigkeit vom Platz, als gelte es ein Wettrennen um die besten Zimmer zu gewinnen. Kevin winkte Johanna Jobs zu und schrie: „Wir sehen uns morgen!“

Sie winkte zurück.

Das Ehepaar Kall ließ sich, wie bei jedem Halt, noch schnell vor dem Bus fotografieren.

Mit den vielen Bildern können die sich zuhause die Zimmerwände tapezieren, dachte Johanna Jobs.

Nepomuk Zabble bewachte Mildred Funk beim Ausladen seines Gepäcks. Professor Kannenpütt kümmerte sich neben seinen Koffern auch noch um die von Frau Raffzahni. Erik stand dabei und ließ die anderen arbeiten. Sein Blick auf Johanna Jobs und ihre Begleitung, die warteten, bis sie an der Reihe waren.

„Und beim Opern-Hören nicht einschlafen, gell, die älteren Herrschaften, hahaha!“, versuchte er noch einen letzten seiner misslungenen Scherze.

„Der dut grad so, als müsst er uns net nach Karlsruh zrückkutschiere! Oder glaubt er, mir hen in drei Dag sei Gehässigkoite vergesse un vertraue uns ihm bedingungslos für d'Hoimrois an? Zur Not gibts jo a noch Flugzeuge!" Kaum hatte sie den Satz ausgesprochen, zog Johanna Jobs den Kopf ein, weil ein kleiner Zweisitzer im Tiefflug über den Parkplatz zischte.

„Hilfe, was war denn des?", rief sie erschrocken.

„Das sind die Flieger, die den Wein vor den Starenschwärmen und anderen Vöglein schützen. Sie wirken besser als Vogelscheuchen. Und im Frühling oder Sommer werden sie auch zum Besprühen der Rebstöcke eingesetzt!" Unbemerkt war Manfred Krauthappel hinter sie getreten. „Wenn Sie wollen, kann ich es arrangieren, dass Sie mal in so einem kleinen Flitzer mitfliegen!"

„Um Himmels willen, alles, nur das nicht!", entsetzte sich die Frau von der Kirche standesgemäß. „Wäre ich ein Engel, könnte ich auch fliegen. Aber so ...?" Sie grinste Manfred Krauthappel an. „Schön, dass Sie uns abholen kommen. Wo ist denn eigentlich unser Quartier?" Sie sah sich auf dem Parkplatz um. Er lag am Ortsende, direkt vor den Weinbergen. Und gleich daneben erblickte sie ein modernes Gebäude, das sich „Sporthotel" nannte.

„Ich fürchte, Busreisende werden heutzutage eben in solchen Bauten untergebracht", meinte der Fotograf und betrachtete die Unterkunft ebenfalls mit Stirnrunzeln.

„Ich könnte Sie ja auch in meine Ferienwohnung im Haus Gabriel mitnehmen, aber da gibt es nur ein Schlafzimmer!"

Johanna Jobs sah ihn an. Machte er einen Witz oder glaubte er im Ernst, sie würde mit ihm ... so ohne Weiteres ...? Dass sie ihn am Vorabend fast in ihr Zimmer eingeladen hätte, stand auf einem ganz anderen Blatt.

„Für was halten Sie mich eigentlich? Ich soll mit Ihnen so mir nichts dir nichts in einem Doppelbett schlafen?", fragte sie entrüstet.

„Von einem Doppelbett habe ich nichts gesagt – es sind zwei Einzelbetten, nicht mal nebeneinander!", verteidigte er sich. „Und im Wohnzimmer gibt es eine Schlafcouch!"

Johanna Jobs, mal wieder errötend ob ihrer eigenen Voreiligkeit, wehrte ab. „Kommt gar nicht in Frage!" Sie schnappte sich ihren Rucksack und den Trolley und folgte den andern Richtung Hotel.

Krauthappel eilte ihr nach. „Nicht böse sein, Frau Jobs! War doch nur ein Scherz!"

Was, der Kerl hatte das Angebot nicht einmal ernst gemeint? Das wurde ja immer besser! Als der Fotograf ihr den Griff des Trolleys aus der Hand nehmen wollte, blitzte sie ihn wütend an. „Danke, mein Herr, meinen Koffer schaff' ich schon noch alleine!" Damit ließ sie ihn stehen.

Nepomuk Zabble, der die Szene beobachtet hatte, schlug dem verdutzt Zurückbleibenden auf die Schulter: „Die hat es Ihnen aber gegeben, Mann! Die Frau ist nicht ohne, das kann ich Ihnen versichern! Und aus Erfahrung sage ich: Bei solchen Weibern gibt es nur eins: Nicht lockerlassen! Die sind es wert!"

Manfred Krauthappel war irritiert. Er kannte den Mann doch gar nicht! Wie konnte der sich erdreisten ... Aber, wenn er ehrlich war, hatte der Kerl recht. Zum Teil. Er wollte sich aber nicht so ohne Weiteres zum Narren machen lassen. Auch nicht von einer Frau wie Johanna Jobs. Sollte sie mal sehen, wie sie jetzt ohne ihn das eigentliche Rust in all seiner Schönheit kennenlernte! Er hatte noch genug zu fotografieren!

Mit diesem Gedanken machte er auf dem Absatz kehrt und verschwand in Richtung Weinberge.

Johanna Jobs bedauerte ihre Heftigkeit bereits. In solchen Gefühlssachen war sie einfach nicht taktfest! Am liebsten hätte sie sich jetzt bei einer Freundin ausgeheult, aber Isabell hatte ja mit ihrem Harald zu tun und Ingrid v. Emm hätte zwar alles Verständnis, aber auch ihren Mann dabei – und von

Emmle wollte sie nun wirklich keine Ratschläge in Liebesdingen. Halt – wieso Liebesdinge? Wer sagte, dass sie in den Fotografen verliebt war? Oder gar er in sie? Ein absolutes Hirngespinst! Der Mann war viel älter als sie! Mindestens 5 Jahre ... Wahrscheinlich geschieden oder verwitwet. Bestimmt kein unbeschriebenes Blatt mehr. Sie zwar auch nicht. Aber trotzdem!

Himmelhochjauchzend – zu Tode betrübt. Den Zustand kannte sie. Also doch verliebt! Nun denn, Selbsterkenntnis ist der erste Weg zur Besserung. Und Besserung gelobte sich Johanna Jobs nach diesen Gedanken. Sie hatte den Fotografen Richtung Weinberge davongehen sehen – natürlich hatte sie sich noch einmal nach ihm umgedreht!

Auch seine Unterhaltung mit Nepomuk Zabble hatte sie bemerkt. Bestimmt hatten die beiden über sie geredet!

Jetzt entschloss sie sich, Manfred Kraupthappel nachzugehen. Vielleicht würde er ihr ja verzeihen und sie konnten die nächsten Tage – wie geplant – unbeschwert gemeinsam verbringen! Sie warf sich in ein weinbergtaugliches Gewand: Caprihose, kurzärmelige Bluse und Weste, schlüpfte barfuß in flache Leinenschuhe und machte sich auf den Weg.

In dem hügeligen Rebgelände angekommen stellte sie allerdings bald fest, dass es nicht einfach war, hier jemanden zu finden – schon gar nicht einen Mann, der hinter speziellen Fotomotiven her war! Rufen wollte sie nicht, das wäre ihr dann doch peinlich gewesen. Aber so ein zufälliges Zusammentreffen zwischen prallen Trauben: „Ach, Sie auch hier?“ Das wäre doch was ...

Wen sie allerdings ganz zufällig antraf, war Frau Raffzahni im Gespräch mit Erik. Johanna Jobs bog gerade um die Ecke eines kleinen gemauerten Winzerhäuschens, als sie Stimmen hörte.

Vorsichtig hob sie eine Brombeerranke hoch und dann sah sie auch, wer da redete – und verstand jedes Wort.

„Bist du sicher, dass es diesmal klappt?“ Das kam von Edelgard Raffzahni.

„Ja, klar, ich hab’ die zwei schon in der Tasche. Kann gar nichts schiefgehen. Schick’ du schon mal die Post ab – und wenn der Kerl nicht mitspielt, geht es sowieso über die Grenze! Lass mich nur machen!“

„Das erste Mal hast du auch gemacht!“ Massive Verachtung lag in dem letzten Wort.

„Ja, tut mir leid, ich konnte ja nicht ahnen, dass diese Tussi was mitgekriegt hat!“ Erik klang zerknirscht. Dass mit „Tussi“ sie, Johanna Jobs, gemeint war, kam ihr erst später zu Bewusstsein. Im Moment blieb ihr nur der Mund offen stehen vor Anstrengung, jedes Wort mitzukriegen.

„Also, es bleibt dabei – entweder bis morgen hier oder dann auf der anderen Seite! Der Chef ist im Bilde und kann eingreifen, wenn was schiefläuft. Wenn nicht, sind wir bald gemachte Leute!“

Die Raffzahni kniff Erik doch tatsächlich in die Backe und der grinste breit.

„Du sagst es!“, bestätigte er.

„Mund zu, das Herz wird kalt!“, klang es auf einmal im Flüsterton an Johanna Jobs’ Ohr. Sie fuhr herum. „Was fällt ihnen ein, mich so zu erschrecken!“, fauchte sie.

Der Fotograf hob die Hände. „Keine Angst, ich will Ihnen nichts tun. Aber die beiden da, die hecken entschieden etwas aus!“

Nun duckten sie sich zu zweit hinter die Brombeerhecke an der Hüttenmauer. Erik und Frau Raffzahni schienen nichts bemerkt zu haben. Gestikulierend verließen sie den Hügel.

„Haben Sie die beiden zufällig fotografiert?“, fragte Johanna Jobs in normaler Stimmlage, als die Entdeckungsgefahr vorüber war.

„Ich glaube schon, mal sehen!“, antwortete der Fotograf und betätigte das Display seiner Kamera. „Ja, da sind sie. Gestochen scharf. Aber was wollen Sie mit dem Foto beweisen?" Nur zu gut konnte sich Manfred Krauthappel daran erinnern, dass seine Fotos schon einmal bei der Suche nach einem Täter herhalten mussten – vor knapp drei Monaten in Bad Herrenalb. Und ebenso gut erinnerte er sich daran, dass Kurseelsorgerin Johanna Jobs derzeit einiges dazu beigetragen hatte, drei Morde aufzuklären.

Da stand sie nun vor ihm, tief in Gedanken versunken und wirkte merkwürdig hilflos. Ein Impuls war, sie einfach in die Arme zu nehmen. Der Ort wäre romantisch genug. Andererseits schien das eben Gehörte für sie bar jeder Romantik zu sein. Und er hatte recht – Johanna Jobs warf den Kopf zurück und sah ihn an: „Haben Sie das auch gehört? Ich fürchte, die beiden führen etwas mit den Kindern Middel im Schilde! Wenn es nicht schon passiert ist! Wir müssen sofort zum Hotel zurück!"

Sprach's, drehte sich um und schritt zügig den Weg nach Rust hinunter. „Speichern Sie diese Fotos unbedingt", rief sie ihm noch über die Schulter zu. Und, als er nicht sofort an ihrer Seite war, drehte sie sich ungeduldig zu ihm um: „Na, machen Sie schon! Wir dürfen keine Zeit verlieren!"

„Die Frau ist es wert!", machte sich der Fotograf selbst Mut und folgte seiner heimlich Angebeteten.

Im Hotel angekommen ließ Johanna Jobs die Middels auf ihrem Zimmer anrufen. Mit verschlafener Stimme meldete sich Frau Middel.

„Wo sind Ihre Kinder?", bellte Johanna Jobs in den Hörer.

„Wie – wer – was? Wer sind Sie überhaupt – was wollen Sie?" Johanna Jobs stellte sich vor und fragte erneut: „Wo sind Ihre Kinder?"

Frau Middel schien langsam wach zu werden. „Ich weiß ja nicht, was Sie das schon wieder angeht – aber die beiden sind unten am See, Tretboot fahren! Also, lassen Sie mich gefälligst in Ruhe!" Sie legte einfach auf.

Energisch drückte Johanna Jobs die Taste für Wahlwiederholung. Sobald der Hörer abgehoben wurde, fuhr sie Frau Middel an: „Sie scheinen sich ja überhaupt keine Gedanken um Ihre Kinder zu machen! Haben Sie keine Angst, dass die beiden entführt werden könnten? Genau das befürchte ich nämlich nach den Ereignissen in Forchtenstein!"

„Ich bitte Sie!", entgegnete die Stimme am anderen Ende der Leitung gelangweilt. „Wie oft hatten wir das schon? Claire will sich wichtig machen – das gibt sich wieder. Forchtenstein, ist ja lächerlich! Da haben Sie sich völlig unnötig Sorgen gemacht. Alles nichts als ein kleines Missverständnis! Von Kindern haben Sie eben keine Ahnung!" Damit wurde die Verbindung unterbrochen.

„Ich habe keine Ahnung! Pah! Wenn die wüsste, was ich weiß!" Johanna Jobs hatte gute Lust, irgendetwas an die Wand zu werfen. Ihr Blick fiel auf Krauthappels Kamera.

Der Besitzer derselben roch Lunte und hielt den Apparat vorsorglich hoch über den Kopf außerhalb ihrer Reichweite.

„Sollten wir nicht besser den Kommissar verständigen?", fragte er sachlich.

Sie nickte. „Natürlich, Sie haben recht. Beinahe wäre mir der Gaul durchgegangen. Aber die Lethargie dieser Person, was ihre Kinder betrifft, macht mich rasend!"

„Können Sie denn nicht den Vater ansprechen?", wollte Krauthappel wissen.

„Den? Der hat Dollarzeichen im Kopf, aber keine Ahnung von seinen Nachkommen. Wer weiß, ob es überhaupt seine Kinder sind! Nun ja, das wird sich ja zeigen, wenn der Erpresserbrief kommt!" Sie nickte zur Bestätigung ihrer düsteren Vorhersage dreimal mit dem Kopf und war schon wieder auf dem Weg nach draußen.

„Aber bevor ich mich beim Kommissar blamiere, gehen wir erst mal runter zum See, vielleicht finden wir die Kinder ja dort und können das Schlimmste verhindern!"

„Sie glauben wirklich, die beiden sollen entführt werden?“, fragte der Fotograf ernst, als er hinter ihr hereilte.

„Ja, was soll ich denn sonst glauben? Nach dem, was in Forchtenstein passiert ist und was ich eben gehört habe?“

Johanna Jobs fing an zu zittern und sie beschleunigte ihre Schritte.

Der Fotograf nahm sie am Arm und zog sie in eine Seitengasse. „Hier können wir abkürzen“, sagte er. „Aber es ist schon noch ein Stück bis zum Hafen hinunter.“

Ziemlich außer Atem langten sie schließlich beim Bootsverleih an. Der Mann wollte gerade Mittag machen, als Johanna Jobs ihn ansprach.

„Haben Sie vorhin ein Tretboot an zwei Kinder, äh, an ein junges Mädchen und einen Jungen vermietet?“

„Hä?“ Der Mann kratzte sich am Kopf. „Es ist ka Saison mehr! I hob fast alle Boote schon fürn Winter weggräumt! Und an Kinder geb' ich eh nix her!“

„Aber haben Sie die beiden wenigstens gesehen, die müssen doch hier gefragt haben?“, bedrängte sie ihn weiter.

„Na, ich hob kaan gsöhn. Aber vielleicht frogn S' dort im Imbiss!“ Er wies auf ein kleines Lokal am Hafen.

Fehlanzeige. Und die paar Leute, die noch an ihren Segelbooten arbeiteten, wussten auch von nichts.

„Sehen Sie?“, wandte Johanna Jobs sich an ihren Begleiter. „Da muss etwas passiert sein!“ Sie war den Tränen nahe.

Was lag näher für Manfred Krauthappel, als sie in die Arme zu nehmen und sanft zu drücken? Auch hier fehlte leider die Romantik. Zumal die Dame heftig schniefte und augenscheinlich kein eigenes Taschentuch besaß. Er reichte ihr das seine – leicht angebraucht, aber trocken.

„Warum verwenden Männer eigentlich keine Tempos?“, fragte sich Johanna Jobs, während sie sich ausgiebig schneuzte und dann das nunmehr durch und durch feuchte Baumwolltuch verstohlen in die Hosentasche schob.

„Entschuldigen Sie meine Entgleisung", murmelte sie, trat einen Schritt zurück und fuhr sich mit beiden Händen durch die ohnehin schon zerzausten Haare. „Aber wenn es um Kinder geht, bin ich nicht sehr belastbar!"

„Geht mir genauso!", bestätigte Krauthappel. „Trotzdem sollten wir erst noch einmal bei Frau Middel anrufen, vielleicht sind die beiden ja wieder bei ihr aufgetaucht, schließlich ist Mittagszeit! Und wenn sie nicht da sind, müssen wir einfach den Herrn Kupperer verständigen – er weiß dann bestimmt, was zu tun ist!"

Leider waren weder Frau Middel noch der Kommissar zu erreichen.

„Und jetzt?" Johanna Jobs war nervös und wollte am liebsten lospreschen, egal wohin. Nur nicht stillstehen und abwarten.

„Wir müssen logisch denken", mahnte der Fotograf. „Und vielleicht sollten wir die v. Emms einweihen – die haben bestimmt auch noch Ideen, die uns weiterhelfen!"

Es war sonnenklar, dass Manfred Krauthappel mit dieser Situation überfordert war. Johanna Jobs ging es ja nicht anders.

„Ja, wir sollten Kriegsrat halten", meinte sie und lächelte leicht bei der Erinnerung an eine andere Situation, in der sie diesen Ausdruck gebraucht hatte. Lichtjahre schien es her, damals, in der Küche der urologischen Rehaklinik Bad Herrenalb, als sie zum ersten Mal zu später Stunde nach dem sogenannten „Kriegsrat" unter Freunden mit dem Fotografen Manfred Krauthappel alleine war. Da hatte es, jedenfalls bei ihr, gefunkt. Und das war jetzt knapp drei Monate her!

Das Ehepaar v. Emm erreichten sie auf dem Zimmer. Die beiden hatten gerade überlegt, irgendwo eine Kleinigkeit zu speisen, als Johanna Jobs anrief. Selbstverständlich würden sie sich dem Unternehmen „Suche nach Middels Kindern" anschließen. Und, Ingrid v. Emms Intervention zur Folge, hinterließen sie auch noch eine Nachricht auf Isabells Anrufbeantworter für Harald Kupperer.

Dann setzten sie sich ins Gasthaus am Rathausplatz – wo Johanna Jobs, ganz entgegen ihrer sonstigen Gewohnheit im fremden Land, eine stinknormale Thunfischpizza bestellte. Das ließ tief in ihren derzeitigen Gemütszustand blicken: „Wenn du dich wo nicht sicher fühlst, iss wenigstens etwas, das dir mit Sicherheit schmeckt!", war in diesem Fall angesagt.

„Was ist los mit dir?", fragte auch gleich die sensible Freundin Ingrid.

Johanna Jobs schluckte. „Ich fühle mich für das Verschwinden der Kinder verantwortlich!", brachte sie dann ihre innere Unruhe auf den Punkt. „Irgendwie hätte ich mir das nach dem Ereignis auf der Burg Forchtenstein zusammenreimen und besser aufpassen müssen!"

Nun wurde Herr v. Emm energisch: „Also, liewe gute Frau Jobs – für des Uffbasse uff die Kinner Middel sin nun wahrhaftig net Sie zuständig gwese! Wenn dene ihre Eldere sich so wenig kümmere, isch des doch net Ihre Schuld! Im Gegetoil, Sie hen doch immer widder gsagt, wie wichtig es wär, dass die Mudder selwer mol ebbes unnernimmt!" Er wurde richtig zornig.

„Ja, ja, Sie hen jo recht!", gab Johanna Jobs klein bei. „Trotzdem fürcht ich des Schlimmste für die Kinner! Und mach mir Vorwürf, dass ich net rechtzeitig was gsagt hab – an verantwortlicher Stell, bei de Bolizei!"

„Womit Sie richtig liegen, liebe Frau Jobs!", ließ sich ganz plötzlich eine Stimme hinter ihnen vernehmen. „Wenn Sie rechtzeitig Ihre Beobachtungen an die zuständige Polizeidienststelle weitergegeben hätten, wären die Kinder jetzt möglicherweise noch bei ihren Eltern!"

Kommissar Kupperer war unbemerkt ins Lokal und an ihren Tisch gekommen, hinter ihm stand Isabell Nieferer mit unglücklicher Miene.

Johanna Jobs brauste auf: „Ich möchte mal wissen, was passiert wäre, wenn ich mit meinem ‚Wissen' zu den entsprechenden Dienststellen gegangen wäre! Als überkandideltes Weibsbild hätte man mich behandelt – ohne den kleinsten Beweis in der Hand! Ich denke noch mit Schaudern an das Gespräch mit dem Ortspolizisten von Bad Tatzmannsdorf zurück! Immerhin hat er uns bis Bernstein verfolgt! Aber das schien ihm schon zuviel der Anstrengung – ging es doch nur um einen verletzten deutschen Busfahrer, der halbtot in einem Ziegenstall aufgefunden wurde! Der Herr Gendarm hätte am liebsten bewiesen, dass ich den armen Mann in einem Anfall von Sado-Maso so zugerichtet habe! Aber zu seinem Leidwesen ist ihm das nicht gelungen! Und jetzt bin ich hier – und fürchte um das Leben zweier Kinder – aber Sie haben nichts Besseres zu tun, als mich zu beschuldigen! Wo ist denn überhaupt die Polizei, wenn man sie wirklich braucht?“

Bevor sie noch weiter schwadronieren konnte – über Polizisten, die sie wegen einer kleinen Geschwindigkeitsüberschreitung verfolgten, aber Schwerverbrecher laufen ließen, legte Ingrid v. Emm ihr begütigend die Hand auf die Schulter.

„Schsch – ist ja gut, Johanna! Niemand will dich beschuldigen!“, sagte sie.

„Do wär ich net so sicher!“, schlug dagegen ihr Mann in dieselbe Kerbe wie Johanna Jobs. „Was ich festgstellt hab: Die Polizei zoigt do bisher wenig Interesse in unserer Angelegehoit! Un du, liewer Harald, hasch jo do in Österreich im Grund a net viel zum sage! Musch du deshalb so uff die Johanna Jobs losgehe?“ Seine Miene drückte so tiefen Kummer aus, dass beide Parteien sich verpflichtet fühlten, einzulenken.

„Der Herr Kommissar hat das sicher nicht so gemeint – und eigentlich hat er ja recht!“, räumte Johanna Jobs ein.

„Ich war wohl ein wenig zu forsch!“, entschuldigte sich Harald Kupperer. „Aber ich weiß auch nicht, was ich hier wirklich tun kann!“ Er fühlte sich hilflos – keine angenehme Situation für einen Mann wie ihn.

„Ich hab' eine Idee!“, kam es unerwartet von Isabell Nieferer, „Harald, warum fragst du nicht ganz offiziell bei Storch-

Reisen an, was es mit diesem Erik auf sich hat? Da wären wir doch schon einen guten Schritt weiter! Du kannst ja auch auf den Unfall von Herrn Schandl anspielen – von wegen, dass dich die österreichischen Behörden um Amtshilfe gebeten haben oder so?" Ihre Eingebung stieß allgemein auf Zustimmung.

„Möglich wär's – ja, das kann ich machen!" Der Kommissar nahm den Vorschlag seiner Freundin gerne an. „Aber bis ich Näheres weiß – bitte, keine Alleingänge mehr! Ihr seid hier als Touristen! Und heute Abend solltet ihr die Carmen-Aufführung auf der Seebühne genießen, wie es im Programm steht! Alles andere überlasst einfach mir und den Kollegen vor Ort! Ich werde höchstpersönlich in regelmäßigen Abständen bei den Middels vorsprechen, ob ihre Kinder wieder aufgetaucht sind und die Kollegen können sich ja auf jeden Fall schon mal unauffällig umsehen!"

Alle nickten – sie waren einverstanden. Seine Übernahme der ganzen undurchsichtigen Angelegenheit entlastete Johanna Jobs. Trotzdem konnte sie ihre innere Unruhe nicht loswerden. Immer wieder trat ihr das Traumbild vor Augen, von dem Indianer, der im Hinterhalt den Bogen spannte und auf wen, ja auf wen zielte? Jedenfalls hatte er einen Menschen, der ihr sehr wichtig war, im Visier. Da sie sich ein wenig mit Träumen auskannte, lag es nahe, bei diesem nahestehenden Menschen auch auf Kevin zu tippen. Traumbilder zeigten sich oft verschlüsselt ... Wo war der Junge? Wenn sie an ihn dachte, überkam sie schiere Verzweiflung. All ihre Versprechungen, dass er bei ihr und ihren Freunden in Sicherheit wäre, hatten sich in Luft aufgelöst.

Halt – immerhin hatte sie ihm Isabells Handynummer gegeben. Vielleicht hatte er ja eine Gelegenheit gehabt, sich bei ihr zu melden? Andererseits, wer immer ihn und Claire auch entführt hatte, konnte es nicht riskieren, den Kindern ihre Handys zu lassen.

„Wir können im Moment nicht viel mehr machen!", las Ingrid v. Emm die Gedanken der Freundin. „Jetzt sind die Eltern und die Polizei an der Reihe!"

Dass sie damit recht hatte, nützte nicht viel. Johanna Jobs, die sich so sehr auf Rust und die Aufführung ihrer heißgeliebten Carmen-Oper gefreut hatte, fand keine Ruhe.

Am späten Nachmittag noch war sie zu Fuß in den Weinbergen unterwegs und rief nach Claire und Kevin – ohne Erfolg. Dann machte sie sich auf den Rückweg, immer noch grübelnd. Wo könnte jemand die zwei Kinder versteckt halten?

Ja, wenn sie jetzt eine Wahrsagerin zur Hand hätte! Unwillkürlich summte sie das dreistimmige Lied, das die Carmen mit ihren Freundinnen beim Kartenlegen singt:

„Wie gut das ist, die Karten zu fragen – oh ganz gewiss die Zukunft sie uns sagen! Zeig' uns den Mann, der Lieb gesteht ...!" Ja, schön wär's! Johanna Jobs seufzte. Und sang leise: „Die Lieb! Das Glück!" – „Und mir: der Tod!" Die Stimme, die den letzten Satz intonierte, war ein Bass statt eines Mezzosoprans und gehörte Nepomuk Zabble. Er grinste Johanna Jobs an, die verstummt war.

Dann sagte er: „Wie ich höre, lassen Sie neben dem Protestantismus auch die Magie zum Zuge kommen! Wer hätte gedacht, dass die Frau von der Kirche sich die Zukunft vorhersagen lässt?"

Johanna Jobs fühlte sich ertappt, wusste allerdings nicht genau, wobei und konterte: „Während mir aber Liebe und Glück winken, haben Sie vom Tod gesungen! Das kann ja kaum Ihrem Wunsch entsprechen, oder?"

Nepomuk Zabble sah sie aus seinen eng stehenden Augen düster an. „Keiner kann seinem Schicksal entrinnen, das sollten Sie wissen, wenn Sie diese Oper kennen!"

Er machte auf dem Absatz kehrt und ließ sie stehen.

„Geschwätz!", rief ihm Johanna Jobs, wenn auch im Flüsterton, nach. Aber es war ihr auf einmal kalt geworden.

Zügigen Schrittes begab sie sich zurück ins Hotel, wo sie von Ingrid v. Emm erwartet wurde, die ihr genaue Anweisungen bezüglich der für die Freiluftbühne angebrachten Kleidung erteilte.

Und kurz darauf waren sie mit dem kleinen hoteleigenen Bus nach Mörbisch unterwegs, wo sie nach kurzem Suchen ihre Plätze auf der Tribüne einnahmen.

Als hätten sie sich wochenlang nicht gesehen, wurden sie von den Mitgliedern des Chors, die in Rust Privatquartiere bezogen hatten, begrüßt. Und bei den ersten Klängen der Ouvertüre war Johanna Jobs hin und weg – gefangen in der Fantasiewelt ihrer Lieblingsoper.

Was störte es sie, dass der Don José hier O-Beine hatte und die Carmen einen Kopf größer war als er – allein die Stimmen und die Intensität der Gefühle, von Liebe, Begehren bis letztlich zu Hass, die sie zum Ausdruck brachten, zählten.

Manche der Lieder hätte Johanna Jobs auswendig mitsingen können, so oft hatte sie diese Oper von Bizet schon genossen.

Der dramatische Schlussteil – als Don José die ehemalige Geliebte ersticht, weil sie ihn nicht erhören will, ihn auslacht und ihm sogar seinen Ring vor die Füße wirft – rührte Johanna Jobs wie immer zu Tränen.

Da unterbrach v. Emm aufgeregt ihr leises Schluchzen: „Hen Sie des grad ghört? Do hat ebber gschosse! Ich bin ganz sicher – grad ewe isch en Schuss gfalle!“

Johanna Jobs zog kurz die Nase hoch und zischte zurück: „Also, die Carmen do, die isch erstoche un net erschosse worre! Sie müsse des net alles iwwertreiwe!“

Derart in die Schranken verwiesen gab v. Emm klein bei und sagte nichts mehr. Seine Frau war so fasziniert vom Geschehen auf der Bühne, dass sie dem kleinen Zwischenspiel keine Bedeutung beimaß.

Nach gebührendem Applaus verließen die Zuschauer unter angeregtem Geplauder die Tribüne. Johanna Jobs hatte sich einmal heftig geschneuzt und sich dann wieder der Realität und ihrer Sorge gestellt. Sie erzählte dem Chorleiter von der Suche nach den Middel-Kindern.

„Hen Sie die zwoi vielleicht irgendwo gsehe?", fragte sie ganz verzweifelt. Aber der Kollege verneinte. Mitfühlend legte er ihr die Hand auf die Schulter. „Sie fühle sich verantwortlich für die Kinner, gell? Sie ware jo a die Oinzich, wo sich e bissle um die zwoi gekümmert hat!"

„Naja, ihr Chorleut' habt Kevin ja auch verwöhnt!", gab sie das Kompliment zurück. „Der Kerle isch jo so dankbar für jede Zuwendung!" Sie seufzte schwer und ließ sich von der Menge zum Ausgang schieben. Dort tauchte auf einmal – heftig gegen den Strom rudernd – Professor Kannenpütt auf.

„Hilfe, Hilfe", schrie er. Und als er seine Kurseelsorgerin entdeckte, rief er direkt nach ihr. „Frau Jobs, Frau Jobs, kommen Sie schnell, etwas Furchtbares ist passiert!"

Noch etwas? Für Johanna Jobs waren die verschwundenen Kinder schon entsetzlich genug. Sie eilte dem Professor nach. Fritz Knober blieb an ihrer Seite, das Ehepaar v. Emm und der Fotograf liefen hinterher.

Als sie den Professor einholten, fragte der Chorleiter: „Was ist denn passiert, guter Mann, dass Sie sich so ereifern?"

Professor Kannenpütt ignorierte ihn. Er zog Frau Jobs am Arm weiter. „Ich, also, ich kann wirklich nichts dafür! Die Frau hat eben ein so einnehmendes Wesen – ich konnte irgendwie nicht widerstehen, glauben Sie mir! Aber damit jetzt, damit habe ich wirklich nichts zu tun!"

Er hastete weiter. Schon leicht außer Atem fragte nun auch Johanna Jobs: „Was ist denn überhaupt passiert, Herr Professor? Und von wem reden Sie?"

Im Laufschritt ging es zum Seeufer. Dort, im Schilf, stand eine kleine Bank – mit Blick zur Seebühne – ein lauschiges Plätzchen! Auf der Bank lag ein blauer Pullover, den Johanna Jobs mit einem Blick als Lieblingskleidungsstück des Professors identifizierte. Die Gucci-Handtasche daneben gehörte allerdings nicht ihm – war das nicht ein Accessoire von Edelgard Raffzahni?

„Sehen Sie, sehen Sie!", schrie der Professor nun fast schon im Falsett und zeigte auf einen schmalen Sandstreifen zwischen den Schilfgräsern. Träge schwappte das braungrüne Wasser des Neusiedler Sees ans Ufer. Und mit jedem Schwappen trieb nasses Haar zum Strand empor und zog sich wieder zurück. Zu dem Haar gehörte ein Kopf und der Körper einer Frau in weißem Kostüm. Sie lag mit dem Gesicht nach unten im See. Auf ihrem Rücken prangte ein roter Fleck – gerade in Höhe des Herzens.

„Das ist Frau Raffzahni!", hörte sich Johanna Jobs sagen.

„Ja, genau, das ist sie! Sie wurde erschossen, aber ich war es nicht!" Der Professor warf sich auf die Bank und schlug die Hände vors Gesicht. Schluchzen schüttelte ihn. Frau Jobs wusste nicht, was tun.

„Ich bin auch Notfallseelsorger", sagte da Fritz Knober. „Ich kümmere mich um ihn!" Er setzte sich neben den weinenden Mann und sprach leise auf ihn ein.

„Wir müssen die Frau aus dem Wasser ziehen!", meinte der Fotograf.

„Nein, auf keinen Fall!", widersprach Johanna Jobs. „Sie ist tot – und wir dürfen hier nicht noch mehr Spuren verwischen. Können Sie – mit Emmle und Ingrid – zurückgehen und die Polizei rufen? Ich bleibe hier!"

Sie hatte bemerkt, dass ihre Freunde nach dem Anblick der toten Frau unter Schock standen und wollte sie möglichst schnell aus der Gefahrenzone bringen.

Manfred Krauthappel verstand, zögerte aber dennoch, er wäre viel lieber als Unterstützung an ihrer Seite geblieben. Aber Johanna Jobs lächelte ihn tapfer an und meinte: „Sie kommen ja wieder, oder? Einer muss schließlich der Polizei den Weg zeigen!"

Also verließ der Fotograf mit den v. Emms den Schauplatz des Mordes. In einer Gegend, die er in seinem Brief an Johanna Jobs als friedlich, harmonisch und heiter beschrieben hatte, konnte so etwas doch nicht passieren?

Aber Gewalt macht vor den schönsten Plätzen der Erde nicht halt. Wenn jemand Böses im Sinn hat, ist ihm das Wunderbare der Schöpfung gleichgültig.

Das Ehepaar v. Emm unterhielt sich leise und Krauthappel konnte – auf der kurzen Wegstrecke zurück – weiter seinen Gedanken nachhängen. Warum hatte Johanna Jobs eigentlich nicht den Chorleiter zur Polizei geschickt? Sie wäre doch auch allein mit dem Professor zurechtgekommen! Oder zog sie die Gesellschaft dieses Mannes – eines Kollegen – der seinen vor? War sie deshalb am Parkplatz so abweisend gewesen? Andererseits war sie ihm ja in die Weinberge nachgegangen – oder nicht?

Inzwischen hatten sie den Eingang zur Seebühne erreicht und trafen auch gleich auf den Kommissar und Isabell.

„Die Frau Raffzahni isch erschosse worre un liegt do vorne im See!", rief v. Emm dem Freund entgegen, erleichtert, das schreckliche Wissen bei der Polizei abladen zu können.

„Stimmt das?", forschte Kupperer nach und sah den Fotografen an.

„Leider ja. Ich kenne die Dame zwar nur kurz vom Sehen, aber Frau Jobs und Professor Kannenpütt sind sicher gewesen – auch, dass die Frau tot ist. Johanna Jobs ist mit dem anderen Pfarrer beim Professor geblieben. Wir sollten die Polizei verständigen!"

„Danke, dass Sie so umsichtig reagiert haben! Ich übernehme das jetzt!" Kupperer hatte schon sein Handy aus der Tasche gezogen und wählte die Notrufnummer der Polizei.

Er schilderte kurz, was er wusste und bat die Kollegen, auch gleich einen Kommissar zu ordern, da es sich mit ziemlicher Sicherheit um einen Mord handele – an einer Touristin aus Deutschland.

Dann lauschte er eine Weile, nickte, bestätigte und legte auf.

„Das ist gar nicht schlecht", erzählte er. „Ein Kollege aus Wien ist zufällig am Ort, anscheinend auf Urlaub, aber dem war es wohl langweilig, also hat er einen Besuch auf der Wache gemacht. Ich kenne ihn – Leopold Schöberl heißt er – wir waren zusammen auf einer Fortbildung in München, wegen des Schengener Abkommens und der daraus resultierenden engeren Zusammenarbeit der Polizei hüben und drüben. Ein uriger Kerl – er war mehr im Brauhaus als im Seminarraum zu finden!"

Die anderen schienen sich nicht allzu sehr für seine Ausführungen zu interessieren.

„Ich möchte wieder zurück zu Frau Jobs!", sagte der Fotograf und wandte sich entschlossen um.

„Halt, halt, das Gelände muss abgesperrt werden! Wenn Sie jetzt noch mal hingehen, können wir uns die Spurensuche abschminken! Dass ihr da gleich in Mannschaftsstärke aufgetaucht seid, hat schon genug kaputtgemacht! Wir warten hier auf die Kollegen – das heißt, Isabell, sei so gut, nimm mit Emmle und Ingrid ein Taxi und fahrt zurück ins Hotel! Die zwei sind ja ganz blass um die Nase!"

Zu Manfred Krauthappel gewandt meinte er: „Sie können gerne auch mit den andern zurückfahren – hier ist im Augenblick nichts für Sie zu tun!"

„Das entscheide immer noch ich!", gab der Angesprochene zurück. „Ich werde auf Johanna Jobs warten!"

Dass er mit seiner Bemerkung: „Wieso, die hat doch Unterstützung von ihrem Kollegen" in ein Fettnäpfchen trat, bemerkte der Kommissar nicht. Ingrid v. Emm allerdings registrierte es und nahm den Fotografen am Arm.

„Kommen Sie mit uns, ich glaube, Johanna würde sich freuen, wenn sie weiß, dass Sie uns Beistand leisten! Wir warten im Hotel auf sie!"

Widerstrebend nickte er und sie machten sich auf den Weg. Ein Polizeiauto mit Blaulicht kam ihnen entgegen.

„Jetzt geht des alles widder los!“, schimpfte v. Emm leise vor sich hin. „Mir wollte uns doch uff dere Rois von Mord un Totschlag erhole!“

Seine Frau hakte ihn unter.

„Wir müssen uns doch da gar nicht einmischen! Mit der Frau Raffzahni hatten wir schließlich nichts zu tun! Das ist alles Sache der Polizei, nicht unsere!“

„Sag des emol deinere Freundin Johanna! Ich seh's schon komme, dass die do widder ganz gewaltig neifunkt!“

„Ich glaube nicht“, mischte sich Isabell Nieferer ein. „Sie macht sich doch vor allem Sorgen um die Kinder!“

„Ja, aber das Verschwinden der Kinder und der Mord an Frau Raffzahni hängen möglicherweise zusammen!“, warf der Fotograf ein. Auch ihm schwante wenig Gutes.

Da hatte er mit Johanna Jobs ein paar ruhige Tage in Rust verbringen und sie näher kennenlernen wollen und nun das! Hoffentlich war sie keine Person, die Schwierigkeiten magisch anzog!

Im Taxi hingen alle ihren eigenen Gedanken nach. Und auch im Hotel, als sie wartend beieinander saßen, lief die Unterhaltung nur schleppend. Johanna Jobs und der Professor kamen eine Stunde später ins Hotel zurück. Der Chorleiter hatte sich bereits in sein Privatquartier verabschiedet. Auch Kannenpütt verzog sich postwendend auf sein Zimmer.

Johanna Jobs war dankbar, dass die anderen auf sie gewartet hatten. Sie setzte sich neben den Fotografen und nahm – ohne zu fragen – einen Schluck aus seinem Weinglas.

„Pardon“, sie lächelte ihn an, „aber das hab ich jetzt gebraucht. Bestellen Sie mir auch so einen?“ Treuherzig sah sie ihn an. „Und danke, dass Sie meine Leute begleitet haben!“

„Ich wäre ja lieber bei Ihnen geblieben“, murmelte er. Dann winkte er die Bedienung herbei.

„Un, woiß mer schon ebbes?“, fragte v. Emm neugierig.

Johanna Jobs schüttelte den Kopf: „Die hen die Leich erst emol mitgnomme. Dass se erschosse worre isch, hen se allerdings a gsehe. Un der Professor hat verzählt, dass sie sich mit ihm in de Paus do uff dere Bank verabredet hat, weil sie ihm ebbes furchtbar Wichtiges sage wollt. Er hat gwartet un gwartet un dann isch des Stück schon weitergange, awwer weil er des von dere Bank a hat sehe un höre könne, isch er halt hocke gebliewe, bis sie endlich komme isch. Er hat ausgsagt, sie hätt ihm von Weitem gwunke un uff oimol hätt's en Knall gewwe un sie wär mit oim Satz ins Wasser gfloge. Un des wars dann. Gsehe hat er niemand, bloß im Schilf hat er was raschle ghört.“

Erschöpft hielt sie inne und trank die Hälfte von ihrem Viertel Blaufränkischen. Dann drehte sie das Glas mit dem rubinroten Inhalt zwischen den Fingern und murmelte kryptisch: „Was isch, wenn die Raffzahni gwisst hat, wo die Middel-Kinner sin? Un wenn sie des Gehoimnis jetzt mit ins Grab gnomme hat?“

„Also, beerdigt isch se jo noch net!“, widersprach v. Emm.

„Wir werden alle ihre Kontakte überprüfen!“ Harald Kupperer stand in der Tür. Neben ihm machte sich ein Herr mittleren Alters breit – mit Halbglatze, Lederjacke und speckiger Jeans eher wie ein Halbstarker anzusehen.

„Darf ich vorstellen: Leopold Schöberl, genannt Poldi, von der Kripo Wien!“ Kupperer schob den Kollegen in den Raum. Der blinzelte ins Licht, hakte die Daumen in die Gürtelschlaufen seiner Hose und grinste in die Runde. „Küß' die Hand, die Madln, Servas, die Buam! Bitte behalten S' Platz!“

Kupperer und er kamen an den Tisch, setzten sich und der Kommissar fuhr fort: „Die Frau Raffzahni hatte ein kleines Heft in der Handtasche mit verschlüsselten Aufzeichnungen. Die müssen wir gründlich überprüfen lassen. Vielleicht findet sich da irgendein Hinweis auf krumme Geschäfte wie Kindesentführung oder was sonst noch alles. Aufgefallen ist uns in den letzten Tagen immer wieder eine Uhrzeit und dahinter ein großes E. Kann sein, dass sie sich da mit diesem Erik getroffen hat."

„Haben Sie denn inzwischen etwas über den in Erfahrung gebracht?", fragte Johanna Jobs dazwischen.

„Nun ja, meine Recherchen", er nickte Isabell zu, die ihn ja erst auf diese Idee gebracht hatte, „haben ergeben, dass in Karlsruhe niemand einen Typen namens Erik kennt. Der Anton Schandl ist diese Route immer allein gefahren und hat die fünf Tage Aufenthalt im südlichen Burgenland dazu genutzt, seine Familie zu besuchen. Er stammt nämlich von hier und kennt sich deshalb bestens aus. In Karlsruhe wusste man auch nichts von seinem ‚Unfall'. Und dass in Eisenstadt Station gemacht werden musste, weil das Hotel in Rust ‚überbucht' war, stimmt auch nicht. Alles auf dem Mist von diesem Erik gewachsen. Der ist übrigens verschwunden."

„Ja aber – wer hat denn das mit den Hotels geklärt – alles Erik oder was?", fragte Isabell.

Jetzt ergriff zum ersten Mal der Wiener das Wort. Er bemühte sich allerdings nicht allzusehr um verständliches Deutsch. „Do im Hotel in Rust hot mer an Anruf kriagt, dass die Reisegruppe aufghalten worn is und erst heute eintrifft. Im Posthotel Eisenstadt wurde reserviert für Busreisende aus Karlsruhe – notfallmäßig – von einer Frauenstimme, die sich mehr wie ein Mann anghört hot. So a Stimm hom die hier auch registriert – und wenn ich richtig informiert bin, hot die Tote so gred ... oder net?" Er blickte Zustimmung heischend in die Runde.

„Nun ja, Frau Raffzahni hat – äh, hatte schon ein entsprechendes Organ!", gab Herr v. Emm als Erster zu. Die anderen pflichteten ihm bei.

„Aber aus welchem Grund?", fragte Johanna Jobs. „Sie haben die Kinder doch erst hier in Rust entführt, nehme ich an?"

Kupperer lehnte sich in seinem Stuhl vor und entgegnete: „Die Kinder hätten schon in der Burg Forchtensein entführt werden sollen, aber da sind Sie dazwischen gekommen, liebe Frau Jobs! Deshalb war der Zwischenstopp in Eisenstadt geplant, um die beiden da gleich wieder loszuwerden, sprich, das Lösegeld einzusacken und sofort über Wien zu verschwinden!"

„Woher woiß mer des?", wagte Herr v. Emm zu fragen.

„Ich kann zwei und zwei zusammenzählen!", konterte sein Freund. „Aber jetzt wird es erst spannend! Nachdem die Entführung in Forchtenstein misslungen ist, haben sich die Pläne geändert und das auf die Schnelle! Das heißt, die Raffzahni und Erik haben sich was Neues einfallen lassen müssen. Mir ist jedoch völlig schleierhaft, warum die Raffzahni umgebracht wurde, wenn die Eltern noch nicht mal die Andeutung einer Lösegeldforderung haben!"

„Wieso bist du so sicher, dass die noch nix hom?", warf sein österreichischer Kollege ein. „Hast sie gfragt?"

Kupperer griff sich an den Kopf. „Du hast recht, Poldi – mein Fehler. Also das ist unsere nächste Aufgabe – die Middels befragen!"

„Deine Aufgabe, mein Liaber! Dös san immer noch deutsche Staatsbürger, un wenn du schon amal da bist ..." Er grinste breit.

Johanna Jobs fuhr auf: „Und was gedenken Sie zu unternehmen, Sie Österreicher?"

Leopold Schöberl richtete seine knopfartigen dunklen Augen auf sie, als betrachte er eine Hausstaubmilbe unter einem Vergrößerungsglas.

„Womit wird sich an Hauptkommissar beschäftigen, Gnädigste? Mit dem Verhören aller verdächtigen Personen! Und wann mer schon dabei san: Mit Ihnen werd ich anfangen, gleich morgen in der Früh! Ist Ihnen acht Uhr angenehm?" Inzwischen war es Mitternacht und in Anbetracht der Tatsache, dass alle so einiges mitgemacht hatten, schien acht Uhr doch etwas früh.

Aber Johanna Jobs ließ sich nicht einschüchtern. „Acht Uhr in der Früh – jederzeit! Von mir aus auch schon um sieben!"

Der Hauptkommissar grinste wieder und ließ dabei einige Jacketkronen sehen. „Von mir aus – der frühe Vogel fängt den Wurm – wie der Engländer sprichwortelt. Ich komm' auf an Kaffee hierher!" Anscheinend war er noch stolz auf sein Entgegenkommen.

Niemand sagte etwas. Schöberl erhob sich vom Tisch, nickte in die Runde und verließ den Raum.

Kupperer machte Anstalten, ihm nachzueilen, aber Isabell hielt ihn fest. „Moment", sagte sie und wirkte auf einmal sehr entschlossen. „So einfach kommst du jetzt nicht davon! Wie konntest du uns diesen fürchterlichen Menschen auf den Hals laden! Ist es nicht schlimm genug, was passiert ist und womit sich vor allem Johanna herumschlagen muss? Und da willst du Sie diesem Typen so einfach zum Fraß vorwerfen? Der hat doch überhaupt keine Manieren! Und vor allem weiß er nicht, wie man mit einer Dame umgeht!"

Kupperer kam gar nicht zu einer Erwiderung, so war Johanna Jobs in Rage: „Beruhige dich, Isabell, eine Dame bin ich nun wirklich nicht! Und dieser sonderbare Heilige von einem Kriminalinspektor aus Wien wird mich schon noch kennenlernen! Ich brauche dazu keine Schützenhilfe!" Ihre Augen blitzten. „Ich sage nur eins: Wichtig sind in erster Linie die Kinder! Was die Raffzahni angeht – auch wenn das alles andere als christlich klingt – der weine ich keine Träne nach, vor allem, wenn sie wirklich was mit der Entführung zu tun hatte, wovon ich felsenfest überzeugt bin!"

Kupperer nickte nur und verabschiedete sich aus der Runde. Er wollte sich die Middels vornehmen, egal wie spät es war.

Die anderen redeten noch ein wenig hin und her und begaben sich dann zu Bett.

Krauthappel brachte Johanna Jobs bis vor ihre Zimmertür. „Sehen wir uns morgen?", fragte er hoffnungsvoll.

„Selbstverständlich! Vorausgesetzt, dieser komische Wiener lässt was von mir übrig!“, lachte sie.

Er schaute sie besorgt an. „Soll ich dabeisein?“

„Ach was“, winkte sie ab, „aber danke fürs Angebot! Ich weiß das zu schätzen, wo Sie doch so gar kein Frühaufsteher sind! Was halten Sie davon, wenn wir uns, sagen wir, um halb elf treffen? Dann können wir immer noch entscheiden, was wir anfangen, oder? Vielleicht sollten wir mal alles hinter uns lassen und mit den Rädern nach Oggau fahren? Sie haben mir doch geschrieben, wie schön der Weg dahin ist – und dass es dort so gute Somm-Dingsbums-Nockerln gibt?!“

Nun lachte auch er. „Sie meinen die Somlauer Nockerln! Ich freue mich, dass Sie Ihren gesunden Appetit wiedergefunden haben. Abgemacht – kommen Sie doch zu mir ins Weingut Gabriel! Der Radverleih ist ganz in der Nähe, und dann kann ich Ihnen vorher auch noch einige Sehenswürdigkeiten rund um den Ruster Marktplatz zeigen! Wussten Sie, dass die Freistadt Rust die kleinste Stadt Österreichs ist? Nur 1.700 Einwohner! Und ein Juwel der Denkmalpflege, natürlich auch Weltkulturerbe der UN ...“

Da standen sie sich nun gegenüber und wussten nicht, wie sich verabschieden. Schließlich ergriff Johanna Jobs die Initiative, stellte sich auf die Zehenspitzen und küsste den Fotografen auf die Wange. „Gute Nacht“, hauchte sie und verschwand in ihrem Zimmer, bevor er sich von seiner Verblüffung erholen konnte.

„Das kriegst du zurück, Johanna!“, flüsterte er dann lächelnd und ging.

Dienstag, 4. Oktober

Am nächsten Morgen war der Himmel leicht bewölkt, aber laut Wetterbericht sollte es trocken bleiben. Ideal für eine Radtour, dachte Johanna Jobs, die vom Radio geweckt worden war und sich nun für das Verhör mit dem „Wiener Burschi", wie sie den Kommissar insgeheim nannte, zurecht machte.

Etwas Lippenstift konnte nicht schaden, den einen Blusenknopf ließ sie wohl auch besser offen und dann: Auf in den Kampf!

Leopold Schöberl saß bereits in der Hotelhalle.

„Hom mer net siebene gsagt?", knurrte er und erhob sich zu seiner vollen Größe.

„Na und? Es ist exakt Viertel nach – noch nie was vom akademischen Viertel gehört?", entgegnete sie schnippisch. „Und wo wollen Sie mit mir reden? Bestimmt nicht im Frühstücksraum, wo es jede Menge Zeugen gibt, wenn Sie mich in die Mangel nehmen!" Irgendwie machte es ihr Spaß, den Mann zu provozieren.

Er grinste – anscheinend hatte er Humor. Aber das wollte nichts heißen!

„Ich hob do an Nebenraum beschlagnahmt für die Verhöre! – Ich darf vorausgehen?" In dem kleinen, gemütlichen Nebenzimmer war ein Tisch für zwei Personen gedeckt mit allem, was für ein gutes Frühstück nötig ist. Es roch verführerisch nach Kaffee.

Der Kommissar nahm Platz, machte für Johanna Jobs eine entsprechend einladende Handbewegung zum Stuhl ihm gegenüber und schenkte sich eine Tasse Kaffee ein, die er mit drei Löffeln Zucker und einem Spritzer Milch verfeinerte.

Genüsslich schnupperte er: „Dös is der aanzige Grund, warum ich Sie nöt in die Wachstubn bstöllt hob – dort is der Kaffee so fad!“

Johanna Jobs setzte sich und gönnte sich auch eine Tasse des köstlichen Trankes, schwarz, wie immer.

„Und wo ist das Aufnahmegerät? Oder wenigstens die nette Kollegin – wenn Sie doch mit Sicherheit den bösen Bullen geben?“, fragte sie aufmüpfig und musterte ihr Gegenüber.

„San S' doch net so streng mit mir – ich bin olles andere als a Kinderschröck!“

Das Wort „Kinder“ ließ Johanna Jobs zusammenzucken. „Weiß man schon etwas von Kevin und Claire?“, fragte sie ernst.

„Wenn ja, wieso sollt ich Ihnen dös sogn? Wo Sie doch gor net vorhom, mit mir zu kooperieren!“, raunzte der Wiener und verbrannte sich beim ersten Schluck seines Kaffees den Mund.

Johanna Jobs verkniff sich ein „Geschieht Ihnen recht“ und nahm sich zusammen.

„Ich bin bereit, Ihnen auf alle Fragen ehrlich zu antworten, das verspreche ich! Aber wenn es etwas Neues gibt, dann spannen Sie mich bitte nicht auf die Folter!“

Wieder grinste er. „Also – der Harald hot mich gestern nacht noch angrufen: Die Frau Middel hot ihm, wie er's mitten in der Nocht gweckt hot, gsagt, ihr Mann wär' mit die Kinder nach Sopron, also Ungarn, gfohrn, wos sie net gwusst hot, weil's so müd war von der Fohrt und a Migräne ghobt hot. Un dass es dene zwoa gut geht und sich kaaner Sorgn mochn soll!“

„Gott sei Dank – das nenn' ich eine gute Nachricht!“ Johanna Jobs lehnte sich erleichtert in ihrem Stuhl zurück und griff dann spontan nach einem Croissant aus dem Gebäckkorb. Der Riesenbissen blieb ihr aber im Hals stecken, als Schöberl fortfuhr: „Der Kupperer hot allerdings bemerkt, dass des Madel total nervig wor un a vollkommen verschwullne un rote Augen ghobt hot. Do hot er messerschorf gschlossen, dass die Leit bereits erpresst worn sin – sie aber nix sagn derf – von wegen ‚Keine Polizei – sonst ...', wie mer dös jo kennt vom Fülm."

Johanna Jobs würgte und rang nach Luft: „Aber, das ist ja – das ist ja schrecklich! Ja, hat er denn, ich meine, haben Sie denn nichts unternommen?" japste sie.

„Wos mer gmocht hom, in der finstern Nocht, dass mer olle Kollegen, die wo do rundumadum Mörbisch nach dem Mörder von der Erschossenen obsuchen, angwiesn hom, dass sie ihre Augen wegen der Kinder offenholten solln. Mehr is derzeit net drin, wenn die Eltern nix sogn. Außerdem ist der Herr Middel wohl wirklich nach Ungarn gfohrn – mit anem gewissen Herrn Zabble – den kennen Sie doch a?"

Es war eine rhetorische Frage. Und Johanna Jobs war immer noch damit beschäftigt, die Krumen des Croissants aus ihrer Luftröhre zu husten.

Leopold Schöberl erwartete keine Antwort. Er wollte eine detaillierte Aufzählung der Ereignisse, die sich während dieser Busreise zugetragen hatten.

„Der Harald sogt, Sie san a gute Beobachterin. Und dös Zuhorchn, dös is jo quasi Ihr Beruf! Also, i hob a zwa Ohrwascheln – un mach mir dann schon an Reim auf dös Ganze!"

Die Seelsorgerin nahm einen großen Schluck ihres Kaffees und begann mit der Schilderung.

Als sie die Begegnung des Jungen im Toilettenhäuschen des Bad Tatzmannsdorfer Parks erwähnte, stolperte sie über den kleinen Satz mit dem „ ...loch".

Schöberl, der ihr die ganze Zeit mit halbgeschlossenen Augen und ausdruckslosem Gesicht wie eine Rieseneidechse gegenüber gesessen hatte, hakte sofort ein.

„Wos genau hot der Bub gsogt? Un bitte, schenieren S' Ihna net!", fuhr er sie an.

Sie zuckte zusammen, holte noch einmal Luft und sagte: „Der Junge hat den Busfahrer ja auch nicht richtig verstanden – irgendwas hat er von einem Ungeheuer am Loch gesagt – und ich habe halt gedacht, das sei nur ein Kraftausdruck ...“

Sie schmollte. So wichtig konnte doch das nicht sein, dass dieser Kommissar auf einmal so darauf herumritt. Sie hob die Augen und sah ihn an. Wieder dieses wölfische Grinsen.

„Gnädigste – wann Sie net so schenant gwesen wärn – dann hätt mer die Frau Raffzahni schon am Wickel ghobt! Die gute Dame wor doch a Golferin, oder?“

„Ja, wieso? Ich weiß nicht, worauf Sie hinauswollen?“

Er lenkte ein: „Dös können Sie jo a net wissen. Aber mir wissen, dass der Anton Schandl von am Golfball ins Ohrwaschel getroffen worn is – wos ihm dös Trommelfell zrissen hot un ihn hot bewusstlos niederstürzen lossn. Geblutet muss der hom wie a abgstochenes Schweinderl. Und jetzt sogn Sie mir, wer an diesem Samstag in Tatzmannsdorf auf dem Golfplatz war – auf am Golfplatz mit 18 Löcher – wo mer sich mit an andern an Loch soundso verobredet!“

Johanna Jobs fiel fast in Ohnmacht bei diesen Eröffnungen. „Die Frau Raffzahni war Golfspielen – mit dem Mann im Mercedes-Cabrio!“, stammelte sie.

„Genau! Dös is uns inzwischen auch bekannt – wir hom nur am Golfplatz nochfrogn müssen, wer do gmöldet wor.“

„Aber – dann müssten Sie doch den Namen des Mannes auch kennen?“, fragte Johanna Jobs hoffnungsvoll.

„Die Dame hot sich mit zwa männlichen Gästen – no name, wie der Engländer sogt – gmöldet! Mit Zweien!“ Er betonte jede Silbe. Dann redete er weiter, als denke er laut: „Ob dös mit dem Golfball Absicht wor? – Kann ich mir net vurstölln. Aber bassiert ist es – un desholb: Nix wie weg mit dem Kerl. Die Risse an seiner Hosen un die Schürfwunden sind beim Transpurt durch Wold un Wiesen entstanden – ich nehm an, die zwa hom den Schandl vom Platz gezerrt, im Wold versteckt und später weggfohrn un in dem Ziagnstoll deponiert. Vielleicht homs a glaabt, der wär schon hin."

„Das ist ja furchtbar!" Johanna Jobs konnte das Gehörte kaum glauben.

„Sie hom dem Mann dös Leben gerettet, Gnädigste!"

Aus seinem Mund war dieser Satz höchstes Lob.

„So, jetzt weiter. Wie wor dös dann mit dem neien Busfahrer? Mit wem hot der bsonders gred – un wo hot der sich aufgholten während der Burgbesichtigung?"

Johanna Jobs hielt sich den Kopf. Dann schüttelte sie sich einmal kurz und berichtete weiter.

Wieder hörte Schöberl mit halbgeschlossenen Augen zu. Bei der Erwähnung des Fremden in der Hotelbar in Eisenstadt wurde er wieder munter.

„Do müsste doch der sogenannte Herr Professor wos wissen, wenn der mit der Dame und dem Herrn beim Golfen war – wos meinen Sie – ist der Mann glaubwürdig?"

Johanna Jobs lächelte. „Der Herr Professor ist eine ehrliche Haut, davon bin ich überzeugt!"

„Auch beim Finanzamt?", fragte der Kommissar zurück.

„Äh, also, ich weiß nicht so recht", murmelte sie.

„Sehen Sie – aber ich weiß. Die Frau Raffzahni hot Kontakt zum Goldmarkt in Ungarn – und hot sich mit Schwarzgeld auskennt. Soweit hom mir ihr Notizbüchel schon entziffern können."

„Sie haben wohl die Nacht durchgemacht?" Johanna Jobs staunte. Soviel Energie hatte sie diesem „Burschi" gar nicht zugetraut.

„Ihr Herr Kupperer war mit von der Partie – hat seiner klanen Freundin sicher net gfolln!" Wieder dieses Grinsen. „Aber wo worn mir stöhnbliebn – genau, beim Professor. Ich könnt' mir vurstölln, dass der Mann einer Frau – in dem Foll Ihnen, Frau Jobs, – gegenüber aufgeschlossener sein wird. Ich will eam net verhören – auf den Zahn fühlen, dös scheint mir angebracht. Dös mochen Sie schon, Gnädigste, der Harald hot Sie mir aufs Wärmste empfohlen!“

Mistkerl, dachte die Gnädigste. Sie wollte doch heute mit dem Fotografen eine Radtour machen!

„Und wenn Sie mir bittschön, bis Mittag Bescheid geben, wos der Mann gsogt hot? Sie treffen mich mit Sicherheit am Würstelstand. I lad Sie gern ein auf a Eitrige, an Bugl, an Spitz und a Sechzehnerblech!“

Johanna Jobs glaubte, nicht richtig zu hören. „Wenn Sie wollen, dass ich Ihnen aufs Hemd kotze, machen Sie ruhig weiter so!“, brauste sie auf. „Ich bin nicht dazu da, hier Polizeiarbeit zu leisten! Und wenn Sie mir zehnmal zu verstehen geben, dass ich etwas gutzumachen hätte, nur weil ich das mit dem blöden Loch nicht gleich kapiert habe – ich sage nein! Ich bin hier im Urlaub! Und meinen Chef werde ich auf keinen Fall für Sie aushorchen, ganz gleich, wie warm mich der gute Herr Kupperer empfohlen hat!“

Damit erhob sie sich.

„Brauchen Sie mich noch? – Verdächtigen werden Sie mich ja schließlich nicht, nach den neusten Erkenntnissen! Also kann ich gehen, wohin ich will und vor allem: Dort etwas Appetitlicheres verspeisen als das, was Sie im Angebot haben!“

Er erhob sich ebenfalls und trat ihr in den Weg.

„Sie müssen noch viel von uns lernen, Gnädigste – vor allem den Schmäh! Ich wollt Sie doch nur zu aner Käsekrainer mit Brot, Rettich und am Dosenbier aus dem 16. Wiener Bezirk einladen! Un do hupfen Sie mir gleich an's Goderl, ich maan, die Gurgel! Aber gehn S' ruhig, Gnädigste. Nur bittschön net noch Ungarn – der Fall ist so schon fast international!“

Damit trat er zur Seite und sie dampfte ab.

Dampf ablassen war wirklich in erster Linie ihr Ziel. Deshalb verließ sie das Hotel und machte einen Spaziergang zum Seeufer hinunter. Dort, zwischen den hohen Schilfrohren war es still. Johanna Jobs verlangsamte den Schritt und versuchte, sich mit positiven Gedanken zu entspannen. Sie dachte an Manfred Krauthappel. Aber denken allein genügte ihr nicht. Sie musste der Stille etwas entgegensetzen. Also fing sie an, ein Lied zu trällern – was ihr gerade so in den Sinn kam und das war, verständlicherweise, eine Arie aus der Carmen-Oper. „Die Liebe vom Zigeuner stammt" – Johanna Jobs legte sich richtig ins Zeug. Es hörte ja keiner ...

Da raschelte es neben ihr im Schilf und ein kleiner, grün gekleideter Mann tauchte neben ihr auf. Er trug ein Gewehr und wirkte alles andere als freundlich.

„Gscherte Hennen, gscherte! Wos müssn Sie schon in der Früh do umadumjodeln! Und mir dös Wüld verscheuchn! San' S' narrisch odder wos? Schlimm gnug, dass die do ihre Schreierei auf der Seebühnen, wos die a Musik nennen, in mei Jogdgebiet nei legen müssen! Jetzt kommen schon die Touristen doher un pudeln sich auf wie an Opernstar!"

Der kleine Mann hatte sein Gewehr auf Johanna Jobs angelegt.

Sie hob geistesgegenwärtig die Hände: „Oje, mein Herr, wie kann ich das wieder gutmachen, dass ich Ihnen das Wild verschreckt habe! Auf was sind Sie denn angestanden?" Mit diesem Anflug von Jägersprache, der ihr von ihrem Großvater noch vertraut war, brachte sie den Mann zumindest dazu, das Gewehr herunterzunehmen und zu entsichern.

„Wüldsauen", knurrte er. „Die kommen jo heitzutage wie a Landplage doher und ruinieren unsern Weinbauern die Rebhänge! Die Bauern mochen natürlich uns Jager verantwortlich, wenn eahna der Wein sauer wird – wie wenn dös unser Schuld wör!"

„Ja, das ist natürlich sehr ärgerlich! Und da sind Sie Tag und Nacht unterwegs, um der Plage Herr zu werden?" Irgend etwas musste sie ja sagen, derweil sie sich langsam rückwärts Richtung Hotel bewegte.

„Ich bin bei Dog und Nocht heraußen! Un ich schieß, dös konn Ihnen jeder bestätigen, wann immer ich so a Viach vor die Flinten kriag! Wenn a an mancher Schuss daneben geht – die Biester san eben so schnöll!"

„Ja, da haben Sie recht! Also, noch einmal, nichts für ungut und: Waidmanns Heil!"

„Waidmanns Dank!" Er salutierte mit dem Gewehr in ihre Richtung und verschwand wieder im Schilf.

Johanna Jobs wischte sich den Angstschweiß von der Stirn. „Gerade nochmal gut gegangen!", murmelte sie und wankte ins Hotel zurück.

Dort in der Halle traf sie Mildred Funk. Johanna Jobs wollte schon an der Frau vorbeieilen, als diese sie anredete: „Frau Jobs, entschuldigen Sie, wenn ich Sie anhalte – aber, gibt es schon etwas Neues von den Kindern?"

Die junge, immer so tüchtig wirkende Frau war unfrisiert und ungeschminkt. Von ihrer sonstigen kühlen Distanz war nichts zu spüren.

„Woher wissen Sie?", fragte Johanna Jobs zurück. Dann besann sie sich eines Besseren und erwiderte kurz: „Äh, ich weiß nicht, was Sie genau meinen? Ich dachte, Claire und Kevin sind mit ihrem Vater in Ungarn – und auch noch in Begleitung von Herrn Zabble – darüber müssten Sie doch als Erste informiert sein!"

Johanna Jobs reagierte auch deshalb so unwirsch, weil sie sich daran erinnerte, dass Mildred Funk so auffällig mit Erik, dem Betrugs-Busfahrer, geflirtet hatte. Entweder war die gute Frau berechnend – was ihre Arbeit für einen so unangenehmen und sicher nicht astreinen Unternehmer wie Nepomuk Zabble erklären würde – oder schlicht naiv – und dann war ihr im Moment auch nicht mehr zu helfen, denn auf einmal erschien Nepomuk Zabble in der Halle.

„Wenn man vom Teufel spricht", dachte Johanna Jobs laut. Zum Glück konnte der Mann das nicht hören, denn neben ihm tauchte Ingrid v. Emm auf und rief ihrer Freundin zu: „Gut, dass ich dich sehe, Johanna! Wir wollen heute eine Radtour nach Oggau machen, durch die Weinberge, hast du Lust, mitzukommen?"

Dann wandte sie sich an Zabble: „Wissen Sie, wenn ich heute lange genug radfahre, kann ich mich heute abend vielleicht vor der Traviata drücken, von wegen Muskelkater und so! Ich habe diese Oper – das Lieblingsstück meines Mannes – schon so oft in meinem Leben gesehen! Ob Sie es glauben oder nicht, wenn die Frau so furchtbar hustet, fühle ich mich auch gleich sterbenselend!"

Nepomuk Zabble lachte laut. „Hahaha, das kenne ich! Ich sage immer: Goethe ist tot, Schiller ist tot, und mir ist auch schon ganz schlecht!"

Dieses Geplänkel gab Mildred Funk die Gelegenheit zum Rückzug und Johanna Jobs Zeit, sich von ihrem doppelten Schock zu erholen. Zum einen war sie sehr erstaunt, Zabble in Rust zu sehen, wo er doch nach Angaben der Polizei mit Middel nach Sopron gefahren sein sollte, zum anderen sah sie ihren zweisamen Radausflug mit dem Fotografen ins Wasser fallen. Sie konnte ja schlecht ihren Freunden den gleich lautenden Plan verschweigen oder sie auf der Fahrt nach Oggau ignorieren! Selbst wenn Ingrid dafür Verständnis hätte – Emmle garantiert nicht!

Vorsichtig fragte sie: „Wann wollt ihr denn fahren?"

„Ach, halb elf, elf, dachten wir, ist eine gute Zeit! Dann können wir in Oggau einkehren – hast du nicht erwähnt, dass es dort so einen guten Nachtisch gibt? Und willst du nicht den Herrn Krauthappel bitten, mit uns zu kommen? Der kennt sich doch hier inzwischen bestimmt bestens aus!"

Nepomuk Zabble mischte sich ein: „Ich könnte Ihnen auch einen schönen Ausflug anbieten, allerdings mit dem Schiff hinüber auf die andere Seeseite! Von dort mit der Puszta-Pferdekutsche zu den Lackenseen! Da gibt es jede Menge Vögel zu beobachten! Und, ob Sie es glauben oder nicht, ich bin jedenfalls gut zu Vögeln!“

Johanna Jobs bedachte ihn mit einem Blick tiefster Verachtung, säuselte allerdings: „Ach, das tut mir ja so leid, lieber Herr Zapfel, dass ich Ihr Angebot ausschlagen muss! Ich bin so allergisch auf Pferdehaar, dass ich nicht mal in einer von Pferden gezogenen Kutsche mitfahren kann! Also entweder radeln oder zu Fuß gehen! Außerdem – Vögel beobachten ist was fürs Frühjahr, wenn die Tiere Nester bauen und brüten! Ich fürchte, die meisten sind inzwischen in wärmere Gefilde aufgebrochen! Nehmen Sie doch Frau Funk zu dem Ausflug mit. Die Dame ist doch inzwischen sicher bestens mit Ihnen und Ihren Angewohnheiten vertraut!“

Damit ließ sie Zabble einfach stehen, hakte Ingrid v. Emm unter und schob die Freundin aus der Hotelhalle.

„Was war denn das jetzt?“, fragte diese.

„Ach, du hasch jo koi Ahnung, was mich der Morge schon Nerve gekostet hat! Uff jeden Fall fahr ich mit dem Herrn Krauthappel um elfe nach Oggau – der Radverleih isch ganz in de Nähe vom Weingut Gabriel – und du un des Emmle könnt selbstverständlich mitkomme!“

Ingrid v. Emm zählte eins und eins zusammen: „Wollt ihr zwei nicht lieber allein sein?“

Zu spät. Herr v. Emm hatte den letzten Satz gehört: „Wer will alloi sei? Ich war’s jetzt lang gnug! Also, Frau Jobs, ziehe Sie mol glei Ihren Radsport-Dress a – un los geht’s!“

Die beiden Frauen tauschten einen kurzen Blick, seufzten und drückten sich gegenseitig die Hand.

„Ich bin glei soweit“, sagte Johanna Jobs und eilte auf ihr Zimmer.

Vor ihrer Tür wartete Isabell: „Weißt du schon das Neueste?“

„Vielleicht ja. Vielleicht weißt du mehr. – Komm rein, ich ziehe mich nur kurz um! Ich gehe mit den v. Emms und dem Fotografen radfahren!“

Isabell folgte Johanna Jobs ins Zimmer. Dort sah es aus wie Kraut und Rüben.

„Dass du hier noch was findest ...", staunte Isabell.

„Wer Ordnung hält, ist nur zu faul zum Suchen", entgegnete die Angesprochene und wühlte sich durch einen Haufen Kleidungsstücke, die auf dem Bett lagen. „Heute morgen vor dem Verhör musste es schnell gehen", entschuldigte sie das Chaos. Dann zog sie zielsicher die Sachen, die sie gestern im Weinberg angehabt hatte, aus dem Wirrwarr hervor, begab sich ins Bad und ließ die Tür einen Spalt offen.

„Was gibt es Neues, das ich noch nicht weiß – außer, dass Herr Middel ohne die Kinder und ohne Herrn Zabble nach Ungarn gefahren ist? Die Kinder also wirklich verschwunden sind, ihre Eltern aber die Polizei nicht einschalten wollen?"

„Na, dann weißt du ja schon eine ganze Menge. Hat der Poldi Schöberl dich also nicht aufgefressen, sondern sogar in die Ermittlung mit einbezogen – Kompliment! Steht der auf dich?"

„Nicht mehr als ich auf den Nepomuk Zapfel!", kam die Antwort aus dem Badezimmer.

„Wieso sagst du Zapfel?", wunderte sich Isabell.

„Weil er mir gesagt hat, dass er so heißt! Der Mann stammt von hier!" Johanna Jobs tauchte fertig angezogen wieder auf. „Weiß das etwa außer mir keiner?"

„Nein, ich glaube nicht!", meinte Isabell. „Aber Harald sagt mir ja auch nicht alles! Außerdem war es heute nacht schon sehr spät, als er ins Bett gekommen ist!"

„Daran wirst du dich gewöhnen müssen!", orakelte Johanna Jobs und angelte unter dem Bett nach ihren Schuhen.

„Aber etwas weiß ich doch, was du noch nicht weißt – muss aber unser Geheimnis bleiben!" Isabell hatte die Stimme gesenkt. „Die Mildred Funk ist gar keine Sekretärin!", verkündete sie dann.

„Naja, ich sag's ja immer, die jungen Frauen heutzutage schrecken vor nichts zurück, wenn es ums Geld der Männer geht!" – Johanna Jobs hatte überhaupt keine Vorurteile – „Kein Wunder, musste die Gute zwischendurch mal mit dem Erik flirten! Den Zapfel würde ich nicht für eine Million nehmen!"

„Wovon redest du eigentlich?" Isabell zog erstaunt die Augenbrauen hoch. „Ich habe mit keinem Wort behauptet, dass die Frau Funk die Geliebte vom Zabble ist! Nein, die Dame ist undercover fürs BKA tätig – oder was weiß ich! Weil der Kerl mit seinen dauernden Geschäftsreisen und der Menge Devisen, die er hin- und hertransferiert, aufgefallen ist. Also haben sie die Funk auf ihn angesetzt – und deshalb arbeitet sie als Sekretärin bei ihm."

Johanna Jobs musste sich erst einmal setzten. Einen Schuh hatte sie an, den zweiten hielt sie in der Hand und starrte Isabell an.

„Was sagst du da? Verfl ..., das ist mir aber peinlich!"

„Wieso, du hast ja nichts zu ihr gesagt von dem, was du denkst – hoffe ich ...?" Isabell warf der Seelsorgerin einen Blick zu. Die versuchte gerade, den zweiten Schuh über den ersten anzuziehen, so durcheinander war sie nach dieser Eröffnung.

„Nein – ja – ich weiß nicht." Dann richtete sie sich auf und nahm Isabell ins Visier: „Warum hat die Frau dann nicht früher was gesagt? Wenn sie mit diesem Erik geflirtet hat, dann doch nur, um was aus ihm rauszukriegen! Die kann mir doch nicht erzählen, dass sie völlig ahnungslos war!" Empörung verdrängte die Verwirrung.

„Beruhige dich, Johanna! Harald hat heute morgen schon ganz lang mit Mildred Funk gesprochen. Sie hat wirklich keine Ahnung, wer die Kinder entführt haben könnte, obwohl sie heute Nacht bei Frau Middel geblieben ist. Sie hat sich ja während der Fahrt absichtlich mit ihr angefreundet, weil klar war, dass Zabble mit Middel ein Geschäft geplant hat, in Sopron."

„Aber da ist Middel doch allein hingefahren!"

„Genau, das ist ja das Überraschende. Und wir, ich meine, Harald, hat nun überlegt, ob du vielleicht – weil du ja mit dem

Zabble dich schon mal so gut unterhalten hast – ich hab' euch ja mitgekriegt dort im Heurigen – dass du vielleicht dem Zabble mal ein wenig auf den Zahn fühlen könntest? Anscheinend hat er Vertrauen zu dir?"

Johanna Jobs warf wutentbrannt ihren Schuh an die Wand und stieß einen Schrei aus: „Jetzt reicht es mir. Jetzt soll ich mich schon zum zweiten Mal dafür hergeben, einem Mitreisenden auf den Zahn zu fühlen! Nicht mit mir! Ich habe die Schnauze voll! Ich gehe heute radfahren – mit den Menschen, die mir wichtig sind! Alles andere ist Sache der Polizei!"

„Ist das dein letztes Wort?" Isabell war aufgestanden – sichtlich erleichtert, dass ihre schwierige Mission nun beendet war.

„Mein allerletztes! Schönen Gruß an deinen Harald!" Versöhnlich fügte sie hinzu: „Bevor du aber heute allein in Rust herumstolperst – komm einfach mit uns mit! Am Nachmittag sind wir längst wieder hier – Emmle und ich müssen uns schließlich für die Oper im Steinbruch Margarethen schön machen!"

Isabell lächelte. „Danke, das ist lieb von dir. Aber Harald hat mir versprochen, heute morgen nicht zu arbeiten – er ist ja gar nicht offiziell hier. Nur dem Schöberl zuliebe hat er ein bisschen mitgemischt. Wir wollen mit dem Schiff über den See fahren!"

„Na, dabei könnt ihr ja den Herrn Zapfel selbst unter die Lupe nehmen – mich hat er jedenfalls zu einer Seeüberquerung eingeladen! Vielleicht sitzt ihr ja im selben Boot!" Die beiden Frauen lachten über den Vergleich und begaben sich zurück in die Hotelhalle, wo die v. Emms und der Kommissar schon warteten.

Johanna Jobs raunte Kupperer nur zu: „Mit mir nicht!", und eilte den anderen voraus ins Freie. Isabell grinste, die v. Emms zuckten irritiert die Schultern und der Kommissar seufzte. Es wäre zu schön gewesen – nun musste er alles selber machen!

Manfred Krauthappel wartete bereits vor dem großen Hoftor zum Weingut Gabriel und konnte daher seine Enttäuschung gerade noch verbergen, als er seine Angebetete mit den v. Emms im Schlepptau ankommen sah. Er ordnete seine Gesichtszüge und lächelte ihnen entgegen: „Einen wunderschönen Morgen wünsche ich – Frau v. Emm, Herr v. Emm, Johanna Jobs!"

Sie registrierte erfreut das leichte Absenken seiner Stimme, als er ihren Namen aussprach.

„Ich habe Verstärkung mitgebracht", meinte sie. „Falls wir einen Platten haben und aufpumpen müssen!"

Alle lachten. Der Fotograf erwiderte: „Dann wollen wir aber keine Zeit mehr verschwenden und gleich losfahren. Die kleine Stadtumgehung verschieben wir auf ein andermal, was meinen Sie?" Er beugte sich zu Johanna hinunter.

„Sie haben vollkommen recht. Im Abendlicht ist die Stadt mit Sicherheit noch um einiges romantischer anzusehen!", stimmte sie ihm zu.

„Und wo gibt es die Fahrräder?" Herr v. Emm scharrte schon ungeduldig mit den Hufen. Er sagte sich: Je später der Vormittag, desto schlechter die zu mietenden Drahtesel.

„Gleich hier um die Ecke!" Manfred Krauthappel ging voran.

Die Fahrräder ließen nichts zu wünschen übrig. Nur Herr v. Emm konnte sich zwischen zwei Exemplaren nicht entscheiden.

„Jetzt mach schon! Du willst ja schließlich nicht die Tour de France gewinnen!", drängte seine Frau.

Endlich konnte es losgehen. Der Fotograf übernahm die Führung, wurde aber schnell von Johanna Jobs überholt.

„Verausgaben Sie sich nicht gleich am Anfang! Die Steigungen kommen später!", warnte er sie.

Und er hatte recht. Wie das bei Weinbergen so üblich ist, ging es mal hinunter, mal hinauf. Wenn es steil wurde, mussten die v. Emms absteigen und Johanna Jobs nahm diese Schwäche dankbar für ihr eigenes Ausruhen in Anspruch. Beim Räderschieben erzählte sie den anderen von ihrem „Verhör“ bei Herrn Schöberl und ihrer Begegnung der „dritten Art“, wie sie es nannte, mit dem schießwütigen Jäger im Schilf. Inzwischen konnte sie sogar darüber lachen.

Ihre Freunde lachten nicht.

„Sie sollten auf keinen Fall mehr alleine im Schilf rumspazieren!“, ereiferte sich der Fotograf.

Johanna Jobs winkte ab.

„Recht hat er!“, kam es unisono vom Ehepaar v. Emm.

Für eine kleine Trinkpause fanden sie ein schönes Plätzchen mit Bank und Tisch unter einem großen Nussbaum.

Vor ihnen erstreckten sich die Reben mit den vollen, blauen Trauben des Blaufränkischen. Am Ufer sah man den breiten Schilfgürtel, dahinter den unter dem bedeckten Himmel grau schimmernden See.

Zwischen den Reben waren skurrile Vogelscheuchen aufgestellt.

„Ich dachte, hier werden die Vögel mit dem Flugzeug verscheucht?“, fragte Johanna Jobs.

„Das eine schließt das andere nicht aus!“, erwiderte der Fotograf. „Schauen Sie mal, da kommt schon einer! Der fliegt so tief, dass man sogar sein Gesicht erkennen kann!“ Er hob die Kamera und fokussierte das Cockpit des tieffliegenden Zweisitzers.

Johanna Jobs kniff die Augen zusammen und sah ebenfalls hinauf. „Da sitzen zwei drin!“, rief sie gegen den Fluglärm. Dann sprang sie von ihrem Sitz auf: „Seht doch, da drin sitzt Claire! Fotografieren Sie, schnell, abdrücken!“

Sie brüllte wie ein Unteroffizier auf dem Exerzierplatz.

Der Fotograf gehorchte und schoss schnell eine ganze Serie von Fotos.

„Der hat Claire entführt!“ Alle waren außer sich.

„Mir müsse die Bolizei hole!“, rief v. Emm.

„Ja, aber wie? Wir haben doch alle kein Handy dabei!“ Auch seine Frau hatte ihre Ruhe verloren.

„Vor allem müssen wir uns merken, wo und wann wir den Typen mit seinem Flieger gesehen haben!“ Johanna Jobs hatte sich gefangen. „Und wenn das Flugzeug wirklich nur ein Zweisitzer ist, muss Kevin noch irgendwo hier auf dieser Seeseite sein!“

„Oder er ist mit einem anderen Flieger weg!“, stöhnte v. Emm.

„Ich glaube, hier fliegt nur einer herum“, warf der Fotograf ein. „Und vielleicht habe ich ja die Kennzeichnung seines Flugzeuges aufgenommen – Moment, ich hab's gleich!“

Er drückte ein paar Tasten an seiner Kamera, bis er die eben geschossenen Fotos wiederhergestellt hatte. Johanna Jobs beugte sich mit ihm über das Display.

„Da, da ist es – sehen Sie? Das ist Claire, eindeutig. Und der Typ neben ihr – ist das nicht Erik?“ Sie zeigte ihren Freunden das leider unscharfe Bild.

„Könnte sein – muss aber nicht!“ Die v. Emms waren sich nicht einig.

„Was können wir tun?“, fragte Johanna Jobs und sah Manfred Krauthappel an.

„Ich schlage vor, wir fahren weiter nach Oggau, wir sind ja schon fast da. Von dort aus können wir dann die Polizei informieren!“

Die anderen stimmten ihm zu. Während sie zu ihren Fahrrädern gingen, stolperte Ingrid v. Emm über eine Wurzel. Plötzlich bewegte sich eine danebenliegende Steinplatte und direkt hinter ihrem gemütlichen Sitzplatz tat sich eine tiefe Grube auf.

„Das ist bestimmt der Eingang zu einer Kuruzze!“ Selbst in dieser Situation verließ Herrn v. Emm sein Geschichtsbewusstsein nicht. „Wenn wir Zeit hätten, könnten wir da hineinklettern und den Gang erforschen! – Juhu!“, rief er spaßeshalber in die Tiefe.

„Ja-aa!“, erklang ein Echo.

Erschrocken blieben sie stehen.

„Wer ist da?", brüllte v. Emm nun in das Loch hinein.

„Hilfe!", hörten sie. Eindeutig eine Kinderstimme.

„Das ist Kevin!" Johanna Jobs wollte sich sofort in die Grube stürzen. Der Fotograf hielt sie zurück. „Halt, meine Liebe – das ist nun wirklich keine Aufgabe für Sie!"

Er schob sie beiseite und krabbelte auf allen vieren in das Erdloch.

„Kevin, wir helfen dir! Ich bin es, Johanna – und der Mann, der jetzt zu dir reinkommt, ist Manfred Krauthappel, mein Fotograf!" Wenn sie auch nicht persönlich zu seiner Rettung hinunterkriechen konnte, ihre Stimme war laut genug, um das Kind in der Tiefe zu erreichen.

„Johanna!" Die Antwort des Jungen war eine Mischung aus Hurrageschrei und Schluchzen.

Ein paar Minuten später erschien sein Gesicht – mit Dreck, Rotz und Tränen verschmiert – in der Öffnung des Erdloches. Hinter ihm, allerdings nur von Erde schmutzig, der Fotograf.

Johanna Jobs nahm Kevin so heftig in die Arme, dass er nach Luft rang, bis Ingrid v. Emm eingriff.

Danach warf sich ihre Freundin dem Fotografen an den Hals. „Danke, danke!", schluchzte sie.

„Mer sollt grad glaawe, sie wär dem Bub sei Mudder!", kommentierte v. Emm treffend die Szene. Aber auch er war sichtlich gerührt.

Die Frauen wischten dann mit solchem Eifer das Gesicht des Jungen mit feuchten Tüchern sauber, dass er gar keine Gelegenheit hatte, auf eine ihrer Fragen zu antworten. Endlich wurde Johanna Jobs wieder vernünftig und sie reichte dem Jungen ihre Wasserflasche.

„Du hast bestimmt Durst!", sagte sie.

„Ja, und Hunger!" Dankbar nahm er die Flasche und trank sie mit einem Zug leer. „Es war so dunkel da drin!" Er zitterte am ganzen Körper.

V. Emm und der Fotograf zogen gleichzeitig ihre Westen aus, aber erst Johanna Jobs' Strickjacke, in die er zweimal hineinpasste, konnte das Zittern des Jungen stoppen.

„Wo ist Claire?", war seine nächste Frage.

„In Sicherheit!", wollten die v. Emms die Lage beschönigen. Aber Johanna Jobs konnte den Jungen nicht belügen. „Wir befürchten, dass man sie in einem Flugzeug über die Grenze nach Ungarn gebracht hat!", antwortete sie ihm.

„Das, das war der Erik! Er – er hat uns hierhergelockt – weil doch die Claire abhauen wollte und er ihr versprochen hat, dass er ihr hilft. Aber als wir dann hier waren, hat er gesagt, wir müssten uns noch eine Weile da in der Kuruzze verstecken. Zu zweit war das auch noch witzig und Claire war auf einmal so nett zu mir. Aber ich glaube, sie hatte inzwischen auch schon Angst vor Erik. Weil, der hat uns nämlich die Handys weggenommen. Sonst hätte ich mich doch gleich gemeldet! Erik meinte, da unten gäbe es sowieso keinen Empfang und er würde die Geräte für uns aufladen, in der Zwischenzeit. Aber Claire sagte mir, ihr Akku sei total voll gewesen und deshalb wurde sie misstrauisch. Dann kam der Erik wieder und hat Claire mitgenommen. Der Papa bräuchte sie in Ungarn. Ich sollte hier warten, es würde nicht lange dauern. Dabei lachte er und sagte, zum Beweis würde er mir nichts zu essen und zu trinken da lassen. Ich käme noch früh genug wieder ans Tageslicht – hat er gesagt." Wieder wurde der Junge von einem Zittern überwältigt.

„Wie lange warst du schon da unten?", fragte Johanna Jobs.

„Seit heute früh – gestern abend waren wir noch mit dem Erik auf einem Schiff und haben dort gegessen. Als ich dann nach Hause wollte, hat Claire gesagt, das sei ein Plan zum Abhauen und ob ich allein zurückgehen wollte. Ich bin natürlich bei ihr geblieben! Erst auf dem Schiff und seit heute Morgen hier in dem Loch!"

„Also war es doch Eriks Idee!“, murmelte Johanna Jobs.

„Möglich, nur: Wem gehörte das Schiff?“, fragte der Fotograf.

„Das Schiff gehörte einem Freund von Erik, hat er jedenfalls gesagt!“ Kevins Energie kam zurück. „Der Freund war aber ein Ungar, jedenfalls hatte das Schiff so einen komischen Namen – wie in dem Reiseführer vom Herrn v. Emm!“

„Einen ungarischen Namen aus meinem Reiseführer?“ Herr v. Emm begann sichtlich, in seinem Gehirn zu blättern. „Hmm, war es vielleicht ...“

Aber Johanna Jobs schnitt ihm das Wort ab: „Egal, was für ein Name das war, wir sollten uns jetzt auf dem schnellsten Weg an ein Telefon begeben, und außerdem muss der Junge was in den Magen kriegen!“

Ingrid v. Emm nickte zustimmend und sie brachen auf. Krauthappel nahm Kevin vor sich auf die Fahrradstange. Johanna Jobs fuhr so dicht neben den beiden, dass es schon fast gefährlich war und die v. Emms radelten hinterdrein.

In Oggau fanden sie schnell das für Radfahrer ausgewiesene und für die Somlauer Nockerln bekannte Lokal. Von dort aus informierten sie Kupperer und die Polizeiwache von Rust und baten darum, den Jungen vor Ort abzuholen.

„Bis die kommen, haben wir das halbe Lokal leergefressen!“, prophezeite Johanna Jobs.

Sie nahm sich als Erste die Speisekarte vor. „Es gibt Wild in Variationen – kein Interesse? Dann vielleicht Fisch – frisch aus dem See: Forelle, Barsch oder Zander – Fogosz heißt der hier ...“

„Genau, das war der Name von dem Schiff!“, rief Kevin dazwischen.

„Was, Zander?“

„Nein, das andere, Fogosz!“ Er zappelte aufgeregt auf der Sitzbank herum. „Damit müssten sie ihn doch schnappen!“

„Ja, natürlich! Gut, dass dir das wieder eingefallen ist. Aber jetzt geht es ans Bestellen! Süß oder salzig?“

Da die Somlauer Nockerln wirklich zur Spezialität des Lokals gehörten, bestellten alle nur eine der angebotenen Suppen und dann das entsprechende Dessert. Die Köstlichkeit wurde serviert und der Fotograf lichtete die Gruppe vor ihren üppig mit diversen Lagen von Biskuit, Pudding, Sahne und Schokoladensauce gefüllten Tellern ab. Dann ließen sie es sich schmecken, und Kevin verspeiste nicht nur seinen Nachtisch, sondern mindestens noch die Hälfte der Portion von Johanna Jobs.

„Wenn ich glücklich bin, kann ich nicht so viel essen!", entschuldigte sie die Rückstände auf ihrem Teller.

Kaum hatten sie die letzten Bissen vertilgt, standen auch schon der Wiener Kommissar Schöberl und ein uniformierter Kollege in der Tür.

„Jo wos hom mer denn do! A Verdächtige mit ihrem Opfer?"

Kevin riss erschrocken die Augen auf. Johanna Jobs erhob sich von ihrem Platz und baute sich vor Schöberl auf.

„Sie, mein Herr, jagen mir keine Angst ein – und dem Kind schon gar nicht! Damit wir uns richtig verstehen – Sie", sie suchte nach einem passenden Kraftausdruck, landete aber dann einfach bei: „Sie Burschi, Sie!"

Damit drehte sie sich um und sagte zu Kevin: „Der Herr ist ein Kriminalbeamter aus Österreich, der hat viel Humor, aber wir verstehen seine Witze nicht immer. Deshalb muss entweder jemand von deinen Eltern oder ich dabei sein, wenn der Mann mit dir redet, alles klar?"

Sie wandte sich erneut dem Inspektor zu, der sich ein Grinsen gerade noch verkneifen konnte.

„Und nun zur Sache, mein Herr! Obwohl Ihre berittene Polizei – ich spreche von den zwei mickrigen Polizeiwagen, denen wir bei unserer Radtour durch die Weinberge begegnet sind – vor Ort war, haben wir den Jungen in der Kuruzze bei Oggau gefunden – und auch wir waren es, die in dem Vogelvertreibungsflieger das Mädchen Claire erkannt haben – davon gibt es Fotos! Und was haben Sie uns an neuen Erkenntnissen zu bieten?“ Sie hatte die Arme vor der Brust gekreuzt und sah den Kommissar herausfordernd an.

Schöberl meisterte die Situation mit seinem ganzen Wiener Charme: „Küß die Hand, gnädige Frau, Sie hom uns unsere Arbeit gewaltig erleichtert! Wär schlimm gwesen, hätten Sie mein Angebot angnommen und wären mit dem Professor oder gor mit dem Herrn Zabble weggfohrn zum denen auf an Zahn fühln! Mir allan hätten dös Kind nie und nimmer so schnöll gfunden! Jetzt müssen mir den Buam holt wos frogen – und Sie müssen unbedingt dabei sein – am besten, Sie fohrn gleich mit uns mit, oder was maanen Sie?“

Natürlich konnte Johanna Jobs nicht nein sagen. Also hievte man ihr Fahrrad in den Gepäckraum des Polizeiautos, sie und Kevin stiegen hinten ein und los ging es zurück nach Rust.

„Soviel zum Thema gemeinsamer Ausflug!“, stöhnte der Fotograf, als der Wagen nicht mehr zu sehen war.

„Wir sind doch auch noch da!“, wollte v. Emm ihn trösten.

„Größenwahnsinniger, der du bist!“, murmelte seine Frau. Als ob ihrer beider Anwesenheit den Enttäuschten hätte trösten können! Der verzog auch das Gesicht, als habe er Zahnschmerzen, sagte aber nichts.

Auf dem Rückweg durch die Weinberge sahen sie, dass die Kuruzze, wo sie Kevin gefunden hatte, bereits abgesperrt war und nun von der Spurensicherung untersucht wurde.

Beim Anblick dieses ungewohnten Treibens in der ruhigen Landschaft wurde Ingrid v. Emm auch sentimental und fragte: „Wie kann sowas hier passieren!?“

Ihr Mann erwiderte: „Uff sellem Fleckle Erdbode isch iwwer die Jahrtausende schon viel mehr bassiert! Ich hab euch doch vorglese, warum die Leut damals iwwerhaupt die Gäng do gebaut hen! Schöne fruchtbare Landschafte sin halt schon immer für annere, wo net gern selwer schaffe, von Interesse gwese! Aware, Mongole, Tartare, Türke, Ungarn, Heiducke un wer noch alles sin vom Oste do in des Land eigfalle! Die hen sich halt mit Gwalt gnomme, was se gwollt hen – uff Koste von de Unschuldige. Un so isch des jo jetzt a mit dene Kinner Middel – die könne schließlich nix für die krumme Macheschafte von ihrem Vadder! Awwer sie müsse des ausbade!"

„An Ihnen ist ja ein Philosoph verloren gegangen!", bewunderte der Fotograf v. Emms Ausführungen.

Der freute sich ob des Kompliments und wollte gleich weiterreden, als seine Frau das Kommando zum Aufbruch gab.

„Es wird spät. Und du willst doch heut abend noch mit der Johanna in die Oper!"

„Ach ja, im Römer-Steinbruch wird die Oper La Traviata aufgeführt! Sie gehen da mit Frau Jobs hin?", erkundigte sich Krauthappel.

„Hat Ihnen die Frau Jobs das nicht erzählt?" Als der Fotograf den Kopf schüttelte, hätte Frau v. Emm ihre Freundin am liebsten erwürgt. Wie konnte die so etwas vergessen?

Dann hatte sie eine Idee: „Sie können doch meine Karte haben, ich will sowieso nicht mit, das hab' ich Johanna heute morgen schon gesagt!"

Herr v. Emm sah überrascht auf: „Awwer ich woiß do devo noch nix!" Jetzt war es an ihrem Gatten, wegen mangelnder Information den Gekränkten zu spielen.

Der Fotograf verstand und meinte nur kurz: „Vielen Dank für Ihr liebenswürdiges Angebot, aber ich werde heute Abend sowieso keine Zeit haben, ich muss meine Bilder bearbeiten!" Damit schwang er sich auf sein Fahrrad und fuhr voraus.

Auf dem Marktplatz gingen sie auseinander, ohne für den nächsten Tag eine Verabredung getroffen zu haben.

Ingrid v. Emm zürnte weiter im Stillen ihrer Freundin.

Ihr Mann überlegte, ob er nicht vielleicht eine philosophische Abhandlung über das Burgenland und seine wechselvolle

Geschichte schreiben sollte. Er könnte ja dem Fotografen anbieten, die entsprechenden Aufnahmen dafür beizusteuern. So blieb dieser sympathische Mensch quasi in der Familie und vielleicht freute sich auch Johanna Jobs darüber. Vergnügt vor sich hinsummend betrat er an der Seite seiner schweigsamen Frau das Hotel.

Dort saßen Isabell und Harald bei einem Espresso und winkten ihnen aufgeregt, zu ihnen zu kommen.

Ingrid v. Emm nickte allerdings nur kurz hinüber und verschwand auf ihr Zimmer. V. Emm aber war hocherfreut, die spannenden Tagesereignisse zu Gehör zu bringen.

„Stellet euch vor, ich schreib' e Buch iwwer des Burgeland!", war die erste Information, die er von sich gab.

Ihre erstaunten Gesichter ließen ihn irritiert innehalten.

„Wir wollen eigentlich wissen, wie ihr den Jungen gefunden habt!", fragte Harald den Freund. „Oder warst du etwa gar nicht dabei?"

Das half. Herr v. Emm warf sich in die Brust: „Natürlich war ich dabei – ich habe ihn quasi entdeckt – das heißt, eigentlich war es Ingrid, weil sie über die Wurzel gestolpert ist, aber ich habe gleich gewusst, dass es sich um einen der alten Geheimgänge im Weinberg handelt und habe den Jungen herausgerufen!"

„War er denn nicht gefesselt? Mussten Sie ihn losschneiden?", hakte jetzt Isabell neugierig nach.

„Nun ja, also, der Fotograf ist mir zuvorgekommen. Er ist da in das Loch hineingekrochen und hat Kevin herausgeholt. Aber gerettet haben wir ihn schließlich alle!"

Er nickte wie ein alter Mandarin zur Bestätigung seiner Sicht der Dinge.

„Wahnsinn!" Bewundernd blickte Isabell das Emmle an. „Was Sie mit Johanna Jobs so alles erleben! Sie sind ein Held!"

„Naja, ich bin jo oigentlich eher beschoide!", zierte dieser sich nun. „Un wenn ich ehrlich bin – so uff Abenteuer bin ich jo gar net aus! Awwer mer kann sich des ewe net aussuche im Lewe!"

Harald ging dazwischen. „Was mich viel mehr interessiert ist die Tatsache, dass ihr das Mädchen in dem kleinen Flugzeug erkannt habt! Seid ihr wirklich sicher? Denn wenn der Kerl mit ihr über die Grenze nach Ungarn geflogen ist, na, dann gute Nacht!"

„Wieso, isch die Bolizei in Ungarn so schlecht?", erwiderte sein Freund, ohne die Frage zu beantworten. Er hatte Claire ja gar nicht richtig gesehen. Nur das Foto.

„Natürlich nicht – es ist halt immer so eine Sache mit der Zusammenarbeit und der Zuständigkeit! Schöberl ist auch nicht gerade begeistert!"

Herr v. Emm fragte: „Apropos Schöberl – hat der den Bub net schon lang gnug ausgequetscht? Und wo isch die Johanna Jobs?"

Kupperer grinste – endlich wusste er auch mal mehr als sein heldenhafter Kumpel!

„Ja, Kevin hat gesagt, was er wusste. Natürlich muss man ihn noch einmal genauer befragen. Aber er ist jetzt da, wo er hingehört, bei seiner Mutter. Und deine Johanna – also die ist vorhin wie von Furien gehetzt wieder aus dem Hotel gerannt. Vielleicht, weil es ein Sporthotel ist, haha!"

Die andern lachten mit über diesen kleinen Scherz, doch dann wurde v. Emm gleich wieder ernst. „Hoffentlich kommt se rechtzeitig widder, damit mir die Oper net versäume! Ich bin jo so gspannt, es soll e ganz moderne Uffführung sei!"

Man konnte Johanna Jobs einiges nachsagen – dass sie zu schnell Auto fuhr, furchtbar unordentlich war und gerne alles mit links und auf die Schnelle machte, wobei es oft Scherben gab – aber unpünktlich war sie in der Regel nicht und sie ließ auch ihre Freunde nicht im Stich.

Deshalb hatte sie, gleich nachdem Kevin wohlbehalten bei seiner Mutter gelandet war, das Hotel im Sturmschritt wieder verlassen, um den Fotografen aufzusuchen. Sie hatte sich doch noch nicht einmal von ihm verabschiedet! Und außerdem war ihr siedendheiß eingefallen, dass er von der zweiten Theateraufführung im Steinbruch gar nichts wusste! Wie hatte sie auch nur so blöd sein können, sich dahin von ihrem Emmle einladen zu lassen. Nur weil es seine Lieblingsoper war! Ihre war es nicht. Aber da ja seine Gattin bereits ihr Desinteresse geäußert hatte, musste sie einfach mit. Und das wollte sie nun dem Herrn Krauthappel schonend beibringen. Wie sie so etwas hasste!

Etliche diplomatische und vorsichtige Formulierungen waren ihr eingefallen, aber als sie dann endlich vor der Tür zu seiner Ferienwohnung stand und er, zu ihrer Freude, sofort öffnete, platzte sie heraus: „Es tut mir leid, dass ich heute abend schon was anderes vorhabe – vielleicht ein andermal?"

Er sah sie mit hochgezogenen Augenbrauen an – die Eile und die Aufregung hatten ihr Gesicht mal wieder eine tiefrote Farbe annehmen lassen und er befürchtete, gleich könnte sie der Schlag treffen.

„Jetzt beruhigen Sie sich und kommen erst einmal herein! Darf ich Ihnen vielleicht einen kalten Waschlappen bringen? Oder wollen Sie duschen?"

Johanna Jobs war verwirrt. Roch sie nach dem langen Tag so unangenehm, dass ihm ihre Hygiene wichtiger war als ihre Entschuldigung? Sie ahnte ja nichts von ihrem Aussehen – spürte nur, dass ihr heiß war, na und?

„Also, geduscht hab ich heute morgen!". stotterte sie. „Und einen Waschlappen hab ich zuhause. Aber wenn sie mir unbedingt was Kaltes anbieten wollen, habe ich gegen ein Glas Wasser nichts einzuwenden!"

Sie schob sich an ihm vorbei und nahm die Wohnung in Augenschein. Linker Hand war wohl das Badezimmer – die Tür stand offen und sie erhaschte im Spiegel einen Blick auf ihr knallrotes Gesicht – vor Verlegenheit wäre sie bestimmt noch roter geworden, aber das war nicht mehr möglich.

Die nächste offene Tür führte in ein kleines Schlafzimmer, an jeder Wand rechts und links gab es ein schmales Bett. Noch ein Grund, die Gesichtsfarbe ins lilarot zu vertiefen!

Das Wohnzimmer mit der kleinen Kochnische wirkte behaglich. Auf dem Esstisch stand ein Laptop, an den mit einem Kabel die Kamera des Fotografen angeschlossen war.

„Ich lade gerade die Bilder herunter, dann kann ich sie gleich dem Kommissar schicken!", erklärte Krauthappel, als er mit einem Glas Wasser neben sie trat.

Sie nahm es ihm ab, nickte dankend und trank es in einem Zug leer.

„Ah, das war gut! Es tut mir leid, wenn ich so aussehe!" Sie fuhr sich mit der Hand übers Gesicht. „Aber ich kann nicht schwitzen, deshalb der rote Kopf! Ist nur eins meiner Handicaps, außerdem wollte ich schon immer Indianerin sein!", entschuldigte sie sich.

„Keine Ursache, ich habe mir einfach Sorgen gemacht! Wie geht es dem Jungen?"

Nun war Johanna Jobs wieder auf sicherem Terrain. Sie schilderte kurz das Gespräch Schöberls mit Kevin. Er hatte nicht viel mehr erzählt, als das, was sie in Oggau auch schon von ihm erfahren hatten. Dann hatte ihn seine Mutter überglücklich, wie es schien, in Empfang genommen. Und sie, Johanna Jobs, war stante pede hierhergeeilt – weil ... Sie zögerte kurz. Dann fasste sie sich ein Herz: „Ich hab' vergessen, Ihnen das mit der Traviata zu sagen. Aber Emmle hat mich mit der Einladung dazu überrascht – vielleicht hab' ich es auch verdrängt. Hätten Sie denn mitwollen? Die Ingrid nutzt ihre Karte nicht – also?" Abbittend sah sie ihn an.

Er drückte ihre Schulter und lachte: „Nein, wirklich, ich will nicht mit. Die Carmen, ja, da bin ich hin, auch Ihretwegen. Mehr Oper brauche ich im Augenblick nicht. Ich finde die Ereignisse hier gerade dramatisch genug – auch ohne Gesang. Aber ich hatte mich schon auf den Abend mit Ihnen gefreut, das stimmt. Wie Sie sehen, habe ich allerdings Arbeit genug. Und wir können uns ja – wenn Sie wollen – nach der Aufführung noch auf ein Glas Wein treffen?"

Sie strahlte. „Gerne! Wo?"

„Hier bei mir?", fragte er hoffnungsvoll. „Ich habe von Herrn Gabriel einen genialen Rotwein – aus dem Eichenfass – anzubieten!"

„Dazu darf ich den Herrn v. Emm aber nicht mitbringen!", grinste Johanna Jobs. „Also gut. Ich komme. Es kann aber spät werden!"

„Ich werde warten!", versprach Manfred Krauthappel.

„Gut!" Mit einem Seufzer der Erleichterung wandte sie sich zur Tür um. „Jetzt muss ich aber los, mich umziehen und überhaupt – Emmle wird nervös, wenn ich nicht eine halbe Stunde vor Aufbruch auftauche!" Sie winkte und verließ die Wohnung.

Krauthappel sah sich in seinem Domizil um. Er musste unbedingt aufräumen. Aber dann fiel sein Blick durchs Fenster auf ein schwarzweißes Etwas auf dem Dach gegenüber – er zückte seine Kamera und fotografierte, was das Zeug hielt: Der Storch, der so gerne in Rust überwinterte! Ein gutes Omen, so sagte er sich.

Als Johanna Jobs geschniegelt und gebügelt, wie sie es nannte, wenn sie sich schick machte, an der Zimmertür der v. Emms klopfte, kam Ingrid ihr entgegen.

„Gut siehst du aus!", lobte diese die Freundin, die zu einem dunkelblauen Hosenanzug ein geblümtes Seidenshirt trug. „Nimm aber lieber noch meine blaue Wollstola mit – da in dem Steinbruch kann es kalt werden! Und die Alu-Sitzkissen dürft ihr nicht vergessen! Nicht einmal die La Traviata ist eine Blasenerkältung wert!"

„Du redsch aus Erfahrung!", lachte Johanna Jobs.

„Na ja, die Freilichtbühne in Bregenz und ein paar Aufführungen im Ettlinger Schloss haben mich auf die Idee gebracht, das kann ich dir sagen!"

Herr v. Emm kam dazu – im schwarzen Anzug mit weißem Hemd und roter Fliege wahrhaft schmuck anzusehen.

„Die Traviata hätt' sich bstimmt in Sie verliebt, wenn Sie zu dere ihre Zeit glebt hätte!", grinste Johanna Jobs.

Dann machten die beiden sich auf den Weg nach draußen. Wieder fuhr der hoteleigene Bus die Gäste bis vor den Eingang zum Theater. Die Leute vom Kirchenchor waren heute nicht mit von der Partie – wer weiß, wo die in Ungarn jetzt das Lied vom Blankenstein-Husaren intonierten!

Unterwegs klärte v. Emm seine Freundin über den Römersteinbruch auf: „1500 vor Christus haben die hier schon Steine geklopft! Mit diesem Fürstenstein haben die Römer ihre Stadt Carnutum gebaut. Und später den Stephansdom und die Palais der Ringstraße. Eigentlich ist halb Wien aus dem gelbbraunen bis hellgrauen Kalksandstein enstanden!"

„Was, die Römer haben den Stephansdom gebaut?", stichelte Johanna Jobs. „Und wenn halb Wien da draus gemacht worden ist, sollte man heute doch eher Wiener Blut aufführen als La Traviata!"

Herr v. Emm enthielt sich vornehm einer Antwort. Er ließ sich heute nicht provozieren.

Sie fanden ihre Plätze ziemlich weit hinten – mit schlechter Sicht auf die Bühne – und waren bald dankbar um die kälteabweisenden Unterlagen.

Der Dirigent pfiff das Spiel an – wie Johanna Jobs den ersten Ton einer Ouvertüre sehr zum Ärger ihres Freundes gerne nannte – und die Musik Verdis erfüllte den dunklen Nachthimmel vor der weiß angestrahlten Kulisse des Steinbruchs.

Sie gaben sich ganz dem Genuss des Hörens hin. Jedoch war dieser nicht von langer Dauer.

Herr v. Emm hatte zurecht von einer modernen Inszenierung gesprochen. Der Schauplatz der Oper war in das heutige Paris verlegt worden. Die Damen trugen Pearcing, tiefe Ausschnitte, kurze Röcke und Sonnenbrillen, die Herren waren in schwarze Glattlederhosen und Hemden mit offenem Kragen bis fast zum Bauchnabel gekleidet – Goldkettchen und halbgerauchte Zigaretten in ihren Mundwinkeln sowie das Handy in der Brusttasche oder am linken Ohr rundeten den Anblick ab.

Johanna Jobs und ihr Freund sahen sich entsetzt an.

„So hab ich mir des net vorgstellt!", murmelte er.

„Mir könne jo immer noch in de Paus gehe!", erwiderte sie hoffnungsvoll. Je eher der Opernabend sein Ende hätte, desto früher käme sie zu Manfred Krauthappel!

Aber v. Emm zerstörte ihre diesbezüglichen Hoffnungen.

„Zum Glück sehe mir von do hinne net so gut, un für de Rest mach ich oifach mei Auge zu, des könne Sie jo a, odder? Dann horche mer halt bloß zu!"

Johanna Jobs konnte das eben nicht. Sie hatte schon immer ein Problem damit gehabt, in fremder Umgebung ihre Augen zu schließen und sich ganz dem Hören hinzugeben. Zu viel konnte in der Zwischenzeit in ihrer Umgebung vor sich gehen, was zu registrieren möglicherweise überlebensnotwendig wäre.

Daher bemerkte sie sehr wohl den Herrn, der sich – viel zu spät nach der Pause – auf den leeren Platz links von ihr setzte. Die ganze Zeit war sie froh darüber gewesen, nach dieser Seite etwas mehr Beinfreiheit zu haben und ihre Handtasche ablegen zu können. Aber wenn er eine Karte hatte, war die Inanspruchnahme des Platzes sein gutes Recht.

Verstohlen musterte sie den Mann aus den Augenwinkeln.

Er hatte halblanges Haar und trug ein Stirnband. Ein auffälliges Parfüm, das sie nicht identifizieren konnte, stieg ihr in die Nase. Sie musste ein Niesen unterdrücken. Seine Kleidung – offenes Hemd, weiße Lederhose – nackte Füße in ebenfalls weißen Slippern – hatte einiges mit dem Aussehen des Hauptdarstellers gemeinsam. Wahrscheinlich kam er ihr deswegen auch so bekannt vor. Sie hielt sich die Nase zu und war bemüht, ihn zu ignorieren. Was ihr nicht gelang. Denn auf einmal holte er sein Handy heraus und wollte damit telefonieren – oder eine SMS schicken! Das war zu viel für Johanna Jobs.

„Das sollten Sie aber doch unterlassen!" zischte sie im Flüsterton. „Auch wenn das eine moderne Aufführung ist, Ruhe im Zuschauerraum gehört sich trotzdem!"

Als der Mann sich zu ihr umdrehte, kam ihr die Ähnlichkeit mit – ja, mit wem eigentlich? – noch deutlicher zu Bewusstsein.

Er musterte sie von Kopf bis Fuß, grinste dann – ihr erschien es herablassend, sogar hämisch! – und hielt sich das Handy ans Ohr. Das Mobiltelefon klingelte – einmal, zweimal.

„Jetzt gehen Sie schon dran! Das Ding nervt! Sogar die Schauspieler fühlen sich gestört!", fauchte Johanna Jobs. Als er nicht reagierte, riss sie ihm das Gerät aus der Hand, drückte die Empfangstaste und flüsterte in den Hörer: „Jetzt nicht!" Dann legte sie auf.

Totenstille herrschte im Steinbruch. Herr v. Emm sah seine Freundin entsetzt an.

Der Mann neben ihr entriss ihr das Handy und fing plötzlich an zu singen: „Ja, Violetta, meine Geliebte!" Er erhob sich und schritt – mit dem Handy am Ohr – den Mittelgang zur Bühne hinunter.

Dort, wie Johanna Jobs erst jetzt ausmachte, stand die Heldin in einer Telefonzelle. Anscheinend war es dramaturgisch vorgesehen, dass sie mit ihrem Geliebten per Telefon Schluss machte, statt ihm einen Brief zu schicken.

Und er – natürlich, daher kannte sie das Gesicht – war laut Regieanweisung mit seinem Handy im Publikum gesessen, neben Johanna Jobs, auch als Frau Einmischer bekannt.

Die Aufführung ging weiter, aber Johanna Jobs hielt es nicht mehr an ihrem Platz. „Des isch mir jo so peinlich!", flüsterte sie, packte ihre Siebensachen und verließ – zum weiteren Missfallen ihrer Umgebung – die Tribüne. Herr v. Emm folgte ihr, ebenfalls peinlich berührt.

Draußen angekommen, lief sie zu einem der von Hobby-Bildhauern aus aller Welt erschaffenen steinernen Kunstwerke, das aussah wie ein Sessel, und ließ sich hineinfallen.

„Das mir!“, stöhnte sie ein ums andere Mal.

„Wem sonst könnt' des bassiere!“, kommentierte ihr Freund schadenfroh. Dann sahen sich die beiden an und fingen schallend zu lachen an.

„Sie hätte dem sei Gsicht sehe solle“, japste v. Emm, als er wieder zu Atem kam. „Wie en rachsichtiger Indianerhäuptling hat der ausgsehe, mit dem Stirnband un dene lange Hoor! Wenn ich net gshe hätt, dass des in seiner Hand koi Messer, sondern sei Handy gwese ich, ich hätt grad gedenkt, er schmeißt's nach Ihne!“

Plötzlich wurde Johanna Jobs ernst.

„Moment, Indianer hen Sie gsagt? Jetzt woiß ich, an wen mich der Kerle erinnert hat! An des Foto vom Weiße Hirsch! Un an den Mann im Mercedes!“ Sie sprang hoch und fragte aufgeregt: „Wie hoißt seller Schauspieler oigentlich?“

Herr v. Emm zerrte das leicht zerknitterte Programm aus der Hosentasche.

„Ich guck grad. Also, der Darsteller vom Alfredo Germont hoißt do: L. Szengady. Scheint en Ungar zu sei. – Was isch denn jetzt los?“

Seine Freundin war aufgesprungen. „Schnell, mir müsse die Bolizei anrufe! Die müsse komme, solang der noch do singt, dann könne Se den Kerle glei schnappe!“

„Wieso – was rege Sie sich denn jetzt so uff – was hat denn der arme Mann verbroche, außer dass Sie sich wege ihm blamiert hen?“ V. Emm war nicht so schnell zum Aufbruch zu bewegen.

„Menschenskinner, des isch doch der Kerle, wo mit de Frau Raffzahni Golfspiele gange isch – un sie später in de Hotelbar getroffe hat! Bloss hat er dort statt dem Stirnband en Pferdeschwanz ghat! Der hat sie bstimmt umgebrocht – un a in dere

Entführung von de Claire muss der sei Finger drin hawwe. Denke Sie doch an des Boot mit dem ungarische Name! Außerdem kennt der den Nepomuk Zabble!“

Jetzt war auch Herr v. Emm überzeugt, dass Eile geboten war.

Vor dem Steinbruch warteten zum Glück einige Taxen. Anscheinend hatte sich herumgesprochen, dass die Inszenierung den einen oder anderen Gast zum früheren Aufbruch verleitete.

Ein Taxler erklärte sich bereit, über Funk die Polizei zu rufen. Aber in Rust waren weder Schöberl noch Kupperer zu erreichen und der Ortspolizist sah keine Veranlassung, wegen einer vagen Vermutung auszuschwärmen und einen Opernstar einzuvernehmen. „Der singt doch morgen wieder!“, war seine kurze Antwort. „Die Herrschaften können aber gerne vorbeikommen, dann schreib' ich einen Bericht!“

Herr v. Emm und Johanna Jobs waren empört. Sie plädierte vehement dafür, das Ende der Aufführung abzuwarten und L. Szengady persönlich zur Rede zu stellen, was v. Emm ihr allerdings ausreden konnte. Deshalb fuhren sie mit dem Taxi nach Rust zurück, um dort wenigstens Harald Kupperer ausfindig zu machen und ihm ihre Entdeckung mitzuteilen.

Als das Taxi über das Kopfsteinpflaster des Marktplatzes holperte, rief Johanna Jobs plötzlich: „Stopp!“

Ihre Verabredung mit dem Fotografen war ihr in den Sinn gekommen.

„Also, Emmle, ich zähl' uff Sie! Versuche Sie, den Kommissar uffzutreiwe – egal wo! Un verzähle Sie ihm alles bis ins kloinste Detail, was mir wisse! Ich komm dann später!“ Sie stieg aus und ließ ihm zur Widerrede keine Zeit.

„Des schaffe Sie!“, rief sie ihm noch ermutigend zu, bevor sie mit Karacho die Autotür zuwarf.

„Die Dame hat Temperament“, bemerkte der Fahrer.

Herr v. Emm nickte bekümmert.

Zum zweiten Mal an diesem Tag klingelte Johanna Jobs bei Manfred Krauthappel Sturm. Er öffnete sofort. Sie betrat die blitzblanke Wohnung, warf sich auf das Sofa und sprudelte los: „Wir wissen jetzt, wer es war! Der Hauptdarsteller von der Traviata – ein L. Szengady! Wer hätte gedacht, dass ein Opernsänger Golf spielt, Frauen umbringt und Kinder entführt! Und dann sieht der auch noch aus wie ein Indianer – Winnetou ist nichts dagegen! Na ja, vielleicht, weil er Ungar ist ... so – so emotional eben."

Sie schaute den Fotografen an und er kam sich unter ihrem Blick vor, als vergleiche sie seine emotionalen Möglichkeiten mit denen eines ungarischen Indianers mit kriminellen Ambitionen. Da konnte er unmöglich mithalten, soviel Selbsterkenntnis besaß er. Also würde wieder nichts aus dem Abend zu zweit! Der Ungar saß nahezu körperlich präsent auf dem Sofa zwischen Johanna Jobs und ihm!

„Wollten Sie mir nicht einen Spitzenwein anbieten?", fragte sein Gast überraschend. „Und haben Sie vielleicht auch noch was zu essen? – Ich bin vor der Oper nicht mehr dazu gekommen – und wer weiß, die Nacht kann noch lang werden!"

Der letzte Satz ließ ihn wieder Hoffnung schöpfen.

Er machte sich an seinem kleinen Kühlschrank zu schaffen und holte eine Platte mit belegten Broten hervor – alles aus dem Buschenschank Gabriel. Der Wein stand bereits entkorkt auf dem Tisch, daneben zwei Gläser.

„Mmmh – Sie sind ein Schatz!" Johanna Jobs' Augen glänzten angesichts der leckeren Brote. Dann nahm sie andächtig einen Schluck des nach Brombeeren und Erde duftenden Weines. „Wahnsinn! Davon muss ich unbedingt ein paar Flaschen mit heimnehmen!", war ihr Kommentar. Sie bediente sich ausgiebig an den Broten und konnte eine Weile gar nichts sagen.

Manfred Krauthappel sah ihr zu, aß auch ein paar Bissen und trank sein Glas in für ihn unüblicher Schnelligkeit aus. Er wusste nicht, welche Überraschung dieser Abend für ihn noch bereithielt, aber er ahnte, dass er dies bald erfahren würde.

„Wenn wir mit dem Essen fertig sind, sollten wir unbedingt ins Hotel hinübergehen, mal sehen, was der Harald Kupperer und sein kriminaler Kumpan inzwischen herausgefunden haben!"

Da war es also heraus. Seine Angebetete hatte sich nur von ihm verköstigen lassen wollen und schon sollte er wieder Männchen machen und mit ihr ins verbrecherische Milieu eintauchen. Nein, nicht mit ihm. Er stand auf und machte sich ans Abräumen. Dann trat er zum Fenster und sah hinaus in den dunklen Garten. Vom Storch war nichts mehr zu sehen. Ein schlechtes Zeichen? Der Fotograf bemühte sich, seine Fassung wiederzufinden.

„So haben Sie sich den Abend nicht vorgestellt?" Johanna Jobs war hinter ihn getreten und hatte die Hände auf seine Schultern gelegt.

Er drehte sich zu ihr herum und nahm ihre Hände in seine.

„Nein", murmelte er, während er sie betrachtete.

Eine Schönheit war sie nicht. Aber wie sie so vor ihm stand, mit den kurzen, wirren Locken, den blitzenden braunen Augen und dem Rotweinschnurrbart über der Oberlippe, konnte er ihr nicht böse sein.

„Tun Sie Ihre Pflicht, Johanna Jobs", brummte er und küsste sie leicht auf den Mund. „Morgen ist auch noch ein Tag!"

Aber zunächst war die Nacht noch nicht vorbei.

Als Johanna Jobs ins Hotel zurückkam, herrschte Hektik. Mehrere Polizisten in Uniform bewegten sich durch die Halle. Kommissar Schöberl hatte sich mit seinem deutschen Kollegen Kupperer und einem ungarischen Kollegen namens Horvath im kleinen Nebenraum einquartiert.

Den Grund für die Aufregung erfuhr Johanna Jobs von ihren Freunden, den v. Emms und Isabell, die extra aufgeblieben waren und in der Hotelbar auf sie warteten.

„Claire wurde gefunden!“ Ingrid v. Emm strahlte ob dieser guten Nachricht, als sei sie selbst am Erfolg der Suche nach dem Mädchen beteiligt gewesen. „Ihr Vater hat sie aus Ungarn mitgebracht – man munkelt, er habe einiges an Lösegeld bezahlt!“ Das war Isabells Beitrag.

„Mer sollt des net für möglich halte, do macht mer en kloine Ausflug mit dem Bus, un schon isch mer widder bei Mord un Dotschlag un Entführung un was woiß ich noch alles!“, so Herr v. Emm.

Johanna Jobs umarmte Ingrid und Isabell, zupfte an Emmles Fliege und sagte: „Hauptsach, die Kinner sin widder do! Jetzt hen mir endlich wirklich Urlaub! Was unnernemme mer morge?“

„Ich empfehle Ihnen noch einmal einen Ausflug nach Ungarn! Sie können sogar mit dem Fahrrad hinüber! Erst mal mit dem Schiff bis Podersdorf und dann ist es nicht mehr weit! Sie erinnern sich – dort drüben ist meine eigentliche Heimat!“ Nepomuk Zabble hatte sich mal wieder von hinten angeschlichen und seine Pranke auf Johanna Jobs' Schulter gelegt.

„Na, dann können Sie doch mitkommen!“, erwiderte diese und schüttelte sein Hand ab. „Oder haben Sie das Radfahren verlernt?“ Sie sah ihm frech ins Gesicht und merkte zugleich, dass ihre Aussage wohl etwas zweideutig war.

Auch Nepomuk Zabble hatte dies registriert, denn sein Gesichtsausdruck verhärtete sich.

„Ich werde Rust morgen früh verlassen!“, verkündete er.

„Ach, sind die Geschäfte mit Herrn Middel nicht so gelaufen, wie Sie sich das vorgestellt hatten?“ Das war von Johanna Jobs ein Schuss ins Blaue, aber er verfehlte seine Wirkung nicht.

Zabble wurde blass.

„Und was ist mit Ihrem Blutsbruder – wollen Sie den auf einmal nicht mehr treffen?“

Zabble griff sich nervös an den Hals.

Johanna Jobs war nun in ihrem Element: „Kann es sein, dass er Sie nicht mehr sehen will? Wo doch inzwischen er derjenige ist, der so gut singen kann?“

Nepomuk Zabble unterdrückte ein Stöhnen.

„Ich weiß ja nicht, worauf Sie anspielen, Gnädigste!“, brachte er dann mühsam heraus. „Es kann sein, dass ich Ihnen zu einer Zeit, da der Uhudler meine Sinne vernebelte, manche Dinge aus meinem Leben etwas übertrieben dargestellt habe. Vergessen Sie es einfach. Ich habe jedenfalls festgestellt, dass man den Ort, den man in der Jugend verlassen hat, auch wenn man damit die schönsten Kindheitserinnerungen verbindet, nie wieder aufsuchen sollte. Ein sentimentaler Fehler von mir. Und deshalb fahre ich morgen ab. Ich darf mich verabschieden, gnädige Frau?“ Damit war er von der Bildfläche verschwunden.

„Und was ist mit Mildred Funk?“, fragte Johanna Jobs ihre persönliche Informantin Isabell. Wer Mildred Funk in Wirklichkeit war, wussten inzwischen auch die v. Emms, deshalb musste Isabell kein Blatt vor den Mund nehmen: „Frau Funk sitzt bei den Kriminalen drinnen. Die beraten gerade, was man gegen Herrn Middel und Herrn Zabble unternehmen kann. Solange sie aber den ungarischen Mittelsmann nicht kriegen können, haben sie gegen die beiden nichts in der Hand.“

„Und Zabble – Zapfel, kommt ungeschoren davon?“, fragte Johanna Jobs entgeistert. „Konnte man ihn nicht wenigstens wegen des Mordes an Frau Raffzahni drankriegen?“

„Was sollte er damit zu tun haben? Die Dame hat wohl ihr eigenes Süppchen gekocht, wenn man den Aussagen von Herrn Middel trauen will! Und auch der Professor hat zugegeben, dass sie ihm ganz tolle Angebote zum Geldanlegen in Ungarn gemacht hat. Ihr Geschäftspartner war ein gewisser L. Szengady – eine vollkommen seriöse Firma – Familienunternehmen, wie Harald sagt.“

„Aber kein Handel mit Noten?“, fragte Johanna Jobs sarkastisch.

Isabell verstand nicht, was sie meinte und lachte. „Was du dir immer vorstellst!"

Johanna Jobs stellte sich einiges vor. Sie wandte sich an Herrn v. Emm.

„Hen Sie de Bolizei des oigentlich gsagt mit dem Sänger in dere Oper?", erkundigte sie sich.

Ihrem Emmle war es sichtlich nicht wohl in seiner Haut. „Nadierlich hab' ich des dem Harald gsagt, awwer do isch grad der Herr Middel mit dem Mädle zrickkomme, übrigens ohne sein Trolley! Und die Kommissare hen koi Zeit ghat für solche Newesächlichkoite. Un seither sin se do drin in dem Kabuff un schwätze iwwer Sache, die uns oigentlich gar nix agehe!"

Er wollte sich herausreden. Johanna Jobs war sauer.

„Grad hen mer von de Isabell ghört, dass in dem Ganze e Firma von eme L. Szengady e Roll spielt, seriös hin odder her, un do sin Sie immer noch der Moinung, des, was mir rauskriegt hen, könnt net von Interesse sei? Ich geh jetzt do nei un sag, was ich woiß!"

Die drei Kommissare und Mildred Funk hatten gerade die wichtigsten Informationen ausgetauscht, als Johanna Jobs die Tür aufriss und ins Zimmer stürmte.

„Ich weiß jetzt, wer den Auftrag zur Kindesentführung gegeben hat! Da müssen Sie auch gar nicht weit fahren, um den festzunehmen – der singt im Steinbruch!"

Harald war aufgestanden und machte Anstalten, Johanna Jobs zu bremsen, indem er sie Richtung Tür zurückdrängte. Auch Mildred Funk hatte sich erhoben und sagte: „Also bitte! Sie haben bei unseren Ermittlungen nichts zu suchen!" Der Kollege aus Ungarn blieb sitzen und sah erstaunt in die Runde. Auch Leopold Schöberl ließ sich nicht aus der Ruhe bringen. Er fläzte sich in seinem Stuhl, die Hände über seinem nicht unbeträchtlichen Bauch gefaltet und grinste: „Lossn S' s' doch redn, die gnädige Ordensfrau ohne Ornat! Wer waaß, vielleicht hots jo a göttliche Eingebung für unsern Foll?"

Johanna Jobs schüttelte Kupperers Hände ab und trat an den Tisch: „Ich bin keine Nonne oder so was! Aber dass es Ihnen hier an Eingebung mangelt, das ist eine Tatsache! Verrammeln sich hier, wenn da draußen ein Mörder frei herumläuft!"

„Und Sie wissen, wer des is?", fragte Schöberl sanft.

„Ich weiß es nicht genau, aber ich habe einen starken Verdacht! Schließlich bin ich dem Kerl ja schon ein paar Mal begegnet und kann ihn einwandfrei identifizieren, wenn man ihn endlich in Polizeigewahrsam nimmt!"

„Und wer soll das sein?", fauchte Mildred Funk. Inzwischen hatten sie und Kupperer auch wieder Platz genommen, nur Johanna Jobs stand noch vor dem Tisch wie eine Rachegöttin.

„Sie haben doch festgestellt, dass die Frau Raffzahni mit einer Firma L. Szengady in Ungarn kooperiert hat, oder? Und ein L. Szengady singt im Steinbruch von Sankt Margarethen den Heldentenor! Heute abend – er saß direkt neben mir, ich habe ihn erkannt!"

„Wieso – san Sie auf der Bühne gsessen?", unkte Schöberl.

„Ach Quatsch! Aber der Kerl saß im Publikum – neben mir! Und das war der Typ, der die Raffzahni in Bad Tatzmannsdorf zum Golfplatz abgeholt und sich mit ihr in Eisenstadt in der Hotelbar getroffen hat!" Jetzt hatte sie endlich die gesammelte Aufmerksamkeit.

Sie stützte die Hände auf den Tisch und beugte sich vor: „Und – aber das müssten Sie, Frau Funk, eigentlich besser wissen als ich – der Nepomuk Zabble hat den Knaben in der Hotelbar auch gesehen, ist blass geworden und hat sich aus dem Staub gemacht! Dabei gibt es in Ungarn einen Jugendfreund von ihm, den er eigentlich hier hat treffen wollen – aber jetzt will er auf einmal morgen abreisen!" Triumphierend blickte sie in die Runde.

„Wissen Sie auch den Namen des Jugendfreundes?", fragte der Ungar neugierig.

„Nein, leider nicht!“, musste Johanna Jobs zugeben und nahm sich ebenfalls einen Stuhl. Auf einmal war die Luft raus und sie spürte, wie müde sie war. „Aber ich habe ein altes Foto von ihm gesehen. Der Sänger könnte es sein, auch wenn er jetzt viel älter ist!“

Alle nickten, sagten aber nichts.

Nach einer kleinen Pause ergriff Harald Kupperer das Wort: „Wegen der Entführung tappen wir im Dunkeln. Die Middels behaupten, das sei keine Entführung gewesen, nur ein Scherz, den sich Claire auf Kosten ihrer Familie erlaubt habe. Sie sei mit Erik nach Ungarn geflogen, wo sie bei dem Geschäftspartner ihres Vaters auf diesen gewartet habe. Der Erik hätte Kevin natürlich gleich wieder aus dem Erdloch geholt und zurückgebracht, aber ihr seid ihm zuvorgekommen.“

„Und wie heißt der Geschäftspartner?“, fragte Johanna Jobs und sah Kupperer an.

„Den Namen will Middel uns nicht nennen. Muss er ja auch nicht, es liegt nichts gegen den Herrn aus Frankfurt vor!“

„Außer dass er seinen Trolley samt Inhalt in Ungarn gelassen hat!“, murmelte Johanna Jobs.

„Wos für an Trolley?“, wollte nun der Wiener wissen.

„Ein Alutrolley, den Herr Middel während der gesamten Busfahrt wie seinen Augapfel gehütet hat. Ich vermute, da war Schwarzgeld drin – jede Menge!“, klärte Mildred Funk ihn auf. „Seine Frau hat manchmal so Andeutungen gemacht, von wegen der hohen Steuern und so ...!“

„Kevin meint, sein Vater würde in Ungarn Elfenbein kaufen!“, ergänzte Frau Jobs.

„Da liegt er gar nicht mal so falsch! Um Zähne und Gold könnte es jedenfalls gehen!“, warf Kupperer ein.

„Und Frau Raffzahni? Und Erik? Was ist mit den beiden? Und der Busfahrer Anton Schandl? Und eben dieser Mister X – der Herr Szengady? Ich bin sicher, der ist der Schlüssel zum Ganzen!“

„Nur wegen einer Ähnlichkeit im Aussehen können wir hier doch keinen namhaften Opernsänger verhaften! Den Namen Szengady gibt es in Ungarn so oft wie bei Ihnen Müller oder Maier!“, meldete sich nun der Kommissar aus Ungarn zu Wort.

Alle wirkten müde. Sie steckten mit ihren Ermittlungen in der Sackgasse.

„Und wenn ich noch einmal mit Kevin und Claire spreche?“ Johanna Jobs wollte nicht klein beigeben.

„Die Eltern werden das nicht zulassen. Ich fürchte, die packen ihre Kinder morgen in ein Flugzeug und verschwinden nach Frankfurt!“ Nun wirkte auch Mildred Funk frustriert. „Wenn ich bedenke, dass ich diese ganze Reise als Sekretärin von diesem Mistkerl Zabble mitgemacht habe, für nichts und wieder nichts! Wie stehe ich denn vor den Kollegen im BKA da?“ Der jungen Frau standen die Tränen in den Augen.

„Die hätten Sie holt net mit so wenig Beweisbarem auf eahm loslossn solln!“, brummte Schöberl. „Ich schlag vor, dass mer für heit Schluss machen und a paar Stundn Matratzen horchn gehn – einverstanden, die Herrschoften?“ Zustimmendes Gemurmel und Stühlerücken waren die Antwort.

Kupperer nahm Johanna Jobs noch kurz beiseite und sagte: „Tut mir leid, wenn ich etwas grob geworden bin – aber irgendwie gefällt mir diese ganze Angelegenheit überhaupt nicht!“

„Wenn Sie es nur einsehen!“, lächelte Johanna Jobs ihn an. „Mir war es die ganze Busreise schon so mulmig! Dabei halte ich mich nicht für übermäßig sensitiv!“

Sein Gesichtsausdruck zeigte, dass er mit diesem Satz nicht viel anfangen konnte. Leopold Schöberl dagegen grinste wieder sein Wolfsgrinsen und meinte: „Aber hochsensibel san Sie, Gnädigste, hochsensibel und intuitiv!“ Er tätschelte ihr die Schulter. Normalerweise hasste sie solche Annäherungsversuche, aber inzwischen war sie viel zu müde, um sich angemessen zu wehren.

Mittwoch, 5. Oktober

Am nächsten Morgen schliefen alle lange und besprachen erst beim Frühstück ausführlich die Ereignisse des vergangenen Tages.

Nepomuk Zabble erschien nicht, aber Mildred Funk setzte sich neben Kupperer und Isabell an den Tisch.

Das Ehepaar Middel war mit den Kindern bereits abgereist, was Johanna Jobs sehr bedauerte. Immerhin hatte sie in ihrem Schlüsselfach eine Nachricht von Kevin gefunden. In seiner runden Kinderschrift hatte er sich herzlich bei seiner Freundin bedankt und versprochen, sich von Frankfurt aus bei ihr zu melden.

„Wie will er denn des mache? Ich hab ihm doch gar net mei Address gewwe?", fragte Johanna wehmütig.

„Nun, er hat doch meine Handynummer! Wenn er anruft, sag' ich ihm, was er wissen muss!", versprach Isabell.

Johanna Jobs wischte sich verstohlen die Augen. Ingrid v. Emm reichte ihr mitfühlend ein Taschentuch.

Ihr Mann sagte: „Also, damit des klar isch: Jetzt hen mir bloss noch Urlaub! Un heut' fahre mir mit dem Schiff nach Podersdorf un dann mit de Räder do uff de annere Seeseit' rum! Un ich will nix mehr höre von Mord un Entführung un was woiss ich noch alles!"

Alle nickten zustimmend.

Nur Johanna Jobs wollte erst noch eine andere Meinung zum Thema Tagesgestaltung einholen und machte sich daher nach ihrer zweiten Tasse Kaffee, einem Honigbrötchen und einer Schale Cornflakes sogleich auf den Weg zu Manfred Krauthappel.

Dieser war aber aufgrund des guten Wetters und der Lichtverhältnisse bereits in die Weinberge aufgebrochen.

„Tut mir leid!“ stand auf der Rückseite eines Fotos mit witzigen Vogelscheuchen, das er für sie hinterlassen hatte. „Mein Geschäft ruft! Aber ich hoffe, Sie heute Nachmittag ins Eiscafé einladen zu dürfen, so gegen 15.30 Uhr? Es sei denn, Sie haben andere Pläne! Ihr ergebener Fotograf und Verehrer M.K.!“

Schon wieder kamen ihr die Tränen. Heute war wohl ein Wassertag!, dachte sie und überlegte, ob sie es bis halb vier wieder nach Rust schaffen würden. Bei dem Ausflugspensum, das Emmle vorhatte, mit Sicherheit nicht.

Also bat sie im Weingut um ein Blatt Papier und schrieb ihrem „Verehrer“, er möge doch versuchen, sie über Isabells Handy zu erreichen – möglicherweise noch jenseits des Neusiedler Sees.

„Ich komme mir langsam vor wie die zwei Königskinder“, fügte sie noch dazu, „obwohl das Wasser des Neusiedler Sees gar nicht so tief sein soll!“ Sie unterschrieb mit „Herzlichst, Ihre J. J.“ und war – in Anbetracht der schwierigen Situation – ganz zufrieden.

Dann wartete sie vor dem Fahrradverleih auf die anderen.

Diesmal kamen auch Isabell Nieferer und Harald Kupperer mit. Und sie hatten Mildred Funk im Schlepptau, was Johanna Jobs weniger gefiel. Irgendwie hatte sie diese Frau schon die ganze Busfahrt auf dem Kieker.

Kupperer ahnte wohl etwas von ihrem Missfallen und meinte versöhnlich: „Frau Funk hat sich ein paar angenehme Stunden in dieser schönen Gegend verdient – bevor sie wieder zurück an ihre Arbeit muss!“

Die junge Frau wirkte – bei Tageslicht und in sportlicher Kleidung – auch wesentlich umgänglicher als bisher. Also wollte Johanna Jobs das Kriegsbeil begraben und sagte aufmunternd: „Na, hoffentlich kriegen Sie kein Problem damit, wenn wir bei unserm Ausflug im Seewinkel auf den Spuren Ihres ehemaligen Arbeitgebers wandeln!“

An diesen Satz würde sie sich später noch erinnern ...

Der Himmel war strahlend blau und der See glitzerte nur so in der Sonne. Sie brachten ihre Räder auf dem Schiff unter und genossen den leichten Wind bei der Überfahrt nach Podersdorf.

Dort angekommen drehten sie eine kurze Besichtigungstour durch den Ort und kehrten – zur Einstimmung in den Tag – in einem kleinen Cafè ein.

Herr v. Emm freute sich so über den ersten „unbeschwerten“ Ausflug dieser Reise, wie er betonte, dass er sich von der freundlichen Bedienung zu einem Glas Sturm überreden ließ. Niemand klärte ihn auf, dass dieser „neue Wein“ auch etwas Alkohol enthielt. Sie stärkten sich mit Mohnkrapfen und Topfenstrudel. Herr v. Emm trank den Rebensaft mit Begeisterung und bestellte gleich noch ein Glas davon.

Er wurde immer heiterer, und alle lachten schallend über seine Witze.

Gut abgefüllt schwangen sie sich wieder auf ihre Räder.

Zunächst ging es Richtung Apetlon zu den Lackenseen – die sich im Hinterland des Neusiedler Sees, im Seewinkel, gebildet hatten. An deren Ufern machen jede Menge Zugvögel auf der Durchreise Halt und brüten auch im Frühjahr. Mit dem Fernglas entdeckten sie Graugänse und Eiderenten. Alles andere, was da an Federvieh herumflog, konnten sie nicht benennen. Herr v. Emm bedauerte, sein Büchlein „Was fliegt denn da?“ nicht mitgenommen zu haben. Längeres Lamentieren darüber war ihm allerdings nicht möglich, denn der „Sturm“ forderte sein Recht.

„Ich bin dann mal weg!“, murmelte v. Emm, warf sein Rad auf den Weg und verschwand in die Büsche.

Sie fuhren dann wieder Richtung See und am Schilfgürtel entlang. Dort besuchten sie einen Bauernhof, wo man die berühmten Mangalitzaschweine züchtete. V. Emm zitierte seinen Reiseführer, demnach diese Schweinesorte ein wunderbares Fleisch liefert, weil die Tiere viel Auslauf und viel zu fressen bekommen, mehr Muskeln als Fett bilden und vor allem ohne Antibiotika auskommen dürfen. „Wir müssen später unbedingt irgendwo einkehren, wo man einen solchen Schweinsbraten serviert!“, verkündete der selbstgekürte Reiseführer der kleinen Gruppe.

Johanna Jobs war sicher, dass sie kein solches Schweinestück essen würde, dafür fand sie die haarigen Viecher mit ihren Schnuffelnasen viel zu knuffig. Außerdem vermisste sie den Fotografen, der hier garantiert gute Motive gefunden hätte!

Weiter ging die Fahrt, obwohl Ingrid v. Emm und Johanna Jobs beim Auf- und Absteigen über Muskelkater und sonstige Schmerzen klagten.

Mitten im Schilf gewahrten sie plötzlich eine skurrile Vogelscheuche.

„Was hat jetzt die do verlore? Im Schilf gibt's doch nix zu verscheuche, außer Wildschweine, wie mir gestern ghört hen!“, kicherte v. Emm. „Ich guck mir des Ding glei mol aus de Nähe an, muss sowieso schon widder für kloine Buwe – was hab ich do oigentlich getrunke?“

Er verschwand im Schilf. Die andern nutzten die kurze Unterbrechung, um sich etwas zu sonnen. Auf einmal drang ein durchdringender Schrei an ihr Ohr.

„Um Himmels Willen, mein Mann!“ Ingrid v. Emm sprang auf und drängte sich ins Schilf. Kupperer allerdings war schneller gewesen und eilte ihr voraus. Die anderen folgten. Auf dem schmalen Trampelpfad bis zur Vogelscheuche schwankte ihnen v. Emm totenblass entgegen.

„Net weitergehe“, stöhnte er. „Die Vogelscheuch' isch e Leich!“ Dann brach er zusammen.

Seine Frau und Johanna Jobs bemühten sich um ihn, während der Kommissar und Mildred Funk mehr oder weniger über sie hinwegsteigen mussten, um dem Unglücksort näherzukommen.

„Neiiin!“, erklang gleich darauf die Stimme von Mildred Funk. Danach hörten sie ein beruhigendes Gemurmel von Kupperer.

Johanna Jobs ließ den Freund und seine Frau bei Isabell und bahnte sich ebenfalls den Weg durch das Schilf nach vorne.

Ein grausiger Anblick bot sich ihr. Als Vogelscheuche an einer Stange, die ausgebreiteten Arme über eine Art Querverstrebung gezogen und daran festgebunden, hing dort Nepomuk Zabble.

Er war tot. Und: Er war skalpiert worden. Der Anblick des rohen Fleisches auf seinem nunmehr haarlosen Schädel, auf dem sich Schmeißfliegen tummelten, hatte Mildred Funk fast in Ohnmacht fallen lassen. Zitternd kauerte sie am Boden, während daneben der Kommissar würgte und versuchte, seine Beherrschung wiederzufinden.

„Isabell muss wegbleiben!“, brachte er mühsam hervor.

„Koi Sorg’, die sind mit dem Emmle beschäftigt!“, murmelte Johanna Jobs und kümmerte sich um die ehemalige Sekretärin des Opfers. Dann warf sie einen zweiten Blick auf den Toten.

„Also hat er recht ghabt, dass der Platz von unserer Kindhoit nur in unserer Phantasie noch so schön isch! Awwer er hat’s net rechtzeitig gschafft, widder abzuhaue!“

Sie faltete die Hände und sprach ein leises Gebet für den Mann, der ihr zu Lebzeiten alles andere als sympathisch gewesen war. Aber sie hatte, wenn auch nur kurz, sein zweites – sein wahres? – Gesicht gesehen. Und dem wollte sie Rechnung tragen. Beim Auffinden der Leiche von Frau Raffzahni hatte sie dies versäumt – warum auch immer – aber gehofft, dass Fritz Knober sich auf seine Weise dieser kleinen Geste der Nächstenliebe angenommen habe.

Kupperer hatte inzwischen sein Handy hervorgeholt und die entsprechenden Anrufe bei der Polizei getätigt.

Er half Johanna Jobs, die immer noch schluchzende Mildred Funk auf die Beine und wieder zu den anderen zurückzubringen.

Niemand wagte, etwas zu sagen. Johanna Jobs holte ihre Wasserflasche aus dem Gepäckträger und ließ sie reihum gehen. Ingrid v. Emm verteilte Pfefferminzbonbons.

Allmählich löste sich die Starre.

„Wie kann man so etwas tun?", fragte Mildred Funk.

„Wer kann so etwas tun! Das ist die Frage!", war die Meinung des Kommissars.

„Warum tut einer so etwas?", versuchte es Johanna Jobs.

„Warum muss mir des bassiere?" Damit beschäftigte sich v. Emm.

Sie fanden alle keine Antwort.

Harald Kupperer nahm sein Notizbuch heraus und notierte sich Fundort, Uhrzeit und Zustand der Leiche. Auch die Reihenfolge, in der sie alle am Tatort aufgetaucht waren. Dabei hatten sie mit Sicherheit wichtige Spuren vernichtet. Aber wie hätten sie das verhindern können?

„Haben Sie erkennen können, womit der Mann ermordet wurde? An der Skalpierung allein kann er nicht gestorben sein, oder?", wandte er sich an Johanna Jobs, die wohl als Einzige noch einen einigermaßen klaren Blick behalten hatte.

„Soviel ich weiß, skalpieren die Indianer ihre Opfer sowohl vor als auch nach dem Tod", meinte diese. „Aber ich habe in seiner Brust eine weitere Wunde entdeckt. Allerdings steckte weder Messer noch Pfeil darin, wenn wir schon bei indianischen Gebräuchen sind!"

„Also eine Schusswaffe?", überlegte der Kommissar.

„Das müssen die Spurensicherung und die Pathologen klären!" Mildred Funk klang zwar immer noch zittrig, aber sie dachte offensichtlich wieder mit.

Johanna Jobs ging ein paar Schritte den Weg zurück, auf dem sie hergeradelt waren. Vieles, was Nepomuk Zabble ihr gegenüber von sich gegeben hatte, tauchte in ihrem Kopf auf. Als Erstes kam ihr natürlich sein Gesang: „Und mir der Tod" in den Sinn. Als ob er eine Vorahnung gehabt hätte, was mit ihm geschehen würde.

Dann die Erzählung über seine Vergangenheit und seinen „Blutsbruder". Sie dachte daran, wie er in der Halle des Posthotels angesichts des Mannes an Frau Raffzahnis Seite erschrocken war. Und sie dachte an das Foto von ihm und seinem Freund. Konnte es sein, dass der junge „Indianer" auf dem Bild sich nach Jahrzehnten beim Wiedersehen mit dem alten Freund so brutal für dessen Verrat gerächt hatte?

Wie kann man so etwas tun – wer tut so etwas – warum tut einer so etwas? Das waren die Fragen, die sich hier stellten. Und auf mindestens zwei dieser Fragen könnte sie die Antwort nennen. Das „Wie" konnte nur der Täter selbst beantworten. Aber dazu musste man ihn zuerst einmal finden.

Johanna Jobs ging entschlossen zur Gruppe zurück. „Herr Kommissar, kann ich Sie mal kurz sprechen?"

Der ernste Tonfall ließ ihn sofort reagieren. Er ging ein paar Schritte mit ihr zur Seite und hörte sich ihre Ausführungen an.

„Wenn das stimmt!" Er holte tief Luft und atmete jäh aus. „Wenn das stimmt, sind wir dem Täter natürlich schnell auf der Spur. Denn dann haben Sie ja recht damit, dass dieser Opernsänger L. Szengady mit in der Sache drin hängt! Meine Güte, Sie haben ja direkt kriminelle Energie!"

Johanna Jobs sah ihn zweifelnd von der Seite an. Sie konnte diese Äußerung nicht als Kompliment auffassen.

Das Motorengeräusch mehrerer herankommender Polizeiautos unterbrach ihre Unterhaltung.

Dem ersten Wagen entstieg Leopold Schöberl. „Jo, ham mer schon wieder a Leich?", fragte er und schob sein Kaugummi von einer Backe in die andere.

„Wer is diesmal der Glückliche? Odder ist es doch eine Dame? Wär schod, oder net?"

Kupperer nahm ihn am Arm und führte ihn zum Tatort. Die übrigen Polizisten waren bereits ausgeschwärmt und versuchten, ihre Absperrbänder an den störrischen Schilfhalmen zu befestigen.

Leute von der Spurensicherung erschienen in entsprechenden Schutzanzügen und mit ihrer Ausrüstung.

„Wir sollten hier verschwinden", meinte Mildred Funk. „Wir stören nur. Und die Kommissare wissen ja, wo sie uns finden zur Einvernahme!" Sie lächelte bitter.

Johanna Jobs sah die junge Frau direkt an. „Sie glauben doch nicht etwa, dass man Sie als Verdächtige behandeln wird?", fragte sie.

„Na ja, dass ich ihn geliebt hab, wird ja wohl niemand annehmen. Und dass er mir, bei all meinen Bemühungen ‚undercover', kein bisschen Material für eine Festnahme geliefert hat, schadet meiner Karriere. Vielleicht hab ich ihn ja deshalb umgebracht?"

„So etwas würde doch kein Mensch denken!", fuhr Johanna Jobs auf.

„Sie haben keine Ahnung von der großen weiten Welt der Polizei, oder?", war die Antwort, ehe Mildred Funk ihr Rad bestieg und sich Richtung Podersdorf in Bewegung setzte.

Die v. Emms, Isabell und Johanna Jobs folgten ihr wortlos.

In Podersdorf mussten sie auf die Fähre warten. Zum erneuten Einkehren hatte niemand Lust, also setzten sie sich im Hafen auf eine Bank und hingen ihren Gedanken nach.

„Es will mir immer noch nicht in den Kopf, warum auch die Frau Raffzahni erschossen wurde!", dachte Johanna Jobs schließlich laut. „Das Geldübergabegeschäft mit Middel, also Claire gegen Bares, hat doch geklappt! Ist Frau Raffzahni mit einer Kugel in der Brust baden geschickt worden, nur damit man sich ihren Anteil sparte?"

Diese bildhafte Beschreibung der Ermordung Raffzahnis verleitete Mildred Funk zu einem kleinen Lächeln.

„Wissen Sie, Frau Jobs, Leute, die in diesem Milieu spielen, schrecken vor nichts zurück. Und selbst wenn es um Millionenbeträge geht – ein Euro ist ein Euro! Mitwisser können lästig werden! So einfach ist das!"

„Sie glauben, Frau Raffzahni hat Herrn Szengady zuviel abverlangt für ihre Kurierdienste in Sachen Middel? Oder wollte Erik nicht mit ihr teilen, was der große Meister ihm versprochen hatte?" Johanna Jobs hatte eine blühende Fantasie.

„Suchen Sie sich was aus. Kann alles sein. Auch der Tod von Zabble kann ein Zeichen dafür sein, dass diese Typen hier keine Konkurrenz wollen. Middel konnte sich anscheinend nicht zwischen zwei Geschäftspartnern entscheiden. Da haben sie mit der Entführung seiner Tochter etwas nachgeholfen. Ich schätze, deshalb wollte Zabble auch so schnell die Gegend verlassen."

„Aber warum ist er dann doch noch mal über den See gefahren? Er war doch gestern schon da, soviel ich weiß!" Johanna Jobs erinnerte sich genau, dass Zapfel ihr bereits tags zuvor einen Ausflug mit ihm nach Podersdorf und Umgebung hatte schmackhaft machen wollen.

Mildred Funks Lebensgeister schienen wieder zu erwachen.

„Sie haben recht, er sprach von einem Ausflug mit dem Schiff und einer Pferdekutsche. Er wollte rüber nach Fertöd in Ungarn! Meinen Sie ...?"

Die beiden Frauen sahen sich an.

„Vielleicht war er auf der Suche nach seinem Blutsbruder – oder hatte ihn schon gefunden", überlegte Johanna Jobs.

„Und als er ihn gefunden hatte, war er so enttäuscht über das Wiedersehen, dass er sofort abreisen wollte ...", führte Mildred Funk ihren Gedankengang fort.

„Nein, ich glaube, so war es nicht!", erwiderte Johanna Jobs. „Was ich denke ist Folgendes: Zapfel hat den Weißen Hirsch nicht gefunden, nur eine Nachricht von ihm erhalten, wo er ihn treffen könne und dahin ist er heute in aller Herrgottsfrühe gegangen oder gefahren. Sozusagen direkt zu seiner Hinrichtung!“

„Dann müssten die Kollegen doch irgendwo in der Nähe ein Fahrzeug finden!“, warf Mildred Funk ein.

„Es sei denn, der Weiße Hirsch kam zu Fuß oder was weiß ich wie und hat das Fahrzeug vom Wilden Eber mitgenommen!“, spann Johanna Jobs den Faden weiter.

Die junge BKA-Beamtin fasste sich an die Stirn. „Warum sind Sie nicht bei der Polizei?“, fragte sie und lachte Johanna Jobs an.

„Weil ich für Ihre Arbeit zu viel Fantasie habe und zu viel Mitgefühl!“, konterte diese.

Kurz vor Abfahrt der Fähre kam Kommissar Kupperer auf seinem Fahrrad ebenfalls am Hafen an.

„Un, gibt's Neuichkoite?“, fragte v. Emm aufgeregt. Er hatte sich inzwischen gefangen und war sogar stolz darauf, den Leichnam des ehemaligen Reisegefährten entdeckt zu haben.

„Ja und nein!“, meinte Kupperer und nahm sich zunächst einmal seiner Freundin an, die ziemlich angeschlagen schien. Kein Wunder – die v. Emms hatten sich gegenseitig getröstet, Johanna Jobs mit Mildred Funk kriminelle Ideen ausgetauscht, nur für Isabell war niemand da gewesen. Dieser Zustand änderte sich schlagartig, als der Kommissar sie liebevoll in die Arme nahm. Über ihren Kopf hinweg gab er dann die gewünschten Auskünfte: „Der Arzt sagte, Zabble sei in den frühen Morgenstunden umgebracht worden. Allerdings war es keine Schusswaffe, eher ein Pfeil. Die Wunde sieht eigenartig aus. Da muss der Pathologe ran. Auch was die Skalpierung angeht, werden sich Experten beraten. Es sieht nicht nach Profi aus – also nicht nach einem waschechten Indianer – kleiner Scherz, Entschuldigung. In der Nähe fanden sich Reifenspuren von einem Geländewagen. Wir versuchen rauszufinden, ob Zabble in Rust so ein Fahrzeug gemietet oder geklaut haben könnte. Mehr gibt es derzeit nicht zu ihm. Allerdings weiß man jetzt definitiv, dass Frau Raffzahni mit einem Gewehr getötet wurde. Die Kugel haben sie in der Herzkammer gefunden. Blattschuss, würden Jäger sagen."

Unvermittelt sprang Johanna Jobs auf. „Moment, da Sie gerade von Jägern und Gewehren sprechen, da hat mich doch gestern morgen einer bedroht ..."

Sie erzählte auch ihm die Geschichte ihrer Begegnung mit dem kleinen Jägersmann im Schilf am Seeufer.

„Sie meinen, der Mord an der Raffzahni war ein Jagdunfall?", schlussfolgerte Mildred Funks erstaunt aus Johanna Jobs' Erzählung. Diese nickte.

„Möglich wäre es!", dachte der Kommissar laut. „Und wir haben uns die Köpfe heißgeredet!"

Zum wiederholten Mal zückte er sein Handy und rief die österreichischen Kollegen an. Er redete, hörte zu, redete wieder, nickte dann und legte auf.

„Ob ihr es glaubt oder nicht, die Kollegen hier haben wirklich ein Problem mit einem wilden Jäger! Der ist so hinter den Wildschweinen her, dass er vor keiner jagdlichen Regel Halt macht. Letzte Woche hat er den Hund einer Touristin erschossen, weil er ihn für eine Sau hielt!"

„Das muss der Kerl sein, dem ich begegnet bin!", rief Johanna Jobs.

„Man untersucht ihn bereits, beziehungsweise sein Gewehr. Man kann ja heute aufgrund der Ballistik alles beweisen. Aber das wäre ja schon ein Ding – dass die Frau Raffzahni durch einen Zufallstreffer getötet wurde!" Er schüttelte ungläubig den Kopf.

„So etwas nennen manche himmlische Gerechtigkeit", erwiderte Johanna Jobs. „Schließlich ist der Anton Schandl auch nur durch einen zufälligen Golfball derart verletzt worden!"

Die Fähre nahte und sie schoben ihre Fahrräder hinauf.

„So ebbes soll Urlaub sei!“, jammerte Herr v. Emm.
„Nenn es lieber Bildungsreise, mein Schatz!“, tröstete ihn seine Frau. „Wir haben doch viel Interessantes mitbekommen unterwegs, oder nicht?“
Die beiden Paare schienen die Überfahrt jeweils in trauter Zweisamkeit verbringen zu wollen. Also fand sich Johanna Jobs mit Mildred Funk allein an der Reling des Schiffes. Die Nachmittagssonne spiegelte sich im Wasser.
„Die Welt könnte so schön sein ...“, fing Mildred Funk an.
„ ... wenn die Menschen nicht wären!“, beendete Johanna Jobs ihren Satz.
„Das sagen Sie?“, fragte die junge Frau.
„Na ja, vielleicht hätte ich ‚böse Menschen’ sagen sollen!“, lächelte die Seelsorgerin. „‚Der Mensch ist gut, aber die Leut’ san a Gsindl’, sagt Nestroy. Aber ich bin nun mal der Meinung, dass wir Menschen immer beides in uns tragen. Und wir bekommen immer wieder eine Gelegenheit, uns für das Gute oder das Böse zu entscheiden. Ich glaube, Nepomuk Zapfel wollte hier etwas gutmachen. Leider ist es ihm nicht gelungen.“
Sie schwiegen. Jede von ihnen dachte auf ihre Weise an den toten Nepomuk Zapfel/Zabble, seine eigenartige Lebensgeschichte und sein dramatisches Ende.
„Ich schätze, ich könnte einiges von Ihnen lernen!“, flüsterte Mildred Funk nach einer Weile.
„Mir geht es mit Ihnen genauso, meine Liebe!“, antwortete Johanna Jobs. „Und ich freue mich immer, wenn so eine Erkenntnis auf Gegenseitigkeit beruht! Ihr Kollege Kupperer kapiert das leider zu selten ...!“ Sie sahen sich an und lachten.
Das Klingeln eines Handys und Isabells Ruf: „Johanna, für dich!“, unterbrachen ihr Gespräch.
Johanna Jobs nahm das Telefon entgegen und errötete leicht, als sie hörte, wer sie da zu sprechen wünschte.
„Des isch ihren Fotograf!“, bemerkte Herr v. Emm scharfsichtig, als sie sich von der Gruppe entfernte.

Er war es tatsächlich. Kurz berichtete sie ihm von dem, was sich zugetragen hatte und hörte ihn mitfühlend seufzen.

„Das tut mir so leid für Sie und Ihre Freunde!“, sagte er dann. „Ich hätte an Ihrer Seite sein sollen!“ Er klang so besorgt, dass es Johanna Jobs richtig warm ums Herz wurde. Aber sie riss sich zusammen.

„Alles halb so wild, die Polizei war ja mit von der Partie!“, versuchte sie, das Erlebte herunterzuspielen.

„Und wie geht es jetzt weiter?“, fragte ihr Gesprächspartner.

„Eine gute Frage! Ich habe keine Ahnung! Eigentlich ist morgen unser Aufenthalt in Rust beendet – aber ich weiß ja gar nicht, wie wir wieder heimkommen sollen, ohne Busfahrer! Außerdem könnte ich mir vorstellen, dass die Polizei uns noch braucht, als Zeugen, wer weiß? Aber das wird mir Harald Kupperer sagen können. Wieviel Zeit brauchen Sie eigentlich noch in Rust?“

Das hatte sie ihn eigentlich schon lange fragen wollen.

„Im Grunde bin ich mit meiner Arbeit hier fast fertig. Herr Gabriel muss sich nur noch die entsprechenden Fotos aussuchen, den Rest mache ich daheim am Computer. Warum fragen Sie?“

Mann, sei doch nicht so stur!, dachte Johanna Jobs. Laut sagte sie: „Ach, nur so. Ich dachte, wir hätten vielleicht zusammen zurückfahren können ...“ Nun war es heraus.

Seine Stimme klang erfreut: „Das ist eine gute Idee! Dass ich nicht selbst darauf gekommen bin! Dann sind Sie auch nicht vom Bus abhängig und ich kann ruhig noch einen Tag dranhängen, wenn Sie hier von der Polizei gebraucht werden!“

Johanna Jobs war angesichts dieser Zukunftsaussichten fast aus dem Häuschen. Aber sie hielt sich brav zurück und meinte: „Also, das wird sich ja dann herausstellen. Aber schön, dass wir schon mal drüber gesprochen haben!“

„Ja, genau. Und wann sehen wir uns heute?“ Manfred Krauthappel ließ nicht locker. Und er hörte fast, wie seine Gesprächspartnerin den Mund zum Lachen verzog, als sie kokett erwiderte: „Sie gehen ja ganz schön ran!"

Beide lachten.

„Das Schiff kommt in einer halben Stunde am Hafen an", sagte Johanna Jobs, „dann würde ich mich gerne etwas frisch machen und vielleicht eine Weile die Beine hochlegen ..."

Sie zögerte.

Er reagierte: „Wie wäre es, wenn ich Sie heute Abend zum Essen einlade? Gegenüber der Ratsstube gibt es ein Lokal, die Römerzeche – die bieten ein Degustationsmenü an – zu jedem Gang ein anderer Wein – wäre das nicht etwas für Sie?"

Johanna Jobs lief das Wasser im Mund zusammen. „Ja, unbedingt! Das darf ich mir auf keinen Fall entgehen lassen!", hörte sie sich sagen.

Wieder lachte der Fotograf mit seiner tiefen Stimme.

„Also, abgemacht. Ich hole Sie um halb sieben in Ihrem Hotel ab – aber nur Sie allein, ich bitte darum!"

Ehrlicherweise hätte sie sagen müssen, dass sie das nicht versprechen konnte. Aber sie sagte es nicht und gab das Telefon nach Beendigung des Gespräches mit leicht schlechtem Gewissen an Isabell zurück.

„Un, was hat er wolle?", fragte v. Emm, gar nicht neugierig.

„Ach, nichts weiter", meinte seine Freundin ausweichend.

„Habt ihr euch nicht endlich mal zu zweit alleine verabredet?", fragte Ingrid v. Emm.

Erleichtert grinste Johanna Jobs: „Doch, heut obend. Ich hoff, ihr seid mir net bös, wenn ich euch alloi lass!"

Das Gesicht ihres Emmles drückte sofort Missbilligung aus und er wollte etwas sagen, aber seine Frau kam ihm zuvor: „Natürlich macht uns das nichts aus! Ich freue mich für dich, wenn du mit dem Mann endlich mal ein wenig Zeit unter vier Augen verbringen kannst!"

Kurz bevor sie in Rust anlegten, meldete sich wieder Isabells Handy, diesmal mit einer SMS von Claire Middel.

„Na, das ist ja ein Ding!", sagte Kupperer und alle drängten sich um das kleine Telefon.

„Muss eine Aussage machen wegen der Geschichte mit der Entführung!", las Isabell vor. „Mein Vater weiß nichts davon, aber Mama ist einverstanden. Wohin soll ich mich wenden? Anbei meine Nummer. Claire Middel. P.S. Grüße von Kevin an Frau Jobs!"

„Darum kümmere ich mich!" Entschlossen speicherte Mildred Funk Claires Nummer in ihrem Handy.

„Heute abend noch nehme ich den Flieger von Wien nach Frankfurt. Mal sehen, vielleicht kriegen wir wenigstens den seriösen Herrn Middel dran!"

„Alle Achtung, wenn die Mutter mit der Aussage ihrer Tochter einverstanden ist, hat wenigstens die was aus der ganzen Sache gelernt!", murmelte Johanna Jobs und strahlte vor Freude über Kevins Grüße. Sie nahm sich vor, gleich noch ein paar Zeilen an den Jungen zu schreiben, damit Mildred Funk sie für ihn mitnehmen konnte.

„Dann muss ich ja heute abend noch mal mit dem Schöberl reden!", knurrte Kupperer.

„Und ich lade euch alle zu einem Prosecco in die Hotelbar ein, bevor ich abreise", verkündete Mildred Funk. „Sagen wir um sechs?"

Wie immer geriet Johanna Jobs unter Zeitdruck. Aber sie schaffte alles, was sie sich vorgenommen hatte und verließ schließlich – nach zwei Gläsern Prosecco auf nüchternen Magen bereits etwas angeheitert – an der Seite des Fotografen das Hotel.

Johanna Jobs und Manfred Krauthappel verbrachten einen äußerst angenehmen Abend mit delikaten Gerichten und besten Weinen. Als Appetitanreger gab es gegrillte Kürbisscheiben mit Kräutercreme, dazu einen Uhudler-Frizzante. Zur Kürbiscremesuppe reichte man einen gelben Muskateller. Der Fischgang – Forellenfilet in Kürbiskernkruste – wurde mit einem Chardonnay serviert und zum Hauptgang – Hirschkalbsrücken mit Kartoffelstrudel und Kürbisgemüse – kredenzte der Wirt einen im Barrique-Fass gereiften Blaufränkischen.

Nachdem die beiden Gourmets anfangs noch über die aktuellen Ereignisse geredet hatten, verlagerte sich das Gespräch schon beim zweiten Gang auf private Dinge. Krauthappel erzählte, dass er eigentlich ganz stolz auf seinen eigentümlichen Namen sei. Schließlich nennen die Wiener die goldene Kuppel des Sezessionsgebäudes den „Krauthappel", also Kohl- oder Krautkopf. Der Fotograf, Sohn eines Winzers, war an der südsteirischen Weinstraße – bekannt für die Klapotetzen, klappernde Windränder anstelle von Vogelscheuchen – geboren und aufgewachsen. Krauthappel junior hatte es schon immer zur Fotografie gezogen – also absolvierte er eine entsprechende Lehre, arbeitete dann als Assistent in einer Grazer Werbeagentur und machte sich später selbstständig als Fotograf und Werbeberater. Aus geschäftlichen Gründen war er nach Baden-Württemberg umgesiedelt, aber seiner Heimat immer treu geblieben.

Johanna Jobs schilderte ebenfalls ihren Berufsweg und sprach von den Freuden und Kümmernissen, die ihre Aufgabe als Seelsorgerin so mit sich brachte.

Zum Glück macht Reden durstig – und die wechselnden Weine boten den beiden Gelegenheit, sich beim Zuprosten immer tiefer in die Augen zu sehen.

Als der Dessertwein, der berühmte Ruster Ausbruch, eine edelsüße Trockenbeerauslese, serviert wurde, hatte Johanna Jobs allerdings den Eindruck, ihr Gegenüber doppelt zu sehen. Sie kicherte verschämt.

„Ich glaub', ich muss ins Bett", nuschelte sie.

Der Fotograf grinste.

„Aber bidde nischt in meins!" Auch seine Aussprache war nicht mehr sehr deutlich. „Mit ssweien von Ihnen kann ich es nischt mehr aufnehmen!"

„Wieso, Sie ham doch zwei Betten!“ Daraufhin wollten sich beide ausschütten vor Lachen.

Die anderen Gäste sahen bereits zu ihnen herüber. Manfred Krauthappel riss sich als Erster zusammen und verlangte die Rechnung.

Als Johanna Jobs an seinem Arm aus dem Lokal schwankte, kam der Fotograf auf die Idee, ihr das Lied vom „Stillen Zecher“ vorzusingen.

„Das stammt von Hermann Leopoldi und passt grad’ so gut!“, klärte er seine Zuhörerin auf.

Dann begann er zu singen: „Ich bin ein stiller Zecher und sing die ganze Nacht, weil mich mein voller Becher in Stimmung hat gebracht ...“

Johanna Jobs klatschte begeistert Beifall und bat um eine Zugabe. Bereits nach der zweiten Strophe konnte sie in den Refrain einstimmen. Ihr gemeinsam gegröltes: „Hollari, hollari, hollairjaho!“ klang ihrem Zustand entsprechend eher berauscht als berauschend. Daher ernteten sie von den empörten Anwohnern der Umgebung auch mehr Beschimpfungen als Applaus. Aber das störte die beiden nicht.

Erst als sie vor dem Sporthotel ankamen, wurden sie still. Johanna Jobs flüsterte ihrem Begleiter ins Ohr: „Morgen ist auch noch ein Tag!“

Er nickte. „Das wird wohl das Motto unserer Beziehung werden, so wir denn eine haben!“, seufzte er.

Zumindest der Gute-Nacht-Kuss fiel an diesem Abend länger aus als bisher. Aber ob die beiden das noch registrierten?

Donnerstag, 6. Oktober

Am nächsten Morgen saß Johanna Jobs mit einem Kater am Frühstückstisch. Auch die dritte Tasse schwarzen Kaffees konnte ihre Lebensgeister nicht wecken. Ihre Freunde hatten sie bereits allein gelassen, weil nichts mit ihr anzufangen war. Und nun kam Leopold Schöberl – gutgelaunt und kaugummikauend – auf sie zu und sie stöhnte: „Bitte nicht!"

Aber es half nichts.

Der Wiener Kommissar zog sich einen Stuhl heran, griff sich ein Kipferl aus dem Brotkorb und platzierte sein Kaugummi am Rand der Butterschale.

„Homs woas?", fragte er galant. „Sie schaun aus wie a gspiebans Gerstl!" Er kaute schmatzend.

Johanna Jobs nahm ihre letzte Kraft zusammen und zischte: „Wenn Sie damit sagen wollen, dass ich aussehe wie ein hingespucktes Kaugummi, können Sie sogar recht haben. Am besten, Sie lassen mich einfach in Ruhe, ja?"

Sein Wolfsgrinsen sagte ihr, dass genau das nicht seine Absicht war.

„Ah, gehns, Sie wolln doch wissn, wie weit mir mit unsere Ermittlungen kommen san, hob ich recht?"

Er lehnte sich zu ihr über den Tisch und sie konnte sehen, wie sich die Krümel des Kipferls zwischen seinen Zähnen einnisteten. Normalerweise hätte sie ihm jetzt eine Zahnbehandlung in Ungarn empfohlen. Aber heute war entschieden nicht ihr Tag. Sie lehnte sich in ihrem Stuhl so weit wie möglich nach hinten und schloss halb die Augen.

Nach einer Weile siegte allerdings ihre Neugierde. „Was gibt es Neues?“, flüsterte sie.

Der Kommissar schlug mit der flachen Hand auf den Tisch, dass das Kaffeegeschirr klirrte. Johanna Jobs zuckte wie vom Blitz getroffen zusammen.

„Geht's nicht etwas leiser?“, bat sie.

Schöberl hatte ein Einsehen. Er senkte die Stimme und sagte: „Wir haben den L. Szengady. Wos sogn Sie dazu?“

„Naja, das wird ja kein Kunststück gewesen sein, einen bekannten Opernsänger zu verhaften!“, erwiderte sie.

Hörte er da Verachtung in ihrer Stimme? Zur Strafe wurde er wieder lauter: „Mir hom sogar zwaa! Ich sog 's no amal auf hochdeutsch: zwei Herren mit Namen L. Szengady!“

Jetzt riss Johanna Jobs die Augen auf und sah den Kommissar entgeistert an. „Wieso zwei? Wollen Sie mich auf den Arm nehmen? Ich kenne nur einen L. Szengady! Und der reicht mir!“

„Dös sagn Sie!“ Der Wiener lehnte sich nun auch in seinem Stuhl zurück und fing an, auf dessen Hinterbeinen gefährlich zu wippen.

„Hören Sie auf mit dem Gewackel, mir wird gleich schlecht!“ Johanna Jobs war mit ihrer Geduld am Ende.

„Wenn Sie zwei L. Szengadys in Gewahrsam haben, dann lassen Sie mich die Kerle anschauen, ich sag' Ihnen dann schon, welcher der Richtige ist!“

„Desholb bin i do!“ Ruckartig kam Schöberl mit seinem Stuhl wieder nach vorne und erhob sich. „Also, gemma!“ Auffordernd nickte er Johanna Jobs zu.

„Muss das gleich sein?“, fragte sie zaghaft.

„Aber sicher, Gnädigste – viel länger kann ich die Herrn ohne Grund net festholtn – und wie steh ich dann do?“

An der Rezeption wartete Harald Kupperer. Er wusste bereits von Schöberl, was auf Johanna Jobs zukam und wollte sie begleiten.

Sie nickte ihm dankend zu. „Haben Sie vielleicht eine Kopfschmerztablette für mich?", fragte sie.

Er lächelte. Endlich konnte er auch mal etwas für die allzeit bereite Seelsorgerin tun. „Klar, hab' ich!" Er nahm ein Tablettenpäckchen aus der Hemdtasche. „Vorsorglich für Sie eingesteckt – nehmen Sie zwei, einfach kauen und schlucken, dann geht es Ihnen bald besser!"

„Ober a Gift ist dös kaans?", fragte der Wiener misstrauisch. „Net, doss nochher unser Frau Weihbischof bei der Gegenüberstellung zammbricht!"

Die beiden Männer amüsierten sich königlich über diesen Witz.

Euch wird das Lachen noch vergehen, dachte Johanna Jobs und versuchte, ihre innere Mitte wiederzugewinnen. Ihr Zorn auf die Kommissare half ihr etwas dabei.

In der Polizeidienststelle angekommen, ließ Schöberl Johanna Jobs einen Blick durch die halboffene Tür auf die zwei Männer namens L. Szengady werfen.

Sie schaute hin – und fuhr, wie von der Tarantel gestochen, zurück.

Der Wiener schloss schnell die Tür.

„Aber, aber, das – das sind ja zwei Gleiche! Oder bin ich immer noch so betrunken, dass ich doppelt sehe?"

Auch Kupperer, der über ihren Kopf hinweg einen Blick auf die Szengadys geworfen hatte, wirkte verwirrt, als er dort zwei ältere Herren sitzen sah, die sich in den Gesichtszügen, der Haartracht und der Kleidung glichen wie ein Ei dem anderen.

„Sind das etwa Zwillinge?", fragte er.

Schöberl erwiderte: „Na, net ganz. Sie san zwa Johr auseinander, aber Brüder sans, un sehn sich zum Verwöchseln ähnlich! – Jetzt sog du mir, wos ich mochen soll!" Auch er wirkte nicht mehr so nonchalant wie bisher.

Johanna Jobs hatte sich wieder gefangen. „Welcher ist der Opernsänger – und welcher spielt Golf?", wollte sie wissen.

„Singen kann nur der ane, der wo rechts sitzt. Golf spülns alle zwa. Und an jeder fährt Mercedes-Cabrio – dös wollten Sie doch grod frogn?" Wölfisches Grinsen – oder Unsicherheit? Langsam klarte Johanna Jobs' Denkmaschine wieder auf, die Tabletten begannen zu wirken.

„Was ist mit einem Alibi?" Kupperer war ihr mit dieser Frage zuvorgekommen.

„Der Sänger hot aans, er wor die ganze Nacht bei der Violetta, – will sogn, der Sängerin, wos do mit eahm auftritt. Angeblich homs geübt – mer konn sich des vurstelln ...!" Vielsagend hob er die Augenbrauen – eine entsprechende Geste unterließ er – zu seinem Glück. Johanna Jobs war wieder ganz die Alte und hätte solche Rüpelhaftigkeit nicht geduldet.

„Ist dann der andere der seriöse Geschäftsmann aus Ungarn, von dem die Rede war?", wollte sie wissen.

„Jo, und der war, wie er sogt, die ganze Nacht z'haus. Allan. Und er hot gsogt, dös Gschäft mit dem Middel wär fast geplatzt, deshalb hätt er eahm – auf den Rat von dem Erik hin – mit dem Mädel anglockt, damit er eahm hätt näher erklären können, wos für a gute Göldanlag er ihm bieten könnt. Dann san die zwa handelseinig worn. Der Erik hat sein Anteil kassiert und is verschwunden. Von der Raffzahni hat der Lukasz Szengady, so haaßt er, seit ihrer Ankunft in Rust nix mehr ghört. Dabei hätt sie ihm ein lukratives Gschäft mit einem Professor in Aussicht gstöllt. Aber dass der net wolln hot, des hat der Herr Lukasz Szengady schon in Bad Tatzmannsdorf bemerkt, wie er sogt. Er hat sich ka Hoffnungen auf eahm gmocht. Un mit am Mord hat er nix zum tun, weder an der Frau wie an dem Mann durt im Schilf – genau wie sein Bruader. Na jo, dass kaner von dene zwa die Frau erschossen hat, dös wissen mir schon." Er kratzte sich am Kopf. „Nur, wie gehts jetzt weiter? Hat wer a Idee?"

„Wofür steht denn das andere L.?" Johanna Jobs war bekannt für ihre Gedankensprünge.

„Der Bruder haaßt Laszlo. Und, wos wolln S' domit?"

„Nichts, ich wollte es nur wissen. Allerdings glaube ich mich zu erinnern, dass Nepomuk Zabbles Blutsbruder auch einen echten Bruder hatte – der während des Ungarn-Aufstandes angeschossen wurde. Das hat den andern so wütend gemacht, dass er in den Untergrund ging. Er wurde gesucht – und Zapfel hat ihn verraten. Ich bin sicher, dass der Blutsbruder den Nepomuk Zapfel aus Rache ermordet hat!"

„Jo, was sogt uns des? Mir wissen jo trotzdem net, wer wer ist, oder?" Schöberl sah sie irritiert an.

„Oh doch, das kann man herausfinden. Zapfel hatte so eine kleine Narbe am linken Unterarm – da haben die beiden Jungens sich geschnitten, von wegen der Blutsbrüderschaft. So eine Narbe muss einer der beiden Herrn da drinnen auch aufweisen! Und der andere sollte irgendwo am Körper die Narbe einer Schusswunde haben. Außerdem können Sie ja in den alten Akten recherchieren, welcher Szengady damals beim Ungarnaufstand angeschossen wurde und welcher später ins Gefängnis kam!"

Der Kommissar schüttelte ungläubig den Kopf.

„Wos Sie net alls wissen, Gnädigste!", murmelte er.

„Gut und schön, wenn wir rausfinden, welcher von den beiden Nepomuk Zabbles Blutsbruder war – das beweist aber noch lange nicht, dass der ihn auch umgebracht hat!", mischte sich nun Harald Kupperer wieder ein.

„Ja, haben Sie denn keine Spuren an der Leiche oder im Umkreis sichergestellt? Mit der DNA kann man doch heute alles beweisen?", fragte Johanna Jobs.

„Doch, jo, Spuren hom sich gfunden, die san noch in der Auswertung ...", entschuldigte sich Schöberl.

„A Geständnis wär mir lieber!", fügte er dann hinzu.

Er richtete den Blick seiner Knopfaugen wieder direkt auf Johanna Jobs: „Gnädigste, mir ham do kane Psychologen am Ort – wie wär das, können Sie net mit die Brüader redn?"

Kupperer schüttelte den Kopf. „Das kannst du nicht machen, Leopold, die Frau Jobs ist Deutsche, sie hat hier überhaupt keine Befugnisse! Und die beiden Herren da drin sind auch noch Ungarn! Mit so etwas kommst du in Teufels Küche!"

„Da bin ich schon drin!", knurrte der Kollege. „Und Seelsorge gilt doch grenzenlos, oder? Ist neuerdings der liabe Gott an a Land gebunden?" Wieder sah er Johanna Jobs eindringlich an.

Sie zuckte die Schultern: „Ich glaube nicht, dass ich für so etwas geeignet bin. Und vor allem, was soll ich denn sagen?"

„Frogn Sie nach dem Motiv für den Mord am Zapfel, alles andre kommt schon, wenn der Kerl redet!"

Wieder mischte sich Kupperer ein: „Zunächst muss einmal sichergestellt werden, dass Frau Jobs auch wirklich den Blutsbruder als Gesprächspartner hat! Mit dem andern zu reden macht für sie überhaupt keinen Sinn!"

Dankbar nickte Johanna Jobs ihm zu. „Er hat recht, ich würde lieber nur mit dem einen reden, von dem mir Zapfel erzählt hat. Dann hätte ich einen Anhaltspunkt für das Gespräch." Dann fügte sie hinzu: „Und das Gespräch muss vertraulich sein! Selbst wenn der Mann mir etwas gesteht, kann ich es nicht weitererzählen. Ich kann ihn nur ermutigen, sein Gewissen zu erleichtern, falls er schuldig ist!"

Kommissar Schöberl knurrte: „Des nützt mir gor nix!"

Aber er gab klein bei. Es war die einzige Chance. Früher oder später musste er die beiden Männer laufen lassen oder sie der ungarischen Polizei überstellen.

Während er veranlasste, den „echten" Blutsbruder anhand der Narbe an Handgelenk zu identifizieren, redete Kupperer noch einmal ein ernstes Wort mit Johanna Jobs.

„Sind Sie sich darüber im Klaren, auf was Sie sich da einlassen?", fragte er eindringlich.

„Nein", war ihre ehrliche Antwort. „Aber irgendwie denke ich, dass ich dieses Gespräch für Nepomuk Zapfel führe. Ich kann es ja auch nur versuchen!“ Ihre braunen Augen baten ihn um Verständnis. Als Mensch sagte er ja, aber der Polizeibeamte ihn ihm wehrte sich vehement gegen die ganze Vorgehensweise.

Dann winkte Leopold Schöberl Johanna Jobs zu und führte sie in ein kleines Zimmer. Dort saß der Mann, den sie als den Begleiter von Edelgard Raffzahni und als ihren Nebenmann in der Oper zu erkennen glaubte, entspannt auf einem Stuhl und sah ihr erwartungsvoll entgegen.

„Mit wem habe ich die Ehre?“, fragte er und erhob sich halb von seinem Platz. Sein Deutsch war fast akzentfrei.

„Johanna Jobs“, stellte sie sich kurz vor. „Ich bin auf einer Busfahrt mit einem Herrn namens Nepomuk Zapfel ins Gespräch gekommen – ich glaube, Sie kennen den Namen auch!“ Während sie redete, beobachtete sie genau seine Reaktion. Aber er tat ihr nicht den Gefallen, auch nur durch einen Wimpernschlag zuzugeben, dass er eine Ahnung hatte, wovon sie redete.

„Tut mir leid, der Name sagt mir nichts. Aber Ihr Gesicht – das habe ich schon gesehen ... Warten Sie – genau! Sie sind diese infame Person, die mir den Auftritt vorgestern Abend fast versaut hat!“ Sein Gesichtsausdruck wirkte nun bedrohlich und er lehnte sich in ihre Richtung vor: „Wozu besuchen Sie eine Oper, wenn Sie keine Ahnung von Dramaturgie haben? Den Gesang allein können Sie daheim auf Ihrem bequemen Sofa über die Kopfhörer genießen! Aber ein Theater ist ein Theater!“

Er warf den Kopf zurück, griff sich an den Pferdeschwanz und löste sein Haarband. Dann schüttelte er die halblangen Haare, dass sie sich wie ein Fächer um seinen Kopf legten. Aus der Nähe konnte Johanna Jobs erkennen, dass sie gefärbt waren.

„Sie sind auch nicht mehr der Jüngste“, sagte sie ruhig und setzte sich ihm gegenüber. „Klar, Nepomuk Zapfel schätze ich auf Mitte sechzig. Wenn Sie annähernd in seinem Alter sind – dann Hut ab. Sie haben sich gut gehalten. Na ja, viel Bewegung an der frischen Luft, beim Golfen, mit den Pferden oder beim Indianerspielen ..."

Er unterbrach sie unwirsch. „Was soll das, worauf wollen Sie hinaus? Indianderspiele? Ich spiele Theater!" Mit einer schwungvollen Bewegung warf er sein Haar zurück.

„Ja, das merke ich", murmelte Johanna Jobs. „Ich wollte Ihnen nur eins sagen – auch wenn Sie den Nepomuk Zapfel aus Ihrem Gedächtnis gestrichen haben: Ihr Blutsbruder, der Wilde Eber, hat Sie zwar vor Jahrzehnten verraten, aber er hat Zeit seines Lebens unter diesem Verrat gelitten. Deshalb hat er sich auf den Weg hierher gemacht, um mit Ihnen Kontakt aufzunehmen und Sie um Verzeihung zu bitten. Aber Sie – Sie kennen ihn ja angeblich nicht! Von einem Mann, der sich einmal großspurig ‚Weißer Hirsch' nannte, hätte ich mehr erwartet!"

Ihr Gegenüber fixierte sie. „Also gut", sagte er leise. „Wenn mein angeblicher Blutsbruder mich angeblich wegen irgendeines angeblichen Verrates um Verzeihung bitten will – wo zum Teufel ist er dann?" Er war aufgesprungen und schrie die letzten Worte heraus.

Sofort ging die Tür auf und Leopold Schöberl kam herein.

Als er Johanna Jobs seelenruhig auf ihrem Platz sitzen sah und Laszlo Szengady keine Anstalten machte, ihr an die Gurgel zu gehen, sondern nach seinem Ausbruch wie eine Kleiderpuppe auf dem Stuhl zusammensackte, zog sich der Beamte sofort wieder zurück.

„Er ist tot!", erwiderte Johanna Jobs, als habe es die Unterbrechung nicht gegeben. „Ihr Blutsbruder ist ermordet worden. Mit einer Waffe, die wir noch nicht kennen. Und man hat ihn skalpiert und wie eine Vogelscheuche im Schilf bei Podersdorf festgebunden. Sie haben ihn nicht umgebracht, nicht wahr?"

Erschüttert hatte Laszlo Szengady die Hände vors Gesicht geschlagen. Seine Schultern zuckten. Johanna Jobs sah, dass dies keine Pose mehr war. Sie beugte sich vor und legte dem Mann eine Hand auf den Arm.

„Der Wilde Eber wollte Sie um Verzeihung bitten, Weißer Hirsch, darum ist er hierher gefahren!“, sagte sie eindringlich. „Was ist passiert, dass er das nicht tun konnte? Sagen Sie es mir!“

Sie holte das kleine Schwarzweiß-Foto aus ihrer Tasche und legte es vor Laszlo Szengady hin.

„Das hat er mir gegeben. Ich hatte schon an dem Abend das Gefühl, dieses Foto sei so eine Art Vermächtnis. Ich behaupte auch nicht, dass Nepomuk Zapfel, oder Zabble, wie er sich nannte, mir sympathisch war. Aber Ihnen hat er wohl eine ganze Menge bedeutet, oder?“

Der Mann vor ihr richtete sich auf.

„Wie sagten Sie, Zabble nannte er sich?“ Er rieb sich die Augen und richtete den Blick in die Ferne. „Mein Bruder erwähnte Geschäfte mit einem Amerikaner namens Zabble, der im Oktober nach Sopron kommen sollte.“

Er schaute Johanna Jobs an, die ihn aufmerksam betrachtete. Ein Flackern in seinen Augen zeigte ihr, dass er anfing, Zusammenhänge herzustellen. Er stotterte: „Mein Bruder – Nepomuk ... Aber – nein, das kann doch nicht sein! Lukasz!“ Wieder schrie er auf und wieder erschien Schöberl wie ein Stehaufmännchen in der Tür.

Johanna Jobs winkte ihn hinaus.

„Was befürchten Sie?“, fragte sie den Mann, der zum zweiten Mal zitternd auf seinem Stuhl zusammengesunken war.

„Sie wissen es doch ...“, flüsterte er. „Sie haben geglaubt, ich hätte mich an Nepomuk für seinen Verrat gerächt ... aber nein! Ja, ich war entsetzlich wütend auf ihn, als ich im Gefängnis saß, aber dort – auch wenn sich das völlig idiotisch anhört – dort habe ich entdeckt, wer ich eigentlich bin. Ich bin ein Fantast, ein Schauspieler, kein Politiker, kein Geschäftsmann und vor allem kein Killer! Ich wollte schon immer Theater spielen!

Dass ich auch singen kann, habe ich im Gefängnischor entdeckt. Vom Knastbruder zum Opernstar, haha. Und das habe ich Nepomuk zu verdanken! Ist das nicht idiotisch! Wieso hätte ich ihn umbringen sollen? Ich wusste ja noch nicht einmal, dass er hierher kommt!"

Wieder barg er sein Gesicht in den Händen und weinte.

„Lassen Sie sich Zeit", sagte Johanna Jobs. „Ich kann mir denken, dass Sie das Theater auf diesen Augenblick der Wahrheit nicht vorbereiten konnte."

Nach langem Schweigen richtete Laszlo Szengady sich auf und fragte: „Darf ich Nepomuk, ich meine, den Toten sehen?"

Johanna Jobs zuckte die Schultern. „Ich habe keine Ahnung, wie die Polizei in einem solchen Fall vorgeht. Aber immerhin sollten Sie die Chance haben, ihn zu identifizieren."

„Sie meinen, er ist vielleicht gar nicht ...?" Hoffnung erschien auf seinen Zügen.

„Nein, das habe ich nicht gesagt. So, wie er mir Ihre gemeinsame Geschichte erzählt hat und wenn das hier ein Foto von ihm ist, gibt es keinen Zweifel. Die Frage ist nur: Wer hat ihn getötet, wenn Sie es nicht waren? Ich fürchte, da kommt nur ihr Bruder in Frage. Hat er sich vielleicht an Ihrer Stelle für den Verrat von damals rächen wollen?"

Laszlo Szengady verschloss sich wie eine Auster.

„Gegen meinen Bruder werde ich kein Wort sagen. Ich weiß ja auch überhaupt nichts." Wieder schwieg er lange.

Dann fragte er leise: „Wie hat Nepomuk über mich gesprochen?"

Johanna Jobs dachte kurz nach, dann sagte sie freundlich: „Er muss Sie immer noch sehr gern gehabt haben. Er sagte, die Kindheit und seine Freundschaft mit Ihnen sei die schönste Zeit seines Leben gewesen!"

„Ist sie das nicht immer?", sinnierte der Ungar. „Und je älter wir werden, desto mehr verklärt sich diese Zeit in der Erinnerung!"

„Da können Sie recht haben. Aber ich bin sicher, Nepomuk Zapfel meinte es ernst mit dem, was er mir erzählt hat." Sie erhob sich. „Brauchen Sie mich noch?", fragte sie, schon an der Tür. Er drehte sich nach ihr um und schaute sie irritiert an. In Gedanken jagte er wohl neben seinem Blutsbruder auf einem ungarischen Pferdchen über die Steppe.

„Nein, nein. Aber ich danke Ihnen." Dann nahm er das Foto, das sie auf dem Tisch hatte liegen lassen und reichte es ihr. „Behalten Sie uns in wohlwollender Erinnerung!" Er verneigte sich, als habe er gerade vor großem Publikum gespielt.

Johanna Jobs lächelte. „Sie sind ein guter Schauspieler geworden! Ihr Freund wäre sicher stolz auf Sie!"

Damit ging sie hinaus.

Leopold Schöberl erwartete sie auf dem Gang.

„Na, war er's?"

„Meiner bescheidenen Meinung nach war er es nicht!", sagte sie ernst.

Er kratzte sich am Kopf: „Dann war's der Bruader!"

„Das müssen Sie beweisen. Laszlo Szengady wird Ihnen dazu nichts sagen."

„Des hom aber net Sie ihm eingredet, oder?" Schöberl richtete sich drohend zu seiner vollen Größe auf.

Sie grinste ihn an: „Pudeln S' Eahna net auf!", erwiderte sie auf gut Wienerisch und ließ ihn einfach stehen.

Der Kommissar ließ die Luft raus und sah ihr verwirrt nach. „Wos war jetzt des?", fragte er.

„Das war unsere Johanna Jobs in Bestform!", lachte Kupperer, der alles mitbekommen hatte und boxte den Kumpel in die Seite. „Warum sollte es dir mit ihr besser ergehen als mir?"

Dann eilte er der Seelsorgerin nach.

„War es schlimm?", fragte er teilnahmsvoll, als er sie eingeholt hatte.

Sie antwortete zunächst nicht und ging einfach weiter. Schweigend hielt er Schritt. Nach einer Weile zog sie geräuschvoll die Nase hoch. Dann blieb sie abrupt stehen und sah ihn an: „Werden Ihre Kollegen den Täter überführen?"

„Sie wissen, wer es war?"

„Ja, ich bin ziemlich sicher, dass es der Bruder Lukasz war. Späte Rache. Und seinem jüngeren Bruder Laszlo hat er einfach verschwiegen, dass Nepomuk Zapfel sich bei der Firma L. Szengady in Sopron gemeldet hat! Zapfel war ziemlich erschrocken, als er Lukasz mit der Frau Raffzahni in der Hotelhalle sitzen sah. Ob er gleich erkannt hat, dass das nicht sein Blutsbruder war?"

„Jedenfalls hat er dann von Rust aus wohl noch einmal versucht, Kontakt aufzunehmen. Und ist wieder an den Falschen geraten! Der ungarische Kollege hat uns informiert, dass Lukasz Szengady einen Hof in Fertöd, also gleich hinter der Grenze in Ungarn, besitzt. Dort war er auch in der Nacht des Mordes, allein. Und es steht ein Geländewagen im Hof. Jetzt sind sie unterwegs, um die Spuren zu vergleichen. Ich schätze, da kommt genug zusammen, um den Mann zu überführen!"

„Weiß man denn inzwischen, was für eine Waffe das war?", fragte Johanna Jobs im Weitergehen.

„Ja, etwas absolut Ungewöhnliches! Das Geschoss eines so genannten Reflexbogens soll es gewesen sein! Uralt, wahrscheinlich aus dem Türkenkrieg!"

„Die Reflexbogen sind Waffen, die schon die asiatischen Reitervölker anno dazumal benutzt haben. Sie waren wegen ihrer enormen Reichweite geschätzt. Ein guter Bogenschütze konnte mit seinen Pfeilen auf eine Entfernung bis zu 350 m treffen und fast so schnell schießen wie ein Maschinengewehr! Zuletzt kamen diese Waffen beim Boxeraufstand in China zum Einsatz."

Kupperer staunte: „Woher wissen Sie das alles?"

Johanna Jobs lachte und gab zu: „Ich habe Emmles Reiseführer gelesen! Darin steht auch, dass in den Geheimgängen von Forchtenstein noch Dutzende von Waffen, auch diese Reflexbogen, aus dem 30-jährigen Krieg, lagern. Vielleicht stammt die Tatwaffe von dort?", vermutete sie.

„Und wie soll Szengady da drangekommen sein?", hakte Kupperer ein.

„Erik war dort. Er hat doch da den Grenadier bestochen, dass der die Kinder in den Geheimgang lässt. So konnte er doch auch so einen Bogen mit Pfeilen kriegen, oder?"

„Sie haben eine Fantasie! Aber es wäre möglich. Sind Sie mir böse, wenn ich Sie allein weitergehen lasse? Ich will noch einmal zurückgehen und Leopold Bescheid sagen!"

Sie lachte. „Aber dann haben Sie Urlaub! Isabell wartet!", rief sie ihm nach.

Auf sie selbst warteten im Hotel das Ehepaar v. Emm und Manfred Krauthappel. Ganz aufgeregt winkte Herr v. Emm sie heran: „Frau Jobs, es gibt Neuichkoite! Des Busunternehme aus Karlsruh' hat sich gemeldet! Weil die so schnell koin Ersatz für den Anton Schandl kriegt hen, wolle se uns ausfliege, stelle Sie sich des emol vor! Ich und fliege! Des könne die doch net oifach so mache!" Er wirkte völlig verzweifelt.

Isabell Nieferer kam dazu und meinte: „Aber Fliegen ist doch etwas Schönes! So kann ich wenigstens mit Harald gemeinsam den Heimweg antreten! Ich finde, das ist eine noble Geste von der Reiseleitung!"

Auch Ingrid v. Emm schien dem Flug nicht abgeneigt – allerdings kannte sie die Ängste ihres Gatten. Die Johanna Jobs insgeheim teilte, was sie allerdings nicht so offen zugeben wollte.

Manfred Krauthappel fragte: „Ja, werden Sie denn hier nicht mehr gebraucht – als Zeugen oder so?"

„Ich glaube nicht!", entgegnete Johanna Jobs, stellte sich auf die Zehenspitzen und küsste ihn leicht auf die bärtige Wange. „Guten Morgen übrigens! Gut geschlafen?"

Irritiert ob dieser intimen Geste vor Publikum murmelte er: „Ich – äh, ja, danke! Guten Morgen gleichfalls!" Er drückte ihre Hand. „Ich hatte allerdings furchtbare Kopfschmerzen – Sie etwa nicht?"

„Nein, wieso?", log sie, ohne rot zu werden. „Es war doch ein wunderschöner Abend!"

„Ja, natürlich. Aber ich bin einfach das Durcheinander-Trinken nicht gewohnt!", entschuldigte er sich.

„Und das sagt der Sohn eines Winzers!" Johanna Jobs kicherte und begann, das Trinklied aus der Oper La Traviata zu trällern: „Ja, schlürfet in durstigen Zügen ...", als v. Emm sie unterbrach.

„Sie hen immer noch nix gsagt wege dem Fliege!" Es fehlte nicht viel und er hätte wegen ihres Mangels an Aufmerksamkeit mit dem Fuss aufgestampft.

Johanna Jobs hörte auf zu singen und wurde ernst: „Tja, was soll mer do mache! Sie könnte doch e Auto miete un hoimfahre?" schlug sie vor.

„Ja un Sie? Wolle Sie vielleicht in des Flugzeug steige un abstürze?"

Nun mischte sich Krauthappel ein. „Ich habe Frau Jobs bereits eine Mitfahrgelegenheit in meinem Wagen angeboten. Ich will morgen früh aufbrechen!"

Herr v. Emm strahlte bei diesen Worten auf wie eine Tausend-Watt-Birne. „Ha, des isch doch die Idee! Sie hen bstimmt noch zwoi Plätzlen in Ihrem Auto für mei Frau un für mich! Un dann könne mir uff de Rückfahrt in aller Ruh' noch alle die Sehenswürdigkoite besichtige, wo uns seller Erik unnerschlage hat! Ich bin de Roiseführer!" Triumphierend schaute er in die Runde.

Es war so still, dass man eine Stecknadel hätte fallen hören können. Doch dann fingen Johanna Jobs, Ingrid v. Emm und Krauthappel gleichzeitig an zu reden.

„Äh, ich woiß net!" – „Das geht auf keinen Fall, was denkst denn du dir!" – „Aber selbstverständlich habe ich noch Platz im Wagen! Es wird mir ein Vergnügen sein, Sie beide mitzunehmen!"

Der Fotograf wunderte sich über sich selbst. Was er da gesagt hatte, entsprach absolut nicht seinen geheimen Wünschen. Auch Johanna Jobs hatte sich die Rückreise mit ihm wohl etwas anders vorgestellt, das sah er an ihrem entgeisterten Gesicht. Und Ingrid v. Emm wurde abwechselnd blass und rot.

„Sie sin en Mann nach meinem Herze!“ Herr v. Emm trat auf Krauthappel zu und drückte ihm die Hand. „Des wird de Höhepunkt von dere Rois! Awwer oin gute Rat derf ich Ihne gewwe, junger Mann – lasse Se bloss unser Johanna Jobs net ans Steuer!“

Freitag, 7. Oktober

Die Rückreise führte die vier in die ungarische Stadt Sopron, ehemals Ödenburg, wie v. Emm wusste. Hier, in der Grenzstadt mit ihren vielen historischen Denkmälern, die auch mit Beinamen „Stadt der Zähne“ genannt wird, hatte sich also das Ehepaar Kall die Gebisse richten lassen. Und wirklich, die Aushängeschilder von Zahnärzten verfolgten die Besucher, wohin sie kamen. Sie lachten darüber, bis sie an einer Straßenkreuzung wirklich auf das Jubelpaar aus dem Reisebus stießen. Während Herr v. Emm schnell schaltete und den Fotografen in eine Seitengasse zog, kamen Johanna Jobs und Ingrid v. Emm um die Begegnung nicht herum.

Frau Kall hielt direkt auf sie zu und rief begeistert: „Frau Jobs, Frau v. Emm!“ Dabei zeigte sie ein strahlend weißes Gebiss, mit dem sie aussah wie die Mutter von Arnold Schwarzenegger. Dass sie ihren Mund mit der ganzen Pracht darin gar nicht mehr zubekam, schien sie nicht weiter zu stören. Ihr Mann allerdings wirkte mehr als bedrückt. Seine Backen waren so dick geschwollen, dass er fast nicht mehr aus den Augen sehen konnte. Blind wie ein Maulwurf hing er am Arm seiner Gattin, die ihn ohne Rücksicht auf seine eingeschränkte Sehfähigkeit hinter sich herschleppte.

„Und, hat sich der Besuch bei den Zahnärzten hier gelohnt?“, fragte Johanna Jobs.

„Na, bei mir ist alles bestens!“ Die Worte kamen begleitet von einem Spuckeregen aus Frau Kalls Mund. „Nur mein Schatzi hat ein paar Probleme – er verträgt die Schmerzmittel nicht. Jetzt haben sie ihm erst mal alle Zähne gezogen, der Rest kann dauern. Ich überlege, ob ich mich in der Zwischenzeit nicht gleich noch liften lasse! Dort drüben bei dem Schönheitschirurgen gibt es ein günstiges Angebot. Wie wär's, kommen Sie mit?" Sie sah dabei von Johanna Jobs zu Ingrid v. Emm, als schätze sie ab, welche von beiden eine Gesichtskorrektur nötiger hätte.

Beide Damen schüttelten allerdings ob dieser Aufforderung vehement die Köpfe.

Frau Kall lächelte, was wie ein breites Grinsen aussah: „Na ja, aber für unsern lädierten alten Busfahrer wäre das doch die Gelegenheit, sich ein neues Gesicht verabreichen zu lassen, oder nicht? Was sagst du, Hasimausi?"

Ihr Mann bewegte zwar die Lippen, brachte aber keinen Ton heraus. Johanna Jobs und ihre Freundin verabschiedeten sich eilig.

„Alles Gute für Sie – und hoffentlich erleben Sie noch gemeinsam die Diamantene Hochzeit, wenn Ihre Frau sich jetzt derart verjüngt? Wer weiß, wo das hinführt?" Ingrid v. Emm richtete diese wenig einfühlsame Bemerkung direkt an Herrn Kall und Johanna Jobs nickte dazu.

Nach diesem Intermezzo wandten sie sich erneut staunend der altehrwürdigen Architektur zu, lauschten einem Stehgeiger im Torbogen der mächtigen Burgmauer und gönnten sich nach anstrengendem Aufstieg zum Aussichtsturm hinauf den weiten Ausblick über die pannonische Tiefebene.

Dort oben blätterte v. Emm in seinem Reiseführer und meinte dann: „Oigentlich müsste mir noch nach Fertöd! Do hat sich jo der Fürst Esterházy e Jagdschloss baue lasse, was do in meim Roiseführer des ungarische Versailles gnannt wird!"

„Noi, bitte net! Sonst müsste mir uns a noch des Anwesen von dem Herrn Szengady agugge, un ich hätt' ständich den Skalp von dem Zapfel vor Auge!", wandte Johanna Jobs ein.

Seine Frau stimmte ihr zu.

„Awwer es gäb' bstimmt jede Menge gute Fotomotive!" Herr v. Emm versuchte, den Fotografen zu ködern.

Der allerdings warf nur einen Blick gen Himmel und sagte dann diplomatisch: „Ach wissen Sie, das Fotolicht ist heute gar nicht gut – es gibt keine Kontraste! Ich denke, diese Besichtigung verschieben wir auf einen anderen Urlaub! Lasst uns jetzt lieber aufbrechen, wir wollen doch in Raiding noch das Geburtshaus von Franz Liszt besichtigen! So ein kleines Museum macht bestimmt früh zu!"

Damit musste sich v. Emm zufriedengeben.

Johanna Jobs sandte vom Turm herab noch eine Kusshand an Fritz Knober und seinen Kirchenchor Richtung Ungarn, was Manfred Krauthappel mit leichtem Stirnrunzeln zur Kenntnis nahm.

Auf der Weiterfahrt ließ es sich die Seelsorgerin nicht nehmen, den Busfahrer Anton Schandl im Oberwarter Krankenhaus zu besuchen. Während die anderen ein Café stürmten, saß sie an Schandls Bett und erzählte ihm vom dramatischen Verlauf ihrer Reise.

Sein Zustand sei „stabil", sagte er. Allerdings werde er wohl auf dem durch den Golfball verletzten Ohr taub bleiben.

Edelgard Raffzahnis Ableben bedauerte er nicht.

„Die Frau hat mich erpresst! Nur, weil ich auf einer früheren Reise mal was mit ihr hatte! Natürlich gehört sich das nicht. Sie wollte mich beim Busunternehmen anzeigen, wenn ich diesen Erik nicht mit an Bord nähme. Er sei ihr Schützling und sie wolle ihm eine Chance bieten. Ich könne ihm doch den letzten Schliff geben, ha! Dabei hat der Kerl überhaupt kein Interesse an meinem Job gezeigt!"

Johanna Jobs fragte: „Hat er Sie in der Toilette im Bad Tatzmannsdorfer Park bedroht und auf den Golfplatz geschickt?"

„Ja, allerdings! Woher wissen Sie das? Der Typ spielte sich auf wie ein Mafiosi, verstellte seine Stimme und hatte sogar ein Klappmesser dabei, sonst hätte er mich kennenlernen können!

Er war der Raffzahni hörig! Und die Dame hatte ständig was Neues zu ‚besprechen' – war der Meinung, ich springe, wenn sie pfeift!"

Johanna Jobs bemerkte, dass Herr Schandl das Geschehen in seiner Erinnerung ein wenig zu seinen Gunsten umwandeln musste. Sie konnte es ihm nicht verargen. Als sie sich verabschieden wollte, fragte er: „Das ist schlechte Presse für unser Busunternehmen, oder?"

„Nun, die Reiseleitung hat sich zumindest angemessen um unser gutes Nachhausekommen gekümmert!", entgegnete Johanna Jobs.

„Ja, aber alles andere! Der Erik hat Ihnen doch bestimmt nichts über das Burgenland erzählen können, wie ich das gemacht hätte!"

Johanna Jobs lachte: „Da darf ich Sie trösten – wir hatten mit Herrn v. Emm einen ausgezeichneten Reiseführer. Und, wenn es Ihnen etwas hilft, sind wir gerne bereit, uns beim Busunternehmen zu melden und über Sie nur Gutes zu sagen! Nun wünsche ich Ihnen vor allem gute Besserung! Vielleicht können Sie ja noch ein paar Tage der Rekonvaleszenz in Ihrem wunderschönen Heimatland dranhängen!"

Erleichtert sank der Mann in seine Kissen zurück.

„Danke – auch für Ihren Besuch! Und grüßen Sie die anderen!"

Die Nacht verbrachten sie in Güssing und genossen ein letztes burgenländisches Mahl in der Gaststätte auf der Burg. Herr v. Emm erfüllte sich den Wunsch nach einem Braten vom Mangalitzenschwein und Krauthappel schloss sich ihm an. Ingrid v. Emm und Johanna Jobs ließen sich noch einmal Strudel in Variationen schmecken.

In aller Frühe brachen sie am nächsten Morgen auf und fuhren ohne große Störungen auf der Autobahn durch. Natürlich ließ der Fotograf Johanna Jobs ans Steuer, was die Fahrt entschieden beschleunigte.

„Wenn mir hoil hoimkomme, lad' ich euch alle in Bad Herrealb in Andis Spätzlestub' ei!", schwor Herr v. Emm deshalb. Sie nahmen ihn beim Wort.

Isabell Nieferer und Harald Kupperer, die bereits einen Tag vor ihnen zu Hause angelangt waren, erhielten die Einladung übers Handy und kamen pünktlich im Lokal an.

Die Frage nach Neuigkeiten aus Rust schien Johanna Jobs regelrecht auf die Stirn geschrieben. Sie brachte gerade noch genug Geduld auf, die allgemeine Begrüßungszeremonie sowie die Bestellung von Getränken und Speisen abzuwarten.

Dann konnte sie sich nicht mehr zurückhalten: „Und – wie ist die Geschichte ausgegangen?"

Kupperer amüsierte sich königlich und hätte sie gerne noch etwas zappeln lassen. Er bemerkte allerdings, dass er sich mit seinem Zögern die Sympathien am Tisch verscherzte. Also legte er los: „Sie hatten recht mit dem Reflexbogen, Frau Jobs, Kompliment für Ihre Kombinationsgabe! Übrigens findet man solche Dinger auch im Karlsruher Schloss, bei der Beute des Türkenlouis! So klein ist die Welt! Bei Gelegenheit sollten wir uns die Waffen mal ansehen!"

„Nun reden Sie schon weiter – was ist mit Erik?", drängte Johanna Jobs.

„Erik ist der ungarischen Polizei an der Grenze bei Köszegg ins Netz gegangen und hat lauter gesungen als unser Heldentenor! Die Edelgard Raffzahni hat ihn angeheuert für diese Reise. Er war, nebenbei bemerkt, nicht das erste Mal mit ihr geschäftlich unterwegs. Wenn alles, was er sagt, zutrifft, hätten wir die Dame auf jeden Fall hinter Gitter bringen können."

„Hört, hört!", warf v. Emm ein. Die Getränke wurden gebracht und der Kommissar schwieg solange.

Zu lange, nach Johanna Jobs Geschmack.

„Und, was hat Erik noch ausgesagt?", drängte sie.

„Er hat die Waffe – auf Edelgard Raffzahnis Geheiß, die wiederum den Auftrag von Lukasz Szengady bekam – in Forchtenstein mitgehen lassen – und dem Grenadier dafür nochmal 100 Euro bezahlt."

„Soviel zum Thema Werte ...", murmelte die Johanna Jobs und seufzte.

„Äh, wieso? Jedenfalls scheint der Lukasz Szengady den Mord an Nepomuk Zapfel von langer Hand geplant zu haben. Auf seinem Computer hat die ungarische Polizei eine e-Post sichergestellt, in der Zapfel sein Kommen ankündigt – leider beim falschen Bruder. Der wollte die Familienehre wiederherstellen, indem er den Zapfel umbrachte. Stilecht, nach alter Indianersitte. Deshalb hat er sich diesen uralten Reflexbogen, aus Rinderknochen und Sehnen, mit Fischleim und Birkenrinde verklebt und sogar mit Gold lackiert, besorgt. Natürlich wollte er auch die Polizei im Blick auf die Tatwaffe verunsichern. Den Skalp hat man übrigens bei der Hausdurchsuchung im Zimmer Laszlos gefunden! Dieser Raum sieht heute noch aus wie vor 30, 40 Jahren: Sämtliche Karl May-Bücher stehen auf dem Bücherregal und an der Wand hängen Tomahawks und Holzgewehre, auch selbstgebastelter Federschmuck, wie es die Jungs damals halt hatten."

„Kann es auch sein, dass Lukasz Szengady mit der Vorgehensweise bei der Ermordung und mit dem Skalp im Zimmer seines Bruders den Verdacht auf Laszlo lenken wollte?", fragte Manfred Krauthappel.

„Sie können recht haben. Die Polizei hat recherchiert, dass sich der junge Laszlo nach seinem Gefängnisaufenthalt standhaft geweigert hat, in die familieneigene und nicht ganz einwandfreie Firma einzusteigen. Er wollte Opernsänger werden. Ein Weichei, sozusagen. Für Lukasz Szengady war das ein Affront. Diese Schande musste einer büßen, und das war eben der Zapfel."

„Aber nach so langer Zeit?", fragte Ingrid v. Emm.

„Bei der Frage der Ehre geht es nicht um Zeit, sondern um Geduld!", entgegnete Kupperer.

„Lukasz Szengady wird natürlich wegen des Mordes an Nepomuk Zapfel angeklagt, außerdem wegen seiner dubiosen Geldgeschäfte. Damit haben wir auch den Herrn Middel am Haken. Mildred Funks Arbeit als Zapfels Sekretärin war also doch nicht ganz umsonst. Den Middel haben die Frankfurter bereits verhaftet!"

„Ja, und die Kinder?", entfuhr es Johanna Jobs.

„Die bleiben bei der Mutter. Frau Middel hat sich von ihrem Mann losgesagt – die Ehe scheint schon lange marode gewesen zu sein – und zieht mit den Kindern zu ihren Eltern irgendwo ins Schwäbische. Das kann den dreien nur gut tun!" Alle nickten zustimmend – Johanna Jobs hoffte nur, dass es an Kevins neuer Schule keine Kinder mit Klappmessern geben würde ...

Dann genossen sie die heimischen Spezialitäten.

„So e Stück von dem Mangalizeschweinsbrote dät a gut zu dene Spätzle basse – vielleicht sollt' ich dem Koch do mol en entsprechende Tipp gewwe!", äußerte v. Emm mit vollem Mund.

Die Teller waren leer, als Isabell ihr Glas hob.

„Es gibt noch eine Neuigkeit!" Sie sah strahlend in die Runde und wandte sich dann an Harald Kupperer. „Darf ich es sagen?"

„Nur zu!" Er grinste, als hätte er gerade im Lotto gewonnen.

„Wir werden heiraten!", verkündete Isabell stolz. „Und du, Johanna, sollst uns trauen – in der Klosterkirche hier in Bad Herrenalb!"

Alle taten, als käme diese Neuigkeit absolut überraschend und hoben ihre Gläser auf das Wohl des jungen Glücks.

Später nahm Isabell Johanna Jobs beiseite und sagte: „Übrigens, der Professor Kannenpütt ist gestern mit uns zurückgeflogen! Sein Vortrag bei dem urologischen Kongress war angeblich ein voller Erfolg. Er fragte uns nach dir und wollte wissen, wann du wieder zur Arbeit kommst?"

Johanna Jobs lächelte und sah zum Fotografen hinüber. „Morgen ist auch noch ein Tag!"

Sechs Austria-Rezepte zum Schluss

Fischfilet mit Kürbiskernkruste

für zwei Personen
2 Fischfilets (Zander, Lachsforelle) à 150 g
Salz, Pfeffer weiß
Mehl
1 Ei
Paniermehl
50 g Kürbiskerne, geschrotet

Fischfilets waschen, trocknen, mit Salz und Pfeffer würzen, in Mehl wenden, anschließend durch das verquirlte Ei ziehen, mit Paniermehl und Kürbiskernen dick bestreichen. In reichlich Olivenöl langsam bei 140°C langsam ausbacken. Dazu Reis oder Kartoffelsalat und grünen Salat reichen.

Gebackener Fleischstrudel

Teig:
1 Packung Strudelteig
50 g Butter zum Beträufeln
1 Eigelb zum Bestreichen

Füllung:
250 g gekochtes oder gebratenes Rindfleisch
250 g gebratenes Schweinefleisch/oder gemischtes Hackfleisch
60 g Schmalz
30 g Mehl
1 große Zwiebel
4 Knoblauchzehen
Salz, Pfeffer
Majoran

Fleisch durch den Fleischwolf drehen, Zwiebeln und Knoblauch fein hacken. Schmalz, Zwiebel und Mehl zu einer dunklen Einbrenn rösten, mit etwas Brühe aufgießen und zuletzt den Knoblauch zugeben. Die Einbrenn mit dem Fleisch vermischen, mit Salz, Pfeffer und Majoran würzen. Strudelteig doppelt legen, mit zerlassener Butter beträufeln, Fleischmasse aufstreichen, etwa 3 cm Rand auf allen Seiten freilassen. Den Strudelteig von der Längsseite her einrollen, mit Eigelb bestreichen und auf ein mit Backpapier ausgelegtes Blech legen. Bei 180–200°C im vorgeheizten Backofen ca. 30 Minuten backen und noch warm mit diversen Salaten servieren.

Kartoffel-Kürbis-Strudel

Teig:
1 Packung Strudelteig
50 g Butter zum Beträufeln
1 Eigelb zum Bestreichen

Füllung:
500 g mehlige Kartoffeln
(gekocht vom Vortag, geschält, kleingeschnitten oder geraspelt)
500 g Kürbisfleisch (Hokkaido) geraspelt
150 g Schinkenspeck, nicht zu fett, kleingeschnitten
200 g Sauerrahm
2 Eier
Salz, Pfeffer, Muskatnuss
getrocknete oder frisch gehackte Petersilie

Rahm und Eier verquirlen, mit Kartoffeln, Kürbis und Speck gut vermengen und kräftig würzen. Das Strudelblatt doppelt legen, mit Butter beträufeln und die Füllung darauf verteilen, einen Rand von ca. 3 cm an allen Seiten freilassen. Den Teig von der Längsseite her aufrollen, auf ein mit Backpapier ausgelegtes Blech setzen und mit Eigelb bestreichen. Im vorgeheizten Backofen bei 180° C ca. 30–40 Minuten goldbraun backen. Dazu Salat reichen.

Kürbis-Dattel-Strudel

Teig:
1 Packung Strudelteig
50 g Butter zum Bestreichen

Füllung:
500 g fein geraspelter Kürbis (Hokkaido)
200 g gem. Mandeln oder Walnusskerne
100 g brauner Zucker
1 Messerspitze gem. Nelken
½ Teelöffel Zimt
200 g getrocknete Datteln, entkernt und kleingeschnitten
80 g Butter
2 Esslöffel Rum

Das Kürbisfleisch mit Butter, Nüssen, Zucker und Gewürzen bei kleiner Hitze anrösten, später die Datteln unterheben, abkühlen lassen. Das Strudelblatt doppelt legen, mit zerlassener Butter bestreichen, die Füllung darauf verteilen, je 3cm Rand an allen Seiten freilassen. Den Strudel von der Längsseite her aufrollen und auf Backpapier im vorgeheizten Ofen, mittlere Schiene, ca. 30–40 Minuten bei 180–200° C goldbraun backen. Den heißen Strudel mit Puderzucker bestreuen. Kann auch warm (mit Schlagsahne) serviert werden.

Apfelstrudel Winzer Art

Teig:
1 Packung Strudelteig
50 g Butter zum Bestreichen

Füllung:
400 g säuerliche Äpfel, geschält und in dünne Scheibchen geschnitten
je 100 g blaue und weiße Trauben, halbiert und entkernt
100 g Zucker
Saft einer ½ Zitrone
1 kleines Glas Cognac
50 g Rosinen
100 g geriebene Walnusskerne
1 Prise Zimt
1 kleines Glas Rum

Die Äpfel mit Zitronensaft, die Trauben mit Cognac beträufeln, etwas ziehen lassen. Die Rosinen mit Zucker, Zimt, Rum und geriebenen Nüssen vermischen. Das Strudelblatt doppelt auslegen, mit Butter bestreichen und zuerst die Nussmischung, dann die Äpfel und die Trauben darauf geben. Einen Rand von ca. 3 cm freilassen, den Strudel von der Längsseite her aufrollen. Backofen auf 200° C vorheizen, den Strudel auf Backpapier ca. 30–40 Minuten backen. Mit Puderzucker bestreut noch warm servieren.

Somlauer Nockerln (Dessert)

Teig:
5 Eier
250 g Zucker
3 El Wasser
200 g Mehl
1 TL Backpulver
3 EL Kakao

Füllung:
1 Packung Vanillepudding und 1 Packung Schokoladenpudding
1,25 l Milch
100 g Butter
2 Eigelb
100 g Rosinen
100 g gehackte Walnüsse, Haselnüsse oder Mandeln

Zum Begießen:
250 ml Wasser
50g Zucker
50 ml Rum
Zum Garnieren:
Schokoladensauce
Schlagsahne

Für den Biskuit Eier, Zucker und Wasser schaumig schlagen, Mehl und Backpulver unterheben. Die Hälfte des Teiges auf ein mit Backpapier gelegtes Blech streichen, die andere Hälfte mit dem Kakao vermischen und ebenfalls auf ein Blech geben. Bei 180°C ca. 15–20 Minuten backen. 250 ml Wasser mit 50 g Zucker aufkochen, den Rum dazugeben. Für die Füllung je einen sehr weichen Vanille-/Schokoladenpudding kochen, geschmolzene Butter und Eigelb je zur Hälfte unterrühren, abkühlen lassen. Sobald die Biskuitböden abgekühlt sind, diese im Wechsel mit der Füllung in ein rechteckiges, höheres Plastikgeschirr schichten – mit dem hellen Boden beginnen. Den Boden mit Sirup beträufeln, Rosinen, Nüsse und Creme darauf verteilen, einen dunklen Boden darauflegen, wieder beträufeln und mit Füllung bestreichen, dann erneut den hellen Boden usw. Mit einer Schicht Pudding abschließen. Ein paar Stunden im Kühlschrank durchziehen lassen. Zum Servieren aus der Masse mit einem Löffel Nockerln ausstechen, dann mit Schokoladensauce und Sahne garniert servieren.

Bibliografische Information Der Deutschen Bibliothek
Die Deutsche Bibliothek verzeichnet diese Publikation in der Deutschen Nationalbibliografie; detaillierte bibliografische Daten sind im Internet über http://dnb.ddb.de abrufbar.

Titelgestaltung unter Verwendung eines Fotos von Herbert Rauter

Lindemanns Bibliothek
Literatur und Kunst im Info Verlag, Band 75
Käppelestraße 10 · 76131 Karlsruhe · www.infoverlag.de

ISBN 978-3-88190-547-3